亞瑟‧本森日常觀察隨筆

Arthur Benson
亞瑟‧本森 —— 著

王少凱 —— 譯

The Silent Isle

寂靜的高處

無聲即是一切快樂的根源，美好在平凡中悄然綻放

亞瑟‧本森「沉默」心靈隨筆集，簡單愜意即是幸福的所有！

好似一種過去的印象，突然與今日的經驗串聯起來，
情感毫無預警地湧上心頭，人們卻難以透過文字描摹。

在浩瀚天地間找尋一處靜謐之地，
讓當事者不受世俗干擾，令旁觀者停止過分指教，

目錄

序言

　　記錄和傳遞某一印象，如對某個建築或地方的印象，通常有兩種方式。一種是對某一特定地點的景物進行描繪，這樣既可以縱覽景物的全貌及其藝術之美，又可借助於午後或黃昏的陽光，盡享周圍的景致，感知它那勻稱和諧的輪廓。另一種方式，就是不斷地變換方位，從不同的角度對景物進行描繪，記錄下它的每一細節，每個精妙的姿態，每一獨具匠心的創意與特色。這種方式可以令我們更好地了解景物與眾不同的氣質、變幻萬千的形貌、風情萬種的姿態、嬌柔敏感的秉性，乃至於它的缺陷與不足。但問題的關鍵在於，你到底喜歡的是現實中的景物，還是理想中的景物？因此，這裡闡述的方法，既無可比之處，又無主次之分。藝術家從不選擇方法，因為他自己就是方法。這本書是一種嘗試，更確切地說，是歷經百次嘗試之後錘鍊的作品，它從一個簡單的角度白描生活中的細節，無意於遵循某種理論，也無意於尋找確切的答案，更無意於依據個人偏好而去刻意的忽略什麼。作者從始至終都只有一個想法，就是要描繪出自己決心要表達的真情實感。我選擇了一種生活，一種當時自認為健康、節制而簡樸的生活，告別了之前那種複雜、忙碌而機械的生活。這種選擇絕不是對沿習的背叛，而僅是出於一種顯而易見的信念：傳統習慣並不一定會帶來滿足。不做出全方位的思考，就不會有具體的收穫。坦白地講，我並不打算逃避自己身為自然人所應負的責任。假若相信自己有能力肩負起重任並從中獲益，我希望自己不放棄這種責任。只是我彷彿過久地負載了這種責任，再也無心探尋其中的奧祕了。重新翻開這本書，大部分的內容雖然

已不再有什麼特別的意義，但卻真真切切地凝粹於我的生活，對這些文字我已如對《愛麗絲鏡中奇遇》（*Through the Looking-Glass*）[001] 中白衣騎士的駿馬一樣熟稔，它們的存在只為了防止不虞的發生。我只想過一種自己突然間領悟到的那種簡單愜意的生活，這種生活雖非完美無暇，卻建立在簡樸和理性的基礎之上。

　　我是以一種悠閒的心態寫這本書的。就像一個人，在長時間的伏案辛勞之後，終於放鬆下來，在一個陽光明媚的清晨信步來到風景如畫的異域小鎮，此時的心神怡然，溢於言表；這時，景致、聲音和瑣事如果都能帶上敏銳而微妙的氣息，讓我回到無憂無慮、懵懂無知的童年，無所事事地恣意逍遙，那麼，我就已心滿意足；我只需盡情享受生活中的美酒佳餚，而不必繼續徒勞麻木地吸吮寡然無味的生活。我無意將自己的精力浪費在喧囂的生活之中，也不願品味勾心鬥角和追名逐利所帶來的亢奮和狂喜，哪怕有人認為這些象徵著精力旺盛、生機勃勃的生命，我也根本不會因此而帶上偽裝虛與委蛇。坦白來說，我不是很在意別人對我的這種評價；似乎長久以來，我就是過於溫順聽話了。這次，雖不希望斬斷一切世俗糾葛，但我想，也許該是時候大膽的冒險一次了：找一個無人的角落，捧上一本好書，好好地享受一下「逝者如斯」的感覺。談到人生的責任時，大多數人都喜歡誇誇其談；談及享受時，也毫不含糊，極力推崇，並喜歡從哲學的角度對自己的選擇加以偽證。追根究柢，他們喜歡享樂，沒有了享樂，就會感覺生活寡然無趣。我想，我也有權利擁有一種樂趣，尤其是當追求這種樂趣並沒有給任何人造成不便的情況下。

　　這種選擇，明智也好，愚蠢也罷，皆有脈可尋，其結果也終將大白於天下，但我絕不放棄自己的信念。我認為，也堅信，許多人還沿襲著舊有

001　英國作家路易斯・卡羅的作品。

的生活，是因為他們過於尊重傳統，沒有與之一刀兩斷的勇氣。我認識一些才華出眾之人，他們非但不認可自己的價值，反而會因偶爾的懶散自由而自責不已。在我看來，那些空出時間傾聽交流之人，那些懂得享受並願幫助他人學會享受之人，遠比那些整日穿梭於各種會議和演講之間的人為世界做出的貢獻更大，因為後者從事的碎雜之事，十之八九做不好。

　　總之，以上所言就是我的所見、所感、所為，此次嘗試不是一場規模宏大的盛典，只是一段波瀾不驚的生活，我發現生活並感知生活，也願意將之付諸筆下。

空氣的聲音

　　寂靜之島，這是我為這座小島取的名字，因為它沒有任何水的喧囂與浮華，在這一點上，我以往居住過的任何一個島嶼都無法與之媲美。水，緩緩從大地溢出，流向排水管道，再從管道流向溝壑，然後從溝壑落入堤壩，靜靜地奔向通往大海的水閘。這不是鮮活的風景，也不明豔生動，它匆匆而行，帶著些許神祕與靜謐，極不情願地一路奔去。儘管如此，它帶給我的仍是水的那種特有的感覺，綿延不絕，遙不可及。這座小島擁有廣袤的平原，在上面踏上的每一步彷彿都提醒著你：它那輕柔綿軟的土壤蜿蜒不斷地奔向綠意縈繞的山川；山腳下那片高低起伏、綠波蕩漾的牧場，古老的榆樹以及那片單調平淡的平原，都各具特色，卻又相映成趣。距此一英里遠有座村莊，它坐落在這古老小島遠端的海岬上，看起來像個分布凌亂的海港，隨意散落到各個大大小小的碼頭。目光所及，桅杆點點，漁船穿梭於陡峭的街巷之下，環繞四周的平原可以在突然之間變成波濤縱橫的大海。在這樣的沼澤之中，既無小路可尋，更無捷徑可言。在晴朗的天空下，看起來近在咫尺的山村，沿著河堤走過數里，仍發覺沒有靠近它一步。有時，不知不覺間來到龐大的水陸邊緣，發覺它淡藍色的水道就像一桿鋼桿，無需任何金橋連接，就可直插天際。蘆葦叢生的幾條小徑，也是一路筆直地延展開來。這一望無垠、碧水如帶的海面，讓你感受到了無比的寧靜與愜意。堤壩如漂泊的水流，形成了一道道淺淺的平行線；那環繞著孤單農舍的楊樹林，那高聳的泵站，都格外醒目惹眼。在這片無垠的海平面上，可以感受到平靜之中所蘊含的那種渾厚與偉岸。極目望去，是浩瀚無垠的蒼穹，翻捲的雲堤和如絮的白雲蔓延整個天際。這裡的天空，比

空氣的聲音

世上任何一處的天空都更高、更遠、更廣；這裡的清晨也來得更為安詳，可是，橘紅色的黃昏卻總是姍姍來遲。火紅的太陽，總在最低的地方燃燒，甚至低到了世界的盡頭，然後在黝黑的樹林後，在隆起的山脊後，悄然垂落。在這玫瑰色渲染的雲朵之間，在這綠意蕩漾的空氣之中，西邊的天際璀璨的霞光慢慢轉淡，悄然消失，它的動作多麼曼妙輕柔啊！身處這寥廓的天宇之間，感受到的是宇宙的浩渺空茫，深奧無涯。在內陸的小鎮上，條條道路像道道光環交會到一起。每一條河流都是一種忙碌的生活，透過河流，這裡的世界悄悄流到你的身邊，它自己也因此變得更加精采，更為從容。這裡似乎根本沒有生活的潮湧，有的只是旅人平靜的交融，他們的羅盤之上，沒有一點指向渲染。在這裡，有的只是沼澤上榆木環繞的村莊，那平凡生活的潮起潮落。焦渴與期盼之心固然可以將忙碌運送到任一地方，但要讀到這綠意掩映下的幽靜生活中的匆忙與緊張，不啻於在講述一個單調無聊的故事。這是一片何等寂靜之地啊！在這裡，生活傾吐了自己的聲音，比我在任何地方所聽到的聲音都更具特色和價值。我大部分時間都住在城鎮，在那些地方，即使沒有聽到什麼特別的聲音，也會模模糊糊地感受到某種聲音在空氣中流動，讓聽覺顯露出遲鈍。但在這裡，無論是樹籬上傳出的黃鸝清脆的歌聲，還是灌木林裡貓頭鷹發出的鳴叫，都剔除了任何低鳴的雜音，透過涼爽的空氣清晰地傳遞出來；一英里外長長的車隊沾滿泥土的輪子發出的軲轆聲，脫粒機的低吟聲，甚至叢林外小路上孩子們的喳喳細語，都似乎在我的耳畔輕快地響起。在這裡，我意識到自己過去的生活是如此的喧囂與匆忙。我承認，過去的生活足夠快樂，但它所有的一切：教室、街道、操場，雖一如既往的鮮活，可現在似乎都變成了刺耳的銅管以及那破音弦樂嘈雜的前奏，不知不覺間失去了甜美的旋律和流暢的和聲。無疑，這座寂靜之島，也有陰鬱籠罩的時候，但至少在

今天，它是寧靜透明的，似那流動的河水清澈沉靜，又似蒼穹般逍遙自在，更像無垠的平原一樣絢麗多彩。但我並不想永久地寄居此地，終日無所事事地虛擲人生！我有自己要編織的網，有自己想要的明澈之鏡，可我不會再虎視眈眈地爭權奪利了，我只想除去凡塵和雜音，尋覓一處安靜之所，悠然地欣賞這一切。在忙忙碌碌中，我已辛苦勞作了 20 年，真的能空出時間去收穫豐收、清點果實嗎？如果可能，我想看看這寂靜之後隱藏的一切，讀懂這一切所蘊含的意義。就百合花而言，人們說栽種它們無需辛苦，但這並不能成為我們漠然視之、不理不睬的理由，任由其蔓延滋長，像甘藍一樣瘋狂膨脹，最後一簇簇、一排排地在粗糲的壟溝中腐爛。人們似乎無法從必需的塵世勞作中獲得滿足感，於是就從事一些徒勞無益的活動，把詩人的詩詞歌賦和智者的至理名言都統統變成了啞鈴，用來強健我們的肌體。人們還把娛樂時光變成了充滿妒意的競爭和怨氣衝衝的效仿，於是，不屑情緒一股腦地傾瀉出來，指責屈指可數的那些心態平和的夢想者們缺乏精神，指責享受悠閒的人們缺乏活力，而我們卻在徒勞地墾殖著野花叢生的荒地，養育了無數看似歡快的黃金鳥，並為能在冬日的午後把天空中飛翔的牠們打得鮮血飛濺而得意洋洋。直到這時，我們才會心滿意足地想到了天國，自以為所付出的一切辛勞都只是為了催促它的早日降臨。

▌無意義的工作

講個有趣的寓言故事：一位熱心的傳教士請求某人為世界末日時的一項活動捐款，於是，這個人就拿出一先令和一枚金幣說：「一先令捐給這項活動，用另一枚金幣幫我把這項活動找出來。」這個寓言故事很好地點明了西方人工作的實質：直接讓人受益的工作可謂鳳毛麟角，而牽強附會

的工作卻又多如牛毛。當校長時，我把 90% 的工作都放在檢查孩子們的作業上面；這些作業，通常都是為了防止孩子們調皮搗蛋安排的。這種教育體制下培養出來的孩子，最糟糕的地方，就是要求孩子們一生都要乖巧聽話，不要胡鬧亂來。然而，也許世上最離譜的胡鬧，莫過於用毫無意義的功課填補孩子們的生活。從屋子裡走到後花園有兩種方式：一種是直接從後窗跳進後花園的草坪；另一種就是從家的前門出來走到街口，在第一個路口向右拐，在下個路口右拐，再從後花園門口進去。但這麼做有什麼意義呢？這無法帶來任何滿足感，更不值得你告誡那些頭腦簡單、喜歡直行的人們，說世界正變得懶惰和腐化，總是想方設法避免麻煩。關鍵是，我們要過的是生活，而不是僅僅要活過。讀大學時，我們利用暑假去蘇格蘭的某個地方度假，那地方非常好玩，我們到那裡純粹是尋開心的。一天晚上，有人提議第二天去搭快艇，我欣然回應，但因為駕駛技術實在差強人意，我就說自己只有在天氣好時才會去。我們原本計劃早早起床出海，但被叫醒時我發現天氣實在糟糕，就心存感激地繼續倒頭睡去；最終那天我去釣了一整天的魚。我的房間裡還住著一位少校，外表冷峻，性格倔強。他隨隊坐了游艇，但過得很不痛快。那天晚上，在吸菸室回顧這次冒險經歷時，這個老頑固開口對我說：「我想給你個建議。你說你要出海，卻因為害怕大風臨陣退縮了，請原諒我作為一個算是見過世面的人冒昧地勸告你，這樣不行。一旦下定決心，就要堅持到底，這是條黃金法則。」我回答說只要刮大風，我是不會去的，否則我寧願自己染病，但我的回答對他毫無觸動。「啊，這都是膽小鬼的瞎話。」這老頑固說：「我常說只要值得做，就要做到底。」我怯怯地回答說我一直暈船，而且我認為只要暈船，就不該在大風天出海。我的話讓他有些惱火，說這是婦人之見。他的建議讓我感受到的不是心悅誠服，而是冒犯和羞辱。兩三天後，我體會到

了一種幸災樂禍的快感。少校因打獵時不願乘坐提供給他的馬匹，堅持要走到森林，結果不僅累得半死找不到路，而且連續錯過了兩頭牡鹿，最終兩手空空而歸。他當然找到了相當圓滑的理由為自己開脫，而且聽上去也頗為合情合理。

放錯的良心

　　決定，必須要由自己做出。如若不喜歡放鬆，認為放鬆乏味、無趣，就不要刻意而為。如若良心告訴我們繼續從事某項特定的工作，那我們就最好遵從良心的引導；但在這些事情上只遵從習慣很難培育出同情之心。如若慣常於玩弄思想和良知，就會像海中老人[002]那樣，最終難以自拔，並遭報應。若對他人過於負責，終日忙碌於不必要的溝通和採訪，甚至更糟糕的，總愛驕傲地宣稱工作讓自己沒有閒暇讀書或思考，那麼，真正獲得滿足的肯定不是自己的良心，因為良心已然麻木。如果一個人真正有責任感，那麼幫助他人和引導他人就是自己義不容辭的責任，就必須確保拋棄那些經不起考驗的陳腔濫調，由衷地做出具有實際意義的貢獻。極具神祕色彩的馬大和瑪利亞[003]的故事，就很好地闡明了這一點。故事中，馬大受到了指責，不是因為她好客，而是因為她過於斤斤計較。雖然還不清楚瑪利亞為什麼受到表揚 —— 當然不是因為瑪利亞予人有助，也不會是因為她看望病人，參加教會活動；很顯然，僅僅是因為她能夠靜靜地坐下來認真聆聽耶穌的教誨，並對宗教表現出了濃厚的興趣。雖然兩人都富有同情心，但馬大表現出來的是對人行善和對家務的關心。真正為人所需的是

002　在阿拉伯寓言故事中，水手辛巴達第 5 次出海遇到了一個兩腿緊緊夾住他脖子騎在他肩上不肯下來的蹣跚老人，一連幾天，弄得他疲憊不堪，幾乎絕望，最後他灌醉了老人，擺脫並殺死了他。

003　《聖經・約翰福音》11:17。

什麼呢？瑪利亞所選擇的且對她難以割捨的又是什麼呢？事實上，《福音書》對於人們積極從事的活動幾乎沒有交代。但如果這麼說，就會招致嘲笑，因為其中有許多關於友善待人以及鄰里和睦相處的記載，可是關於如何賺錢或舉辦社會活動的記載卻無從查起。在貧窮的鄉村，這類問題更為顯而易見，但在我們這種較為複雜的文明社會，卻並不容易看到這類行為的準繩。假若突然有了某種行善的衝動，該如何作為呢？在古老的故事裡，人們會為病人讀書，分發餐食，現在卻很難找到這種合適的群體。如果我端著一盆蘋果餡餅到處分發，人們會感覺受到了侮辱，並有充分的理由心生芥蒂。至於我生病時人們過來看望，為我讀書，這種出於仁慈的目的接踵而至的探望是我最深惡痛絕之事。如果是出於真誠的愛心，我會選擇忍耐；但如果只是責任使然，反而會增添我的煩惱，令我坐立不安。許多悲傷和困苦之人，只想獨自一人不受打擾；若他們真想博取同情，他們知道在哪裡可以獲得。從個人角度講，遇到煩惱時，我並不想獲取同情，這樣的同情只會讓我感覺雪上加霜。這時，真正的安慰就是一如既往的自然而為，彷彿世間沒有煩惱一樣。要做到這一點，就必須努力地表現自然得體一些，這是實現忘卻自我的最佳時機。

▎同情

在我看來，如若可能，人們唯一可做之事就是去愛他人，這是一種心態。同情和幫助也是來自於這種心態，而不僅僅源自於找個對象傾述或者得到物質上的資助。而對於人們那些淒慘無比的遭遇，我們卻往往表現得無可奈何。知道別人愛你，並不能撫慰失去孩子、愛人以及朋友帶來的創傷。今天已是民主社會，人們擁有了社會責任感，不僅知道要舉行慈善活動，還知道孩子應該按照《教育法案》接受教育。醫院認為，當今世界已

變得非常專業化了，病人必須有專人看護。諸如此類行為，使簡單易行的慈善變得複雜起來。很顯然，用錢財解決人們的燃眉之急，並不一定是在做慈善。同樣，在我看來，對人們的過失和罪過含糊其辭地進行教誨，也毫無益處。我們必須擁有戰勝邪惡的意識，並知道如何將這些意識付諸實踐。若像我一樣無法完全避免個人過失和過錯，就難以接受牧師的態度。若熱愛大眾，問題就不再成為問題，甚至可以自行消解。人們可以互相交流思想，探討良好的品行，嘗試了解心中所欽佩的美德到底是什麼。總之，唯一讓人們變得美好的方法 —— 假如那也是人們心中的終極目標的話 —— 就是讓自己變得美好起來，而且這種美好也正是人們心中渴望已久的期盼。

清晰的視野

若想與眾不同、出人頭地，必須要有清晰的視野。我們當中大多數人從一開始就本著無所謂的態度，對世俗的觀念和舊習採取來者不懼、全盤接受的態度，並且一直在渾渾噩噩中行進著。他們唯一的目標，就是站在自我的角落裡木然接受生活中的所有美好。實際上，必須承認，在行善的眾多動機中，還應包括善行所帶來的榮譽以及隨之而來的權力和影響，但這些對行善者並無益處。在現實生活背後，還潛藏著某種神祕莫測的力量，它比我們所掌控的任何力量都更為強大。通往上帝之城的道路千條萬條，雖都能殊途同歸，但沒有任何兩條道路別無二致。要肩負起對世界有所貢獻的責任，就存在一種風險：容易像路標一樣被固定起來，雖然能為他人指引方向，但指引的範圍卻有限，而且再也無法找到自己的出路。這裡的迷思在於：想當然地認為，不為人知的事物就是不可知的。事實上，在朝聖者的目標明晰之前，在山坡上的道路清朗之前，迷霧早已散去。因

此，我所指的清晰的視野，正是所有人的期望所在。必須竭力探索事物的真相，不讓偏見、特權、情感或自私模糊自己的視線。罪孽也無法像愚蠢和自滿一樣蒙蔽視野。雖難以用語言描繪出來，但我對自己的所欲所求有一個夢想：學會明辨輕重、美醜和真假。世事的浮華與榮耀，都無關緊要；所謂的誘惑，不過是源於自己的欲望。金錢，也無關緊要；它雖代表了自由，但崇拜它也會讓自己感覺到種種誘惑所帶來的痛楚。傳統觀念，無論關於行為、生活，還是關於思想、宗教、教育，都無關緊要。還有什麼是緊要的呢？那就是勇氣、耐心、純真、善良、美麗和信念，這些才是要緊緊抓住並能生死相許的品格。即便如此，我們也難免會為所有浪費的時間與精力，為所有的蠢行與誤解，為所有無謂的忙碌與無聊，為所有的怨恨與惡意，為所有虛偽的規則與制度，為所有艱難的評判、恐懼與醜陋、殘酷的世界，為它們的早熟與晚凋，為這所有的一切感到困惑、悲傷和好奇。

　　一小時前，我在路上遇到兩個孩子，一個男孩和一個女孩。小男孩從樹籬上摘到一些花枝，一邊走，一邊心無旁騖地欣賞著花朵。他姐姐做什麼呢？她想找點樂趣，於是就搶走了男孩手中的花朵，男孩追她，她躲閃著，最後乾脆把花扔到了木柵之上，然後得意洋洋地走開了，而小男孩則坐在地上傷心地哭了起來。他們為何不能和睦融融地享受快樂呢？

　　我的桌案上放著一些信，其中有我兩位老朋友的來信，他們正在為一個只值幾鎊的小事爭執不休。一個人抱怨對方巧取豪奪，而另一方因被指責為卑鄙而惱羞成怒。結果可想而知：他們之間親暱的友情戛然而止了。人無法預防悲傷、痛苦和悲劇的發生，但有一種力量，在賦予了我們獲取豐富的快樂資源的同時，又用魔鬼一般的力量戕害我們，讓我們對這些資源恣意糟蹋，我們因此而擔驚受怕，互相鄙視，互相憎恨；這究竟是一種

什麼力量啊，讓人表現得如此喪心病狂、不可理喻？它又怎樣無情地摧殘了這勃勃的生命？在這種狀態下，生命即使得以苟且殘喘，也會變得游離不定，步履蹣跚，萎靡不振；他的肌體會變得如僵屍般脆弱不堪，他會滿臉愧色、無地自容；更糟糕的是，這架內心早已瘋癲的機器卻仍自我感覺良好，自覺年輕而理智。如果知道在某個地方，某一時刻，無論多麼遙遠，總有人給予我們幫助，讓我們變得堅強、快樂、勇敢、善良，那麼，承受這所有的一切該是何等輕鬆自如啊！我們就會對一切置若罔聞，只知盡情享受，這樣的人生會變得多麼璀璨多姿啊！無論是光禿的樹林中黃冠綠頂的烏頭草，還是躲在雲彩後面的太陽漫射出來的炫麗霞光，我們每一次回眸，都能欣賞到這美妙的景致。我們會遇到各式各樣的人，迷人的、古怪的、好奇的，從坐在馬車上的男孩 —— 他細膩的皮膚和明澈的瞳孔映照出幾多古老的浪漫啊！—— 到皮膚乾澀的農民，他們穿著不合身的髒衣服，手中拿著鐮刀 —— 他們代表了世上最堅忍的耕耘。這些人群，雖付出了如此艱辛的勞作，卻又如此地感到無助，他們的人生意義也如此地讓人困惑。無論是國家、家庭還是個人，生命之路都曲曲折折，不時遇到突兀襲來的邪惡；這些邪惡極具毀滅性，令人驚駭，又無藥可醫；但邪惡至少還帶有一絲血色和火光，更為可怕的是卑鄙與嫉妒，它們彷彿一道道黑暗的黏液，原本一無是處，卻可以讓輕快的步伐變得緩慢而滯重，讓明亮的道路變得朦朧而又模糊。

▍生活的快樂

所以，在這裡，在我的寂靜之島，在片片沼澤之間，在寥廓的蒼穹之下，我想嘗試一種戒葷茹素般的生活，沒有懶惰與匆忙，也沒有時光的虛擲與貪戀，不推卸應負的責任，也絕不平添無益的負擔，不把自己禁閉在

孤獨之隅，也不放縱地攀附無謂的權貴。坦誠而言，如能明辨上帝的神諭，我由衷地希望完成上帝的旨意，但這需要堅強的意志去支撐；儘管如此我也從未對完成它產生過疑慮，我相信就算我在完成的過程中會流下傻傻的淚水，我也會一直堅持到底。駛向山下的港灣時，為什麼會遇到如此之多逆行的狂風、劈頭的巨浪，它們為什麼如此強勁地襲來讓你船毀人亡呢？我無從知曉，我也無法知曉如若我真的駛過夕陽，對岸的風景到底會是怎樣？但那裡一定有正在等待著我的家園。我想，所有的人，這個恬靜的家中所有的人，正欣喜地列隊成雙，站在古樹下，站在沾滿露珠的草場上，等待著我，他們的身影雖模糊卻很美妙。也許，我會尋得夢寐以求的美景；也許，我只能滿臉鮮血蜷伏在生命的荊棘之中，誰又知道呢？正如我描繪的那種場景，我在眺望遠方，看見淡淡的夕陽漸漸隱沒在樹梢之後，花園在黃昏中若隱若現，屋中的燈火時隱時沒，鳥兒穿過寂靜的天際展翼飛向巢穴。現在，在這怡人悠然的時刻，太陽正圍繞著廣闊無垠的天空一路盤旋，我呼吸到了我所渴望的、來自於仁慈的上帝之心的氣息。假如沒有這樣的氣息，我也心滿意足，因為我確信，也根本無法懷疑，在所有的混沌與謬誤之後，必然隱藏著一條真理；在所有的朝聖之旅中，必然潛伏著一個目標。我將要找到它，實現它。終有一日，榮耀會從天而至，希望得以實現，悲痛必將終結。到那時，無論在絕望和疲憊中跋涉，還是在得意與欣喜中狂奔，我再也不會多邁出一步，因為我已學會不再恐懼，不再妄言，我已然摒棄了猜忌，拋卻了鄙夷。在那一刻，我會睜大雙眼，因為我終於知道，自己已找到了平和喜樂。

小說

　　就在剛才，我發覺自己的閱讀能力有些遲鈍了。一直以來，我總是悠然地抱著幾本老書不放，沒有任何創新，思想也變得過於狹隘，如同一個不再為晚宴打扮自己的客人，不會再去計較大衣和拖鞋的新舊。人們很容易把這些行為當成不善處事或心境淡然的表現，認為有哲學家的風采，但說實話，這純粹源於懶惰。真正不善處事的哲學家，在任何場合，無論穿著什麼，都會表現得輕鬆自然，瀟灑大方。

　　我從未以一種輕鬆或者純娛樂的方式看待小說閱讀。一開始讀時，我就像待在一所陌生的房子裡，見到的全是陌生的面孔，各式各樣的生人難以迴避，等待著我去結識，對於評判他們的所長所短，我煞費苦心、苦惱不已。實際上，我更願意從事一些嚴肅的事情。我知道，這種浪漫時刻只屬於作家，不屬於歷史學家或道德學家，因為他們對生活太過挑剔，太過熱切。現在，也許沒有傑出的心理學家或理想主義者會從事創作了，從事創作的偉大的藝術家更是鳳毛麟角。若一個想要人千方百計擺脫當代小說，這不僅是一種病態，更是一種道德上的墮落，至少也算是一種懈怠、愚蠢和保守的表現，因為這意味著一個人的思想已然僵化，腦中盡是些拾人牙慧的枯燥理論，人性的良知和樂趣也終會使人變成乾枯空洞的軀殼。

　　人們總是無休止地爭論：小說是該具有倫理目的，還是應完美地呈現出那些為大眾所清楚認知、忠實信守、精心分類、巧妙剝離的真理呢？現實主義者認為，對於後者而言，無論主題、事件和情節如何，小說中必然隱藏著某一倫理目的，而且這一目的有賴於小說自己去表達。而另外一種理論則認為，小說家應有一個特定的動機：要麼證明某一理論，要麼進行

某種忠告,要麼實現某一目的。事實上,狄更斯和查爾斯‧雷德[004]都擁有根植於社會變革時代的慈善動機,他們希望改善學校、濟貧院、瘋人院和監獄的條件,這一動機在諸如《尼古拉斯‧尼克貝》(*Nicholas Nickleby*)、《孤雛淚》(*Oliver Twist*)、《硬幣》(*Hard Cash*)和《改過不嫌遲》(*It IS Never Too Late to Mend*)等作品中也都能管中窺豹。從道德角度上說,這些小說所反映的問題合情合理,無疑能讓大批讀者對這些問題予以關注,而這是從布道書和藍皮書上無法獲得的。這些書籍引起了大眾對這些問題的關注,大眾情緒也就自然而然地催動了立法的脈搏。慈善動機是否會損害書籍的藝術性,這是另外一個話題。的確,慈善動機總會或多或少地讓作者偏離初衷,要麼誇大其詞,要麼搬弄是非;而出於藝術目的,又總把背景置於濟貧院或者監獄裡;這些都可以理解,但如果人道主義動機導致了真相的歪曲,小說的藝術性就會受到折損,因為事實的選擇和分類應遵循藝術的指導原則,而非出於其慈善動機。

▎當代愛情

在眾多浪漫情景中,表現得最為搶眼的情感就是愛情。人們會發現一個有趣的現象:愛情的動機也可以有藝術和慈善兩種表現方式。《酵母》(*Yeast*)是查爾斯‧金斯萊[005]的一部重要作品,是一部富有早期維多利亞時代特色的小說。這部小說在將藝術和慈善兩種動機合而為一方面進行了有益的嘗試。蘭斯洛特對阿吉莫妮的愛情,就是以藝術兼慈善的手法描繪的。這位愛慕者的激情,透過種種古怪而混亂的社會現象表現出來,就像寂寞草地上流淌的溪水,人們可以清晰地看到並感知到它流向附近磨

004　查爾斯‧雷德 (Charles Reade, 1814-1884),英國小說家,他的小說通常反映了他在社會改革方面的興趣。

005　查爾斯‧金斯萊 (Charles Kingsley, 1819-1875),英國著名作家、詩人。

坊時跳動的脈搏。同時，這份愛情的慈善動機也有跡可循，因為愛情常被當成一種補償動力，一種治癒私慾的良方，一種撫慰心神的香脂。在恨嫁未成的阿吉莫妮臨終之前，藝術動機占據了上風。女作家之手，往往自然而然地會從人道主義的角度描寫愛情，這是女人所能提供的最完美無敵的禮物，也是她們施展影響力的絕佳機會，更是一個她們實現自我的難逢機遇。古語說，女人即是媒婆。有一先生更為露骨，他認為女人這麼做是出於一種狩獵本性，儘管這種本性得到了某種程度的褒揚，可還是或多或少地加以迴避。偉大的女作家夏綠蒂[006]，就是從藝術角度處理愛情的。有人指責她把書中的女主角簡・愛、卡洛琳、雪莉[007]描繪得過於溫順，對男人給予的恩惠表現得過於受寵若驚。這些女人用異乎尋常的溫順，寬恕了欺騙、苛刻、冷漠和絕情；然而也正是這些行為，才產生了藝術之美，這種藝術之美用奉獻而非索取溫暖著這些美麗無瑕的心靈。在那部質樸的小說《教師》（*The Professor*）中，男主角的塑造充分展現了夏綠蒂・勃朗特是如何把大自然的刻板與男性的剛毅完美地融為一體的。在書中，男主角的妻子一反往日的安靜與矜持，宣洩的情感如決堤的猛流；隨後，這股激情又如乾涸的枯井，沉重的緘默橫在兩者之間，這一切讓男主角驚異不已。他就問妻子，她的愛呢？它去哪了？「我不知道它去哪裡了，」妻子回答，「但我知道，只要你需要，它就會折身而返。」這真是美妙絕倫的點睛之筆。保羅・伊曼紐埃爾[008]和羅伯特・莫爾[009]都有著感人的美麗心靈，但他們都死守著一個想法：報答他們卑微的情人；於是，他們先對她們進行了苛刻甚至殘酷的考驗，之後再用他們的摯愛回報她們。羅徹斯特先

---

006 夏綠蒂・勃朗特（Charlotte Bronte, 1816-1855），英國著名小說家、詩人。
007 卡洛琳和雪莉都是夏綠蒂・勃朗特的小說《雪莉》（*Shirley*）中的人物。
008 夏綠蒂・勃朗特的小說《維萊特》（*Villette*）中的人物。
009 夏綠蒂・勃朗特的小說《雪莉》中的人物。

生 —— 情人當中的至聖者，雖然愛的荒唐，但他那桀驁不馴以及情節的逆轉，都讓他成為一個有血有肉的鮮活人物，那是男人特有的激情，如同心靈祭壇上的聖火在熊熊燃燒、在不斷跳躍。這部小說的魅力令人難以抵抗，因為簡‧愛從未意識到自己在奉獻，她只知道自己在接受施捨，也正是這一點，才使她的愛超凡脫俗、令人感嘆。

▌ 自我意識下的愛情

現在有一本書可與之媲美，這就是丘蒙德莉女士[010]的《受刑人》（*Prisoners*）。這本書的精妙、高雅展現在諸多方面，然而其中最閃光之處，莫過於它從女性的角度詮釋了愛的價值。在書中，愛情被描述為是一種可以救贖生命和改變人生的力量。為了證明這一命題，兩位男主角溫特沃斯和洛西茅斯，不再像羅徹斯特那樣因犯下致命的錯誤而變得面目全非、一無是處；相反，他們一個成為了老女僕自我中心主義的奴隸，另一個變成了赤裸裸的獸性主義的奴隸；這兩種情況都令人「感同身受」。這位女作家，沒有像聖人一樣掌控自己的創作，而是帶有明顯的傾向性，她的目標就是為了更清楚地詮釋主角愛的本質：愛是一種純淨心靈、改變人性的力量。對這一立場，我想，沒有人會持有異議。但人們若意識到愛情的自身價值，就會失去謙卑和無私，愛的力量也會減半。即使是莫德林，書中最完美無瑕的人物，也難免表現出居高臨下的態度。在那場動人的愛情戲中，她接受了洛西茅斯爵士，然後寬慰他說：「你不僅回到了我身邊，也回到了你自己身邊。」這是畫蛇添足的一筆，它讓說話者帶上了高人一等的色彩；此外，這還讓人想起〈公主〉（*The Princess*）[011]中的情節

010　丘蒙德莉（Cholmondeley, 1859-1925），英國女作家。
011　維多利亞時期代表詩人阿佛烈‧丁尼生作品。

當仰慕者看到不幸的艾達公主把床榻當成祭壇時，就教導她說：「不要責備自己，重溫錯誤，人生才會更為珍貴。」你無法想像簡‧愛會對羅徹斯特說：愛讓羅徹斯特回到了他自己身邊。在這令人無限遐想的場景中，在這精采絕倫的時刻，說這樣的話還真是有些不倫不類；這種話帶有牧師的口吻，絕非真愛的表達。因此，在情感達到白熱化之時，應該格外小心，因為總有一個能熄滅火焰的力量在旁覬覦。

愛情禮物

存在於藝術之中的愛，應是珀涅羅珀[012]與安蒂岡妮[013]之愛，應是考狄利婭[014]、苔絲狄蒙娜[015]、依摩琴[016]之愛，應是伊妮德[017]之愛，應是白朗寧夫人之愛，應是女人之愛，應是男人之愛，應是但丁之愛，應是濟慈之愛，應是莫德[018]的愛人之愛，應是高老頭[019]之愛，應是羅勃特‧白朗寧之愛。

這是男人對女人或女人對男人難以琢磨、不容置疑的愛，愛就是這樣，只為自己而存在，如蒙田[020]所言：「只因我和你。」這不是對良好品

012　Penelope，奧德修斯的妻子，奧德修斯遠征特洛伊時，她一直守在宮中，拒絕了無數求婚者，終於等到丈夫的歸來。

013　Antigone，希臘神話中伊底帕斯之女，不顧其舅父克瑞翁的禁令埋葬了陣亡之兄而被囚入岩洞墓穴，自縊身亡。

014　Cordelia，莎士比亞劇小說《李爾王》（King Lear）中李爾王的女兒，她正直、驕傲、不願意說取悅人的謊言。

015　莎士比亞小說《奧賽羅》（Othello: The Moor of Venice）中奧賽羅的未婚妻，為了爭取婚姻自由以祕密結婚的方式反抗了她的父親，用具體行動反抗了封建社會的家長權威。

016　莎士比亞小說《辛白林》（Cymbeline）中辛白林的女兒，她違背父意，愛上了寄居宮中的孤兒波塞摩斯，並與其祕密結婚。

017　Enid，《亞瑟王傳說》（The Matter of Britain）中格雷恩特之妻，愛情堅貞的典型。

018　Maud，丁尼生獨白詩劇《莫德》（Maud）中的女主角。

019　Pere Goriot，《高老頭》（Le Pere Goriot）巴爾札克最優秀的作品之一，野心家追求名利的掙扎與高老頭絕望的父愛交錯之下，使小說內容更顯得光怪陸離，動人心魄。

020　蒙田（Montaigne, 1553-1592），法國文藝復興後最重要的人文主義作家。

行的敬佩，只是對美的崇拜，對力量或優雅的感知，是精神與軀體命中注定的結合，是一種內在本能的和諧，一種崇高與親暱，它沒有任何誇耀、恩澤或寬恕的意味，只有對溫順、分享、奉獻必然的渴望。因此，愛情裡，缺點和弱點無需改正，也無需寬容，只需慷慨地給予機會。犧牲不是痛苦，而是最為深切、最為敏銳、甚至可以觸及的愉悅。這種愛無關對友情的容忍，也不是加減法的運算，更不是對收入的斤斤計較，它總能提供一種理智而快樂的夥伴之誼。因此，當作家有能力並有幸感受這種愛的場景時，任何深遠的動機或目的已無關緊要。的確，恣意添加額外的動機，只會令這一神聖的禮物蒙羞失色。切勿虛妄地假設任何人都有這種愛的天賦，這種完美之愛唯有天才才可以獨享。因此，花費些心思描繪一下其他種類的愛，還是值得的，因為愛有無限的類別與內涵。愛的預言家們常犯這樣的錯誤，就是以冷淡生硬的口吻去預言，而這些預言會讓許多男女壓抑內心的情感；這是一個令人感到可悲的錯誤，這種錯誤完全可以用意志和努力來避免。很多傳道者也犯下了同樣的錯誤，他們要麼認為每個人都擁有同樣的道德意識，要麼認為道德意識幾乎可以不費吹灰之力就能培養出來。雖然有些人能夠感知崇高 —— 這一完美之愛的昇華 —— 卻無法激發這種崇高。擁有這種天賦之人要感謝上帝，這種天賦匱乏之人也不必羞愧自責，因為良好的智力與藝術天賦也並不一定能與力量結合。人性中存在一種補償法則，但同時也存在限制法則，忽視它既是愚蠢的，也是怯懦的。

▌愛情與激情

我曾經嘗試過，把文學領域和生活範疇中的偉人一一羅列，可最終感到既沮喪又震驚，因為我發現這是一項何等艱鉅的工作。詮釋完美的女人

之愛，要比詮釋完美的男人之愛容易得多，於是，我心酸的想：難道就是因為純潔、真情和永恆之愛自古罕有、感天動地，所以才使愛的詮釋如此不易嗎？現在的書籍名目繁多，無論虛構的還是傳說的，人們都可以恣意挑選，然而，真正的可與之結為友伴的書籍卻又鳳毛麟角，這難道是因為我們過於挑剔了嗎？這是一個我不願面對的答案，但很顯然，我們把愛的力量過於理想化了，難道是因為文學作品中充溢了浩如煙海的浪漫史的緣故嗎？愛，真的像浪漫故事留給我們的印象，在生活中有著如此巨大的作用嗎？無數的浪漫故事就真的能說明，人生中的愛能超越一切嗎？超然的愛情在羅塞提[021]的十四行詩中得到了充分的詮釋，然而我們了解的所有關於羅塞提的故事，都似乎證明了他的愛是真實的，而非超然的。從愛情角度而言，有人把羅塞提歸為酒色之徒或愛的奴隸，認為他不是真實且和諧之愛的宣導者。我更傾向於這樣的看法，對於男人，尤其是現在的英國男人，愛是迷惑的插曲，絕非必不可少的行動指南。最令人感覺幸福的婚姻，就是把激情平靜地轉換為真實而溫存的友情。這也似乎證明，愛是肉體上的激情，並非精神上的激情，它從人生穿插而過，並非沿著人生之渠流淌不息。

　　我不禁想到，回顧人生中偉大而真摯的情感時，面對摯愛的對象 —— 一個沒有任何身體魅力的女人，也能產生強烈的激情，這樣的情況存在嗎？當然，我沒有把魅力局限於傳統意義上的美麗，可我自己就回想不出關於這樣的情況：一個人，會為一個毫無魅力的女人點燃激情。這種魅力，也許來自聲音、目光、姿態、手勢，但總有那種理想中的魅力存在著。

021　加百列・但丁・羅塞提（Gabriel Dante Rossetti, 1828-1882），英國畫家、詩人、插圖畫家和翻譯家。

▌超然的愛情

　　我所認識的一些女人，她們或深情款款，或滿腹同情，或機智過人，或善解人意，或忠貞不渝，但往往都因為缺失身體上的魅力而與良緣失之交臂。的確，為了使愛美麗起來，必須把愛想像成為像羅密歐和茱麗葉那樣的才子佳人；若把愛的蜜意柔情與醜陋笨拙連繫到一起，總會有種怪異的感覺，甚至會暴露出褻瀆之意。若愛在人們眼中超凡脫俗，若愛能觸手可及，那麼，身體上的特徵就再無法對愛產生任何影響。我希望那些充滿激情的愛的闡釋者，能充分發揮想像力，把怪異畸形的愛詮釋出來，卻不令人感到荒誕不經。我不希望愛取決於身體上的魅力，但必須承認，充滿激情的愛的確來源於身體。沒有身體魅力的女人，假如她富有柔情、忠貞和奉獻精神，也許可以獲得快樂的友情，人們願意信任她，向她袒露心聲，但無論人們怎樣仰慕她，假若想以此補償愛情，創造愛情，她卻毫無機會。這雖然是一個很難堪的問題，但必須得問：愛情抵抗溼疹獲勝的機率有多大？溼疹也許會與任何身體上的或者精神上的恩典一併存在，因此很顯然，如果聽憑身體的擺布，當代那些超然的愛情理論就會頃刻瓦解。

　　追根究柢，就像人類的快樂一樣，愛情的分配也是不公允的，除非上天賜予，否則，任何欲望、欽慕或希望都無法催生愛情。即使是《受刑人》中受到無情鞭笞的那個懦弱男人，也曾去探望自己的愛人，但卻不會為她登上遠行的列車，這難道不是身體魅力的表現嗎？我不想辯駁超然的愛情觀，只想說，有些人永遠無法追逐到這種愛情，所以對愛情極盡唾蔑；如果超然的愛情觀與這些人相伴而行，就容易變成一種虛偽和刻薄。任何一種宗教都無法單單憑藉責備頑冥不化之人、蔑視柔弱無力之人就得以傳播。

　　夏綠蒂‧勃朗特的天賦，在於她能讓愛情變得神采奕奕、風情萬種，她沒有把脂粉與子彈浪費在精神貧瘠之人身上。讀完之後，那些還沒遇到愛情的男女會說：「我所錯過的到底是什麼，竟然如此美妙，它可不可能正在某處等待著我？」他們會充滿希冀和好奇，在同行的人臉上找尋著。這種心態，因愛而生，似乎是上帝的刻意安排，絕不是生於鞭笞之下。眾多的男女必須面對這樣一個現實：他們可能不會與超脫的愛情產生瓜葛，必須決定自己要不要接受那種低俗的愛情，或是淳樸的情投意合，或是簡單的商業同盟。

　　如果無法接受，那就請自尋煩惱去吧！人們應該盡可能的組建起自己的生活，明白失去愛情並非失去一切的道理。當愛情來臨時，我們應該能隨時證明自己的價值。世界上唯一不可能從責任感的角度去考慮的事，就是談情說愛。愛情，既平凡又偉大，無法像捉蟲一樣用織網捕獲。愛情越超脫，愛的詮釋者就越同情那些無法見證愛情之人。該受到蔑視的，不是那些沒有遇到愛情的人，而是那些因謹慎和安逸而拒絕愛情或對愛情漠然視之的強者。法制、教育、宗教和社會改革，都致力於摒棄弱者的過失，而不是打擊強者的過失，這的確是當前最大的道德缺陷。今天，愛的詮釋者也如出一轍。若愛情如此無所不能，如此神聖至上，就應有一些愛情故事去證明伯爵與女僕、女公爵與男花匠之間結合的真實性與價值。但愛情過於順服，無法逾規越矩，任何嘗試都沒能打破傳統習俗。莎士比亞說：「讓我無視那些障礙，不相信它會隔絕心中的靈犀[022]」，但誰會做出如此大膽的嘗試呢？誰又會將它們付諸楮墨呢？我們仍然無望地為封建思想所束縛，仍對愛情百般挑剔。「這種結合是不可能的，」我們會說，「這會

022　選自莎士比亞的十四行詩第 116 首。

將人類置於難堪的窘境。」人們閱讀赫茲利特 [023] 赫茲的《愛之手記》時會心生厭惡，只因為女孩是在公寓服務的女僕。但如果赫茲利特放棄自我，將激情傾瀉在一位出身高貴的女孩身上，人們就會認為這個故事充滿了浪漫色彩。因此，在超脫的當代愛情觀下，隱藏著勢利的脈絡，這是顯而易見的。夏綠蒂·勃朗特筆下能夠突破世俗規約的簡·愛，還有雪莉，她們都讓愛情熠熠閃光，令人怦然心動。但在《受刑人》中，貴族的光影籠罩在那個令人憎惡的洛西茅斯身上，而女主角，給人的感覺，已做到仁至義盡。如果社會規約真是一道屏障，那麼，就該效仿《酵母》中獵場看守人特里加瓦與鄉紳的女兒霍諾麗亞之間的愛情，他們的愛情使貴族蒙羞，也挑戰了社會規約他們的愛情並未因過分的挑剔而辱沒在市政廳的咖啡杯中。

愛情具有強大的力量，隱藏著深奧的祕密，但若想真實地描繪它，就要直面一些真相。必須勇敢地承認，愛情的確受身體和社會條件的規約，雖然這會令愛情失去一些超凡的魅力，但切不可因此就順從地接受那些狹隘的觀念。一旦我們用一隻手挖掘出情感之渠，另一隻手就要攫取和平之流；這股和平之流，擁有難以抗拒的力量，擁有美妙的情感，它吐著氣泡，穿過一座座山岩，從陰翳的山谷一路奔騰，流向無垠的大海。

023　威廉·赫茲利特（William Hazlitt, 1778-1830），英國隨筆作家。

熱情

通常，人們談話的方式，就彷彿人類已被悲傷、不幸和災難所擊垮，然而並非如此！擊垮我們的是人類自身的性格。正如詹森博士[024]談論寫作時所言，只有自己才可以記錄自己，所以，我們不是環境的犧牲品，而是性格的受害者。譬如，像格米治太太[025]那樣遭受苦難的人，卻常常自感高人一等。那些在殘暴的侵蝕之下，在邪惡的環境中，在單調的勞作中容易崩潰的人，都屬於具有神經性氣質之人，這種神經質氣質在順境時，借助於刺激和興奮，借助於陽光和愉悅，就會轉變成藝術氣質。當然，我們常常會忽視人們的心理規律，而且總是從機遇或者運氣的範疇來解釋人生。不良的健康狀況，單調的生存狀態以及空白的感情生活，會讓人們在競爭中瞬間潰不成軍，而在相對富足的環境中，人們就會生活得非常愉悅而且富有尊嚴。本性挖掘得越深入，生活探索得也就會越深刻，同樣，規律的掌握也就越牢固。巨大的貨輪在隆隆聲中駛向陸地，波濤洶湧，浪花飛濺，有什麼事比它遭遇撞擊、發生海難更為偶然的嗎？每一粒子的運動都是規律發生作用的結果，這些規律可追溯到恒古混沌的造物時代。在風力、物質和引力的精準作用下，數學家可以預測出每一液滴的運動軌跡。同理，每一微妙的心理過程，所有歸因於意志、目的和動機的現象，既不可避免，又難以改變。

幾天前，我按約去拜訪一位熟人，她是位上了年紀的女士，一位鄉紳

024　山繆‧詹森（Samuel Johnson, 1709-1784），常被稱為詹森博士，英國文學史上重要的詩人、散文家、傳記家，編纂的《詹森字典》（*A Dictionary of the English Language*）對英語發展做出了重大貢獻。

025　Gummidge，狄更斯作品《塊肉餘生錄》（*David Copperfield*）中的人物。

的遺孀，居住在她丈夫在倫敦留下的舊房子裡；房子很不起眼，位於一條偏僻的小巷之中。因為是鄉紳的妻子，她表現得一直非常活躍。她熱情好客，喜歡家裡賓客滿座的樣子。她是最慷慨的慈善家，也是朋友們的熱心顧問。現在，雖然老了，無法自如活動了，但她仍面色紅潤，愛好廣泛，充滿活力，同時經營著十幾家小企業。她舉止端莊，高貴正直，富有愛心，卻也一如既往地得理不饒人。她與一撥親屬關係緊張，甚至達到了劍拔弩張的程度，但卻是另一撥親屬強硬的後臺。發生在她身上的每件事既「令人吃驚」，又「不同凡響」甚至「美妙無比」；聽她描述凡人瑣事，比如她與僕人間的衝突、家庭糾紛、社交聚會、旅遊出行，真的是妙趣橫生。她的談話中永遠少不了那些耳熟能詳卻又素昧平生的奇人奇事，不曉得到底什麼樣的情形才能不讓她那麼興高采烈。她能繪聲繪色地描述她與牧師之間因極其瑣碎之事而發生的不可思議的爭吵，還能興致勃勃地講述她如何揭露一些她看不慣的親屬們的陰謀詭計。一方面，她因心懷怨氣和怒火而憤憤不平；另一方面，她又因充滿同情、善良和熱情而令人欽佩不已。她認識的每個人要麼喜笑顏開，要麼不忍直視。她把許多人眼中逼仄狹隘的行動區域轉變成了隱藏無限力量的巨大空間，在這個巨大空間裡，衝突如暴風驟雨般恣意橫行。

今天很特別，讓我等了幾分鐘之後，她才急衝衝地走進房間。先是一陣道歉，說她剛剛得到一個壞消息，她正在印度服役的二兒子，因高燒不退突然亡故。她是位賢妻良母，說到兒子死訊時悲傷難忍，忘情地痛哭起來，然後又陷入了深深的哀痛之中。然而，很奇怪，我有種感覺，雖然喪子之痛是一件令人極其悲傷之事，但對於這位勇敢的老人來說，卻更加讓她領悟了生命的價值，彷彿把火焰送入了脈搏，加快了生命的跳動，增強了她生存的意識。她並不是不感到痛心疾首，事實上，她已悲痛欲絕，但

這次難以忘懷的經歷，滿足並維繫了她對那些強烈感情的不懈渴望。她為孤兒寡母安排好了一切，自己的整個身心也因悲傷而融化；她沒有因這次經歷而萎靡不振，相反，這喚醒了她的力量，特別是承受悲傷的力量，畢竟痛飲苦酒比起單調乏味的生活更符合她的意願。我深深地受到了她生命力感染，我想，能夠帶著如火的熱情靠近悲傷，沒有歇斯底里地掉入消沉的深淵，一定需要非比尋常的堅韌毅力。現在，她有很多事情可做，她也打算一件件地去落實，並正為此而暗自歡喜。盡可能詳實地描述事件的悲痛，對她也是一次難得的竊喜吧。這種情感，不令人唏噓感嘆，也不奢華矯飾，只是一次酣暢淋漓的宣洩，它伴隨著心靈的狂吼，得意洋洋地前行。如若我把自己此刻對她的真實想法祖露出來，她一定會感到失落，甚至有些憤怒，然而事實就清清楚楚地擺在那裡。她沒因凡塵瑣事而踟躕不前，也沒因凡塵瑣事而心煩意亂，她正勇敢地面對人生中難以回答、難以捉摸的現實；思想吸吮了現實的殘酷與偉大，如久旱之後的花朵正縱情暢飲不斷滴灑的甘露。

▌ 忍耐力

我不會說，這是生命的傲慢，但這是人之本性，無法後天獲取。命運強悍無比，在命運面前，我常常感到困惑與膽怯，但我想，人的特質會表現得更為出色與強大。有一點，注定會成為人們的目標，那就是安然地直面經歷，無論甜美還是苦澀，都要對其進行嚴厲地質詢，只為明白它真正的意義。遺忘過去，分散心神，遊戲心靈，忘記熱病般時斷時續的悲痛，會有一定的效果；但這好比塗抹了麻藥和止痛劑，不但麻木了自己，也拖沓了人生。生命中，心靈注定要漂泊，於是就總想竭盡全力獲取安全與穩定；所以，切不可把軟弱和怯懦搭建在財富和安逸的靠枕之上。讓我衷心

敬佩之人，既能走進悲傷、不幸或病痛的黑暗之谷，也敢踏入那個死亡的
幽谷，他們帶著好奇和熱情去面對、探尋出沒在那裡的幽冥。勇於邁出如
此步伐的人，他的記憶不再是一片令他流連忘返的沃土，雖然那裡覆蓋著
陽光鋪灑的山谷並充滿了快樂的回憶；相反，他的記憶變成了一片令他心
有餘悸的險隘，那裡有幽暗的河谷，泥濘的道路，需要艱辛攀爬的崎嶇山
脊。逃避注意的目光，很快就能穿越陰影，這是樂觀主義的思想，但卻是
一種謬誤；同樣，懷著懦弱之心匆匆走過明亮寬闊、鮮花盛開的草地，也
是一種錯誤的悲觀主義思想。越意識到生命的永恆，越要感激我們所經歷
的歡樂與痛苦。在閉上凝視世界的雙眼之後，如仍能讓生命延續跨越山
河，那麼，生命與山河，將注定成為一片更為寧靜、安詳、快樂的大地。
如果它們仍像現在這樣需要我們忍耐，交織著痛苦與愉快，那麼，我們的
人生目標就應該是不遺餘力地學習這一人生課題：學會忍耐。或者，我就
該緊緊掌握人生規律，這一無所不在、無所不含、萬世不移的定律，勇敢
地向希望邁進。在沉重的悲傷與痛苦中，有種意識最值得讚美，這種意識
讓心靈從最不堪忍的痛苦中清明：無論多麼痛徹心扉，人的心中總會存有
一些難以割捨、用之不竭的力量與活力。

煩惱

　　真是一個風和日麗的好天氣。天空萬里無雲，陽光如淡淡的黃金，又似淺色的瑪瑙；遠處彌漫著薄霧，空氣清新怡人，微風輕輕拂來，掃走一切不快。昨夜已知天氣會好，因為狂風用盡了全力。日頭出來時，市政廳的煙囪和房脊在橙色的微光中格外耀眼。我摯愛的家園似乎正在歡迎我的歸來，當我穿過小徑、越過牧場時，看見燈火通明的廚房裡有一個人，臉龐模糊不清，雙手在金色的燈暈下靈活地翻轉，他正在準備晚餐，也許正在為我而準備。

　　但是，我仍感心緒不寧。今天，在陽光和煦的小路上散步時，雖然我步履輕快，可思想卻在不斷地撕咬著我，剛剛把它從身邊趕走，它隨即又咬上了我的腳。這糾纏不休的經歷令我心情索然，可隱隱之中仍感受到一種力量在積蓄。種種經歷裹身來襲，就像巴珊的壯牛圍住詩人時那樣[026]，詩人已無路可逃，生命取決於上帝之手；可是，當無數條吠犬嗷嗷圍攏上來之時，必須做出孤注一擲的反應，而這往往正是有違人願之事。

　　這些吠犬是何種類型呢？我今天收到的一封憤怒的來信就如同這樣的吠犬。這是一位老朋友的來信，我說過他的一些事情被某個好事之徒傳到他耳中。雖然我的話屬實，沒有過錯，但它竟演變成一場鬧劇，被人為地扭曲了，披上了不幸的外衣。我說過這些話，這我絕不否認，而且我保證我所說的是真話。說這種話友好嗎？寫信人質問我。如我所言，我不認為這是不友好的說法，正是他人的歪曲讓我的朋友感覺受到了傷害；然而，

026　《聖經‧舊約‧詩篇》22:12-31。

煩惱

我也無法否認，轉述的大部分內容都是我的原話。我朋友問我，為什麼不直接跟他說，而非要與一位熟人說呢？他還問道，如果跟他本人說，相信會產生作用，但是跟第三者說了，就毫無觸動了。我的確無法回答，因為除非迫不得已，我不願當面指出朋友的缺點。我說的那番話，無非是在閒聊談到朋友的行為時講的一些未加思索、輕率而籠統的印象。無心的批評被肆無忌憚地轉述給批評對象，如果想一廂情願地不讓批評對象受到傷害，這實在有些勉為其難，至少我無法保證。把談話原原本本赤裸裸地轉述出去，似乎這些話是談話者的有意而為，可實際上根本就不是這麼回事。在回信中，我坦承，自己對朋友充滿欽佩、尊重和熱愛，但並不會因此也欽佩他的缺點。只要不是面對面，我並不介意朋友批評我。但我知道，儘管我態度誠懇，在這件事上我已出了洋相。可以料到，我的回信注定毫無意義，討人厭惡，甚至如敝屣一般被丟棄。後來，我向傳話人寫信表達了我的不滿。他回信——當然他的態度會非常客氣，他說如果這非我的本意，而且我也不想面對這件事，那麼我就不應該說出這番話。他感到很惱火，因為他自認為並沒有做任何不當之事。對此，我回答說，將來再對他說話時一定要倍加小心。他非常贊成我的決定，也對我沒能堅守這一原則表示遺憾。他一定認為自己是公正的一方，這點著實令人很鬱悶。

還有一些其他煩心事。我的兩位親戚因房產問題發生了爭吵，該怎樣裁定，我也很頭疼。無論我做出何種決定，一定有人感到氣憤。我根本不想介入此事，可他們百般懇求讓我評判，而且除我之外，再無他人願意插手了。做這樣的事情，需要不停地往來通信，還要經常往城裡跑，一則人們對面談極其熱衷，二則律師喜歡拖延，因為這意味著大筆可觀的收入。這場糾紛的雙方都是女士，不會像男性那樣直言不諱。「如果您能過來跟我商量一下，」一方說道，「我會感覺不勝榮幸，這比寫信要好得多。」

我就不得不花費大量的口舌和時間，也付出了不菲的成本。正如我說的那樣，其結果總會惹得一個當事人不滿，甚至讓雙方都感覺不滿。

▌誤解

還有一位剛剛去世的老朋友的遺孀，就她丈夫未完成的書稿事宜徵求我的意見。我認為她丈夫的這本書寫得不太理想，不值得出版，但這位遺孀堅持認為把這本書獻給世界是一項神聖的使命，而且我身為她丈夫的忠誠朋友，完成他的遺願，編輯出版這本書是神聖的責任；於是，我理所應當地成了這本書的出版責任人。也許評論家會說這本書物有所值，我卻不置可否。

另一件鬧心事就是一位年輕人，我不認識他本人，但他父親是我的一位老朋友。這個年輕人寫信給我，想借助我的影響力謀求一個職位。他說他與其他競聘者一樣稱職，現在只需要我寫信給認識的一位名人推薦一下，讓這位名人把機會給他。我不願這麼做，不願用私交為人謀職。但如果我不寫信，年輕人就會認為我忘恩負義；一旦他得不到這個職位，就會責備我對此事漠不關心。如果在我的推薦下，他謀得了這個職位，大家皆大歡喜；可假如他勝任不了此工作，我就會受到責備，因為我在沒有充分了解這個人的情況下，盲目推薦了他。不管怎樣，我有些勉為其難了。

眼下我正忙著寫一本書，但這些雜事讓我不得不一天天把它擱置。即使有閒暇從事創作，也得不到必要的安寧，因為我無法把這些煩心事置之腦後。還有一些其他的事情，也讓我煩躁不已，在此就不一一贅述了。也許人們會說，獲取清淨的關鍵是與這些煩惱之事斷其葛藤。我想，如果我意志堅強，決斷果敢，就會像迦流[027]那樣果斷地把糾紛雙方趕到法庭之

027　《聖經》中不過問自己職權範圍以外事務的官員。

外。但對這些老朋友，良心驅使著我，我無法袖手旁觀。至於把這些事情當成自己的事情來完成的理由，我仍如墜霧中。關於這類事情，《福音書》中唯一有的先例就是給了我一個理由，能夠讓我置身其外，但我不會像基督徒那樣去做。據《福音書》記載，有兩個人因為遺產糾紛求助於耶穌，耶穌沒有按照他們的要求去做，而是說：「人吶，誰立我做你們的審判官，或分家業的人？」[028] 此外，我也無法表現得像紳士一樣，因為我沒有個人的榮譽參與其中，我這麼做，只是不願拒絕別人的請託，只是因為希望表達善意，所以只好以一種得過且過的方式取悅他們了。

　　但事情的發展遠遠不止這些。無論動機如何，諸如此類的事情所有人都會遇上，怎樣處理，才可以不打擾個人的寧靜呢？道德家們會籠統地說：「做你認為正確的事情，不要在乎別人怎麼想。」但不幸的是，我非常在意別人怎麼想。我恨透了誤解與冷淡，這已然在我心中留下傷口，每次觸碰都讓我感到疼痛不已，任何天才的理論都無法去除這種疼感。似乎應該這麼去想：這些事情總有積極的地方，可以培養人的耐心和智慧。但就這一件件的瑣事而言，假如最初的糾紛從未發生，假如爭議的事情不值一提，假如當事者明智、善良並有耐性，那結局又會如何呢？在第一起糾紛中，假如我的熟人不那麼如小人般傳話，造成他人傷害；第二件事中，假如我的兩位親戚不那麼貪婪自私；第三起事件中，假如我朋友的遺孀沒有讓愛意蒙蔽了判斷；第四件事中，假如我朋友甘於讓業績說話，而不是去依賴個人的影響力，那麼，所有的這些煩憂就根本不會存在。坦白地講，我從這些過程中看不到自己的收穫。這些瑣碎之事所帶來的痛苦和愁悶，竟然都轉嫁到一個對這類事情根本不感興趣的人身上，這的確有些不太公平。這些摩擦只會讓我下定決心斬斷與這類事情的瓜葛。我確實難以

---

028 《聖經・路加福音》12:14。

信守自己的決斷，但也於事無補了。

此外，這種事也沒有給予我任何樂觀的希望和信心，只讓我感到可怕與齷齪，假如這些事情不總是與生活糾纏不清，生活將會變得平靜、安寧而美好。牽涉任何局外人，都不會讓事態有所改善，只有愈演愈烈，暴露出人性的卑鄙與吝嗇，意識到自己的軟弱與缺陷，既不會令人振奮，也不會激發鬥志。有些悲痛和失落可以淨化心靈，振奮精神，增強意志；而諸如此類的瑣事只會玷汙心靈，消磨意志，其直接的後果就是，我能做且想做之事以及我來此世注定要做之事，都受到了耽擱和阻礙。即使花費心思試圖彌補，也徒勞無益。我所列舉的這些當事人也不會從中受益，因為他們已經不再那麼篤信我的評判，也不再那麼相信我的友善。

▌ 上帝之心

走在沙地上，感受清新的空氣，明媚的陽光，伸手所及之處一片平和；可是，我的心卻被一種不安所裹挾。上帝同情軟弱之人，可他卻解救不了我，他怎會同情自己創造的軟弱和渺小呢？此時，上帝似乎那麼遙遠，冷漠而粗心，只顧忙於自己的造物天機。上帝的力量神祕莫測，強大無比，可他卻把軟弱敏感之人丟棄在一旁，雖然賦予了他們希望和夢想，可這些希望和夢想相比於他們脆弱的神經和大腦，顯得過於複雜龐大，所以，他們只好跟跟蹌蹌地跨越山川，一路上，沒有一個安慰的笑容，沒有一隻援助之手。我還會抱有其他的幻想嗎？上帝賦予我們力量，讓我們鑄就充滿希望、平和、甜蜜和勇氣的理想，卻嘲笑我們為實現這些理想而付出的努力。我不奢求看清路上的每一個腳印，只渴望知道我們是否正在前行。我知道我必須服從，但我不相信上帝只需要溫順而悲哀的服從，他一定希望我勇敢無畏地面對他，身為他的愛子，永遠擁有希望和信心。

煩惱

付出

　　在布道中，有多少次它勸告我們要努力付出啊！然而，能夠準確地告訴我們如何努力的布道，卻又鳳毛麟角。我們總是以為每個人都擁有同樣的精力，可精力其實是一種素質，一件性格賜予我們的禮物。像理查‧格倫維爾爵士[029]那樣的人會說：「繼續戰鬥。」而我們實際上已一無所有，既無同伴又無目標，只剩下難以說清的榮譽；安德魯‧巴頓將軍[030]會說：「我會倒下，流淌鮮血，但我仍會站起，重新戰鬥。」

　　不管怎樣，他們都是氣度超凡、英勇蓋世的豪傑。古人說：「做下一件事吧。」至於下一件事是什麼，並不重要，也許有許多，也許同時要做幾件事：讀一本好書，或者坐在溫暖的爐火旁與朋友暢談。米爾頓說：「誰要是能夠欣賞這樣的逸致閒情，並能偶一為之，倒真算是聰明。[031]」世上大多數人都有一些必做之事，但就此受到束縛而不得不做一些瑣事，絕不是什麼明智的想法。一個人若心存慈愛、富有悲憫情懷，宣洩的方式不下百種。正因為很多人心中都蘊藏著這樣奔騰汩汩的愛心之泉，慈善家們才有了存在的理由。假如所有人都富有耐性，願意付出辛勞，願意給予愛心，慈善家就沒有存在的必要了。在病人和喪親者的家門前，總有長長的隊伍排列，這是行善者在等待著進入他們的家門。但是，並不是所有遭受苦難之人都想獲得安慰，有些人只想默默地一個人靜思，接受自己並不想要的善行會成為他們額外的負擔。一些人熱切地期盼能有機會對人施以

029　理查‧格倫維爾爵士（Richard Grenville, 1542-1591），英國海軍將領。
030　安德魯‧巴頓將軍（Andrew Barton, 1466-1511），蘇格蘭第一任海軍司令。
031　選自英國詩人約翰‧米爾頓的詩〈贈勞倫斯〉（*To Mr. Lawrence*）。

付出

自覺高尚的撫慰，但這只是一廂情願，而且十分無聊。如果有求，必須
給予，但絕不是不管不顧地強施於人，阿里斯托芬[032]如是說。隨時樂於幫
助他人，是一種良好的品行，勝於那種強加於人的助人方式；如果生活是
一門專業，學習的目的就是要找到擺脫困境的辦法，而不是靠連拖帶拽地
挺過困境，正如狄更斯所言：「跌跌撞撞地走上了平和之路。」正義需要
仁慈的考驗，同樣，精力需要無為的考驗。但對於那些懶懶散散之人，喜
好沉溺幻想之人，挑三揀四之人，無所事事之人，遊手好閒之人，指望他
們去主動擺脫困境就很困難了。人的精力與性格息息相關；生活在富饒之
鄉的人，他們無需溫暖奢華的豪宅，也無需豐厚的衣裝，就可以維持生
存，因為那裡氣候宜人。耶穌在世時生活在加利利的人，蘇格拉底時代生
活在雅典的人，都不需要特別的辛勞就可以輕鬆自在地生活。想過奢華生
活的人，就該比不想過奢華生活的人付出更多的辛苦，道德上一定有這樣
的約束嗎？耶穌和蘇格拉底似乎並不這麼認為。耶穌畢生傳道、施善，但
無證據說明他 30 歲就已開始這些工作，相反，在此期間他多處於隱居狀
態進行自我反思。如果工作信條至高無上，耶穌一定會用狂熱的工作熱情
填補每天！但有大量的文本紀錄和歷史事件說明，他自始至終都認為過分
勞作是一個陷阱。他措辭嚴厲地指出財富的不良影響，告訴門徒不要為易
逝的東西而努力，不要為食物和衣裝焦慮，而要像鮮花和小鳥一樣生活。
在《聖經》中，他貶斥一個了熱情好客的忙碌女子，卻讚揚了一個傾聽他
傳道德的安靜女子[033]。他總是鼓勵反思，貶斥行善；他引導人們去思考，
去探討德行，而不是投身於俗世的瑣事。對於忙碌而成功的事業，對於
生活，《福音書》中給出了更為合理的解釋：人們應當過一種簡樸自然的

032　阿里斯托芬（Aristophanes, 西元前 448?- 西元前 385? ），古希臘早期喜劇代表作家、詩人。
033　《聖經・約翰福音》11:17。

生活。基督教所宣導的是熱愛上帝，熱愛鄰居，而不是熱愛權貴，熱愛財富。根據基督教義，只有詭辯理論才能解釋的清人們為什麼要去追求財富。

遺傳

傳統理論認為，人們應接受救贖，但不應該是透過後天的付出獲得救贖。這種觀點所依據的理論是，如果環境和遺傳的制約是上帝的禮物，那麼救贖也必然是上帝的禮物。可是這種理論有悖於這樣一種觀點：在極端理想情況下，德行高尚的人和惡貫滿盈的人會過著一樣的生活。我們不知道，在何種程度上，人的選擇能力和行動自由受到約束，但很顯然，在某種程度上，它們的確受到我們無法控制的因素的制約，因此如有可能，最好在此事上完全相信上帝，拋去認為他不公的疑慮，儘管這也許會讓那些無辜的孩子很難接受，讓他們成為祖輩不良基因的傳承者，但祖輩們相信，他們已經為後輩傾盡了全力。

因此，關於辛勤付出，不是一個簡單的問題，但可以說：每個人的理想總高於行動，讓行動稍稍服從於自己的理想是個簡單可行的辦法。

責任

有時，人們看見一些現象時會感覺很困惑。有些人似乎應有盡有，完全可以過上富足、快樂而有益的生活，可他們偏偏沒有充分利用這些資源，自覺不自覺地進行了一些錯誤的嘗試。不過，熱切地從事看似不可能的事情，卻是一種無比珍貴的行為。但有些人，而且為數眾多，他們從骨子裡就缺失這種熱忱，這又該如何解釋呢？有些人就是天生不夠熱心，有什麼辦法能讓他們變得熱情起來嗎？恐怕沒有。每個人可能做到的，就是

實現生活的和諧，獲得想要擁有的生活，到達特定的區域。有些人，終生
默默無名，四處漂泊，沒有清楚的想法，只知一味順從他人的意願，這樣
的人很難真正益於社會。像我這樣當過校長的人都知道，學校生活會存有
很多不健康因素，但這並不會帶給孩子們致命的影響，真正致命的是學校
裡太多的孩子生性怯懦。有些孩子，想像力匱乏，既不慎行也無法喚醒內
在的本能去保護自己，他們抵制不了誘惑，不值得人們去同情和鼓勵。比
他們強勢的人會利用他們，鄙視他們，招之即來、揮之即去，視他們為無
需付費的「差役」，就像《伊利亞德》（Iliad）中的那些希臘英雄們，他們
像對待綿羊一樣對待士兵，而這些士兵，撐著「無力的頭」在戰場上四處
亂跑，本意雖好，結果卻差強人意。那些趾高氣昂、自命不凡的主子們對
他們頤氣指使，把他們叫作陪襯、布丁、懶漢和白吃。這與學校生活是相
似的，可是學校的孩子居然不清楚自己在整個人類設計中的位置，這才是
真正令人感到震驚的啊！的確，要不是慈愛的父母相信他們，鼓勵他們，
他們的命運注定會很淒慘。這樣的孩子該如何付出努力呢？他們學習的知
識只會令他們感到既困惑不解，又心力交瘁，沒有任何出路可言。他們沒
有施展謀略的天賦，為人也不有趣，更不討人喜歡，做什麼都做不好，真
的是一無所長，他們最應該待在道德的療養院裡，讓那些理智、真誠而富
有惻隱之心的牧師們去保護、教誨和鼓勵他們。

　　學校生活有一個致命的弊端，就是在培養學生的性格方面只對一部分
學生竭盡全力，這就意味著另一部分學生正在或已經變成道德缺失者或思
想上的矮子了。這就是萬物之道，哲學家所說的粗暴的公正！終有一天，
人們評價我們這一代教育者時，會說我鐵石心腸，簡直不可理喻，而且不
負責任，缺乏德行，因為我們對那種犧牲弱者、滿足強者的粗暴文化採取
了默許態度。我想這一天終會到來的，我等待著它的來臨。

有人會問：如果有些孩子無法堅持不懈地努力學習，就不再對他們抱有希望了嗎？我們就應該認命，拋棄我們的道德信仰嗎？絕不！因為即使我們是宿命論者，也必須考慮一個事實：社會總是在某一動機的驅使下前進。從合理性的角度上講，無論是關於人道主義的，還是關於反奴隸運動的，無論是關於教育普及的，還是關於工廠法案的，抑或關於公立醫院的，都應該獲得普遍認可。把當今 19 世紀的人所持有的處事原則與 14 世紀的進行對比時，我們會發現，人們對道德的訴求有顯著的增溫，並且對社會進步持有樂觀而理性的態度。

當前社會，人們都十分明白自己的責任和義務，因此，宿命論者應承認，工作中需要有改良思想或人道主義原則來指導人們的行為，這一點，就算不適用於全人類，也應至少適用於西方民族。如果一味姑息錯誤的行為，同時又想追求理想與進步，就算進步的實現基於外因而非內因，這種情況也不甚協調。如果人們的行為或多或少都是為了追求理想，宿命論者就有理由相信：人們的行為會更理想化；宿命觀也會有這樣一種指向：人們為實現理想與進步而不斷地排除萬難。但從個人角度而言，道德家做得很好，他們用理性的宿命觀鑄造人們的希望；如果他們向人們清楚地說明屈從誘惑會產生災難性的後果，那麼，當目的與行為無法協調一致時，人們也不會感覺灰心沮喪。很多傳教者理所當然地認為，無論身體素質和智商存在怎樣的差異，人們都具有同樣的道德觀念。如果這種觀點得到認可，那會是全人類的悲哀。可問題是，就因為道德家們付出了努力，他們在面對有道德缺陷的學生時，就可以理直氣壯地認為自己是強者，也許還會對自己說：「只要有人具有自我掌控能力，就可以假設所有人都擁有這種能力，因為相對於單純安撫那些脆弱的心靈而言，這樣做會發揮更好的效果。」但這還意味著，他們已經走上了一條危險且容易陷入迷途的道路。

▎建議

　　一個病人，即使時日無多，如果你告訴他會好起來，也要比告訴他準備後事強過百倍。從醫學理論上講，這是有道理的。但如果一個精力充沛的年輕人，難以抵制誘惑，整日耽於聲色犬馬之中，我們出於責任感，肯定會義憤填膺地予以斥責。同樣，如果有人因遺傳了暴虐的秉性而滑向道德的深淵，他自然無法健康的成長，這時，我們也會予以譴責。對此，耶穌的態度似乎與基督教導師們不同了。耶穌未對沾沾自喜之人有所責備，也未對那些有罪之人進行譴責。相反，他的不滿往往針對的是正直之人。他對那些天譴的罪行只表示同情，對那些因攫取不義之財而犯下的罪行反而稍有慍怒。他把落魄者視為朋友，把受敬者視為敵人。他認為，罪過教會人們去體諒、去寬容、去熱愛，這是接近天父之心的捷徑。耶穌非常嚴厲，總是無情地揭露他不認可之人，但他對弱者卻從不挑剔。

　　可以說，我們是經歷了千辛萬苦才樹立了倫理道德，如果不站穩立場，不果敢地摒棄其中的糟粕，不將其扼殺在萌芽裡，那麼，這種倫理道德就會分崩離析。雖然我們進步緩慢，但這難道是我們混淆了是非的後果嗎？也許我們對一些事情，如自我滿足、沾沾自喜和殘暴不公，出於正義而感到憤怒的話，我們會進步得更迅速一些。我們以往做的，都是與弱者的不足作抗爭，而不是與強者的過失作抗爭，因為強者會慍怒並報復我們，而弱者則不會。耶穌對弱者的罪過較為寬容，但對強者的罪行卻非常苛刻。我們應當以耶穌為榜樣。人們都清楚姑息錯誤所帶來的劫難，甚至有些令人尊重的富有之人，也會放縱自己行惡犯錯；只要這些惡行沒有威脅到健康、財富以及舒適的生活，他們就很容易以各種藉口姑息自己的惡行。假如基督教的導師們追求財富和功名，沉溺於個人的野心之中，附庸

於上流社會，踐行法利賽人的道德標準，他們就永遠不可能實現耶穌的
理想。

付出

標準

　　保持一種前進的步伐，極其重要，無論多麼艱難，都不要退縮，執著地探索心靈的深度，也許就會發現，人們真正全身心地、發自本能地去熱愛、渴望和尊重的東西到底是什麼。不邁出這一步，發展就無從談起，更是不可想像，因為無論上帝給予了人們多少關於本性、美學、勞作和情感方面的外在啟示，上帝其實只給予了每個人一種直接的內在啟示。這種啟示有些與眾不同，無論好與壞，自人類初始以來，它所施加的影響，賦予的理想以及生存的環境，總在左右我們，塑造我們，但它卻又總是若即若離，難以識別。經常有人告訴我們應該去仰慕什麼，去渴望什麼，久而之，我們自己的心靈與真實的生活就變得醜陋和模糊起來。我們必須要拋棄這些陳規舊俗，如果這些舊俗已為人類社會廣為接受，也許為了社會的安寧，在某種程度上做些讓步，可能會更為穩妥。也就是說，有些事情，我們並不認為是錯誤的，但因為世俗觀念認為這些事情不該為之，所以一旦在這種事情上被誤解，就會損害與他人的關係，這時，我們可以做的就是選擇抽出身來。舉個大家熟知的例子。國家可能允許土地所有者擁有在某個河段捕魚的專有權，雖然就算我們去那裡捕魚也不一定會受到良心的譴責，但也盡量不會去捕魚，因為這會招致一些麻煩。再者，假如社會認為某種行為展現了高尚的德行，即使不相信這是一種明智之舉，也要保持緘默。也許有人會認為，結婚典禮毫無意義，因為夫妻相互之間的愛情比牧師主持的典禮更為聖潔。可為了尊重教會傳統，結婚時就應對這種慶祝儀式適當地保持沉默，因為無論我們認為結婚這一美妙之事是否合乎禮儀，我們都沒有任何理由對它進行公然反抗。有一種順從是不道德的，那

就是社會大眾明明知道這是不道德之事，卻仍在刻意縱容。因此，如果認為狩獵是不道德的，就不要參與其中，不能因為樂在其中，也不能只顧友誼，更不能因為做了虧心之事卻能免於懲罰，就更加恣意妄為。處理這種事情的唯一原則，就是哪怕這種事沒有受到任何社會懲罰，哪怕我們得到了寬恕並將之漸漸遺忘，我們都必須捫心自問，做此事時是否懷有羞愧之心，做完後是否感受到良心的譴責。有些事人們不喜歡讓他人知道，因為即使事情本身並無過錯，他人知道後也會帶來不必要的誤解、煩惱、嘲諷或悲痛，甚至受到譴責。舉個有些荒唐的例子。也許有人認為赤身裸體坐在戶外或走在大街上，是一件令人身心愉悅之事，但這並不值得提倡，因為會被人認為行為怪異，有失體面，甚至還會被認為缺少教養，除非認為這是責任所在，否則就沒有人願意去感化這個人，去強迫他認同完全不同的且更為質樸的道德觀念。

不雅行為會受到良心的譴責，卻不受任何法律的制約，諸如此類之事還包括：有限的危害行為，無謂的惡言惡語，惡意的行為舉止，邪念的肆意傳播，破壞人們的夢想，做令人失望之事等等。可悲的是，做這些事情的人非但不會被當成人渣敗類，往往會被認為有勇氣，有男子漢氣概，是英雄豪傑。無論出於何種動機，哪怕這些行為是由雙重人格引起的，只要做出了違反常倫之事，那麼，他的人生就會受到傳統道德觀念的奴役，也會因此扼殺自己內心的光芒，如同在黑暗的懸崖上吹滅了燈火。一個人，能夠認真而謹慎地審視自己的靈魂，然後坦坦蕩蕩地對自己說：我不想了解真相，不羨慕自我犧牲，不希望有人愛我，那結果會是怎樣呢？一個人，坦坦蕩蕩地對自己說：他之所以仰慕所謂的美德，就因為如果他擁有了這份美德，就一定有眾多擁護者仰慕他、追隨他的人，結果又會是怎樣呢？要是我，我會讓他再仔細地想一想，看看世上是否有這麼一個人，一

位母親，或是一個姊妹，又或是一個孩子，是他無私熱愛之人，是他傾盡所能想帶來快樂之人，即使他這麼做會一無所獲，即使當他奉獻了全部也終將無所回報，他也不會感到遺憾悲傷。坦白說，我認為，總有那麼一個人，能夠在自己的精神世界裡找尋到無私，雖然微茫，根基也不太堅固，但卻構築了他的立身之本；所以，除了純粹的真實，生活不可能構建於任何其他虛幻的基礎之上。

▌憧憬

　　一般來說，雖受到理性和物欲的禁錮，大多數人的心中還是會有一個根深蒂固的渴望：想要出人頭地。認清自己內心這種渴望的人，會不遺餘力地把渴望的火苗搧成熊熊烈火，用來溫暖自己顫抖的雙手，並把它塑造成恒久的抱負，與那些燃著微弱之光的渴望、充滿希望的人們、書籍和藝術終生相守。他們會經歷無數次失敗，但不管怎樣，這是希望和愛的種子，是種植在花園中的生命之樹。上帝不會讓我們原地踏步，進步和成長要靠我們自己。也許會有阻礙，也許會有延宕，但只要勇於希望，願意去歷經不同尋常的人生，體驗難以想像的生活，一粒小小的種子就會長成參天大樹，濃蔭和花香將會充溢整個花園。此時，若想再前進一步，想變得更富有魅力，卻發現受礙於自己的軟弱與膚淺，有什麼切實可行的方法實現這一看似遙遠的目標？此刻，我能感悟到的，就是承擔責任，這種責任雖微不足道，可一旦你推掉它就會感到無地自容。環顧四周的人群，也許就可找到一個可以幫助之人。承擔這種責任的最大益處在於，責任會慢慢生長、分叉。總會有一個人，我們可以安慰、鼓勵、傾聽，讓他快樂。如果可以找到前進的動力，引領一個依賴自己的人，就根本不會拋棄曾經鼓勵過並且相信我們的人，這時，我們已經在泥淖中顫抖地邁出了第一步。

標準

靈魂與軀體

　　過分珍愛或過分糟蹋自己的軀體，都是有百害而無一益的。如果對自身過於憐惜和溺愛，當身體的某個部件無法自如運轉時，我們會陷入無盡的茫然與失望。如果虐待了我們的身體，無論是逐漸適應了肉體的創傷還是堅持做不屈的掙扎，軀體都會變成我們的主子和暴君，帶給我們失望。必須把軀體當成自己的庇護所，為我們提供庇護和保障。因此，我們要盡可能地保持身體健康、乾淨、衛生。孩提時，幾乎意識不到身體的重要性，也意識不到身體之外的任何事情。在步入青年走向成熟後，我們就深切地感受到身體帶來的快樂與力量。即便如此，也會時而很悲哀地發現，軀體會令我們蒙羞，會變成一隻野獸，帶給我們恥辱、軟弱、懶惰或不堪。一想到自己被一隻野獸囚禁，靈魂就會時常發出嘆息或低吼，不停地撕咬著鐵鍊，發出啪啪的聲響；有時，軀體會表現得乖巧聽話，一副心滿意足的樣子；有時，軀體會變得憔悴虛弱；於是，靈魂只好悶悶不樂地在朝聖之路蹀蹀躞躞，踟躕不前。

　　一旦知道了真相，軀體就不僅僅是生理意義上的軀體，而變成了靈魂的棲息之所，成為了我們進步發展的武器。它任性時，就控制它；它懶惰時，就鞭笞它。當感到心灰意冷時，靈魂就可以坐在它身旁，無需關心和同情，希望和忍耐就可以戰勝它。

　　在大多數人的生活中，有些時候，靈魂是快樂的，它敏感而熱情，安慰他人，幫助他人，鼓勵他人，唱誦讚美之歌，攪拌起歡樂的漣漪；而有些時候，軀體會感到不適、低落和脆弱，總是對工作和言行疑神疑鬼，讓我們在本該勇敢時軟弱無力，本該和藹時一臉愁容。可這個時候，正是靈

魂蹁躚的時節，因此，我們不要讓身體抑制住靈魂。也許，我們必須珍惜
自己的身體，讓抱怨失聲，讓善良、勇敢、快樂放聲歌唱。

▌靈魂的軌跡

　　身體上的不健康，或多或少地歸咎於我們自己。之前一直有人認為：
縱使曾經的生活放縱無度，無論是屈從於卑劣的欲望，或是恣意損耗自己
的肌體，但只要有崇高的目標，不再放任自己做後悔之事，謙恭平和地接
受現實，竭盡全力去奮鬥，仍能取得最終的成功。但這其實是一種幻覺，
一種徹頭徹尾的幻覺，它讓我們相信透過努力我們還是可以獲得一些成
果。上帝對每個人的關懷並不都是直接的、有針對性的，我們所能感知到
的影響力與感召力，都是他神聖天機的一部分。我們唯一可以確定的是，
上帝會讓我們沿著預設的軌道行進；我們在沉默和沮喪時爆發出的潛力，
要比勇敢行動時釋放的力量更為強大。不幸夭折的生命，未曾兌現的諾
言，都會讓我們唏噓感嘆。但可以確信的是，在每一種情形中，上帝都是
真誠地對待著靈魂，讓靈魂盡可能以最契合自己的方式呈現價值。因此，
原本積極活躍之人，只因疾病纏身，就悲嘆自己的才華被荒廢了，這就大
錯而特錯了；同樣，終日勞作仍一無所獲，就為此悲嘆，也是一種錯誤，
因為生命的意義都是按照上帝的旨意而安排的。生命的意義，不在於去從
事自己喜歡去從事的事情，也不在於去踐行他人不能為之事，而在於履行
自己對他人的責任，這些人無論誰，都是遵從上帝的安排來到我們身邊，
和我們發生特定的關聯。我們會發現，軀體的力量遠遠超出了我們的想
像，尤其當心境平和的時候。縱然身體辜負了我們，那種挫敗感也只是上
帝放在我們肩頭的壓力，上帝會說：「不必悲傷，在逆境中前進吧！」可
以給軀體施壓是一種錯誤，忽視這種壓力，更是錯上加錯。總之，軀體在

履行職責時，平和的心境會促進職責的兌現，而內心的不情願則會給軀體增加額外的阻力。我們失去信念的真正原因，在於往往把陶醉自我的那種生活當成了自我實現的唯一途徑。如若這樣，我們的所言、所行，都已無關緊要，因為當軀體與塵土混雜時，靈魂也會如吹滅的火焰一樣終將凋零。

我站在甲板上，凝視著無數的海豚在身邊嬉戲、追逐。這些龐然大物皮膚順滑，發出棕色的光亮，不時閃現在藍色的波濤之中，一個輕靈地轉身之後再躍入海底。人生亦即如此。我們時而在生命的光亮中閃現，時而在生命的波濤下沉身，但靈魂卻一直在追逐著真正屬於它的軌跡。這條軌跡，無跡可尋，無蹤可覓，像飛掠的海豚劃開茫茫的碧波，在礁石和暗灘之間徜徉，這些礁石和暗灘裝飾了四處飛揚的彩帶，縱橫交錯間編繪了海洋中的叢林。

靈魂與軀體

禮拜儀式

　　宗教，如按常人那樣領會和踐行，就會產生一種危險傾向：機械呆板，傳統守舊。更糟糕的，宗教甚至會生成一種幻覺，人們要麼把它當成一種終極追求，要麼向它尋求所有奧祕的破解之道。宗教生活，對一些人而言是天職，正如有些人把藝術當成天職一樣，但不要期望所有人都嚮往這種生活並願意履行這一天職，它只是通往上帝之路的其中一條，僅此而已。人們在宗教問題上的迷思，就是把它看成是一種普遍的生活方式。有這種使命的人履行這一天職，本無可厚非，但把它強加在所有人身上，就勉為其難了。宗教人士通常認為，正式的禮拜是所有人必須踐行的。他們把禮拜與精神的關係看成了食物與肌體的關係，但這並不適合每個人。公眾的禮拜儀式是一種藝術，一種美輪美奐的藝術。宗教借助禮拜，將其精神魅力傳遞給一個群體。同樣，我們也可以借助藝術、詩歌、情感乃至行為，將其精神魅力傳遞到另一個群體身上。可是，耶穌並沒有過於強調這種禮拜儀式，祂雖然會去參加教堂活動，卻從未把這當成是一種必盡的義務，也從未責備過那些沒有參加的人。祂提倡禱告時要言辭誠懇，卻建議禱告盡可能私下進行。祂把與大眾一起用餐當成了主要儀式，而洗禮卻被祂放在了退而次之的位置。祂確實嚴厲警告過信眾，要抵禦形式主義的風險，卻從未因怠慢這些儀式而斥責祂的信徒。另一方面，可以肯定地說，當宗教禮拜成為一種普遍的社會行為時，信奉宗教就成了名正言順的事情，而且在改變信仰時也會三思而後行。如果是因為懶惰，是因為怕被人認為過於精明，是因為渴望獨立，是因為不重視情感，才摒棄宗教信仰，那就不對了。只有對形式主義抱有深切的恐懼，他才會有理由對其發出抗

議；而這種形式主義，正是許多人認為能夠通往精神世界的陽光大道。對禮拜儀式缺乏認同，對虛偽行為的不屑，對宗教傳統觀念懷疑，都讓人有充分的理由卸去神職，即使他心中沒有憎惡，即使這些動機都是細枝末節的，也無法再實現自己與信徒之間的契合。顯然，連耶穌自己都認為，許多民間宗教的宣導者拘泥於正統的傳教形式，這是一種迷思，但祂並不因此而厭棄參加習以為常的宗教儀式。表達對某種觀念的認同，更為重要，即使對這種觀念無法完全接受，也勝過以形式主義束縛人們的思想。形式主義的迷思在於，出於從眾心理把禮拜儀式當成崇拜上帝特有且唯一的宗教活動了。其實，每一種行為，只要宣揚精神生活高於物質生活，就會受到上帝的青睞。經常閱讀動人的詩句，滿懷渴望去獲取心靈的純淨，樂於行善和相信真愛，這樣的人才是真正崇尚精神生活的人，與那些按照固定的姿態站立著、口中唸唸有詞卻沒有任何靈性之人，有著雲泥之別。

宗教的精髓，就是迎合上帝的渴望，接受神的意志。對於至高無上的真理，個人如何去表現無關緊要。有些人喜歡聖潔的儀式，因為這些儀式純潔而美麗；有些人甚至只是因為他人喜歡這些儀式 —— 因為儀式是上帝允諾的，不是上帝命令的 —— 他可能會用「同等權利」或「同質性」[034] 等字眼表現上帝，甚至渴望大聲宣揚自己的觀點，與一些志同道合之人一起實現肌體的和諧，藉此實現精神上的昇華。但當這樣的人因認為他人沒有自己這樣的遠見卓識就擅自主張告訴他人應該如何才能認識上帝時，他就譴責和中傷了他人，也就與基督精神背道而馳了。事實上，教會越堅定地固守瑣碎的教禮，就越與基督精神漸行漸遠。

034　基督教認為上帝三位一體的同質性。

教條主義

正是依賴一些基本常識，人類才得以生存和進步。有些人信仰《亞他那修信經》[035]，認為它既神祕莫測又美輪美奐，也更接近上帝。但假如他進一步說：「我在某一信仰中找到靈感的關鍵在於，我相信這一經文中的每一句話，因此，置身其外的人要麼是賊人，要麼是強盜，至少是個無知且走入歧途之人，」那麼，他就有了失足的危險。心靈之光，很容易為人們所察覺，而真理卻容納也超越了心靈之光，假如持有這樣的觀點，就會邁入光明大道。但凡譴責那些與自己觀念相左的人，他就背離了上帝。上帝如果發出這樣的指令，說人類必須經受迫害才能獲得靈光，這難道不令人感到恐怖且難以置信嗎？無論哪種迫害，身體的抑或精神的，都無關緊要。關鍵是，人類想要理解上帝，渴望接近上帝，卻又為此受到誘惑、威脅和恐嚇，使人類屈從，這真是荒謬之極。真正有信仰的人，不受時間、地點的制約，隨時會向上帝敞開心扉，祈禱上帝保護自己，引導自己。假如人們能一起這樣祈禱，說出這樣的渴望，那人們之間的友誼和親情就會更加深厚。但問題在於，這種渴望，注意了同伴間行為上的和諧，卻忽視了他們精神或思想上的默契。這種渴望，只要有人教導或認同，就會讓人們產生一種想法：參加公眾禮拜活動是在累積功德；可實際上，這種活動至多是犧牲了一些人的不情願，讓他們萌生了對宗教生活的渴望，而對那些本身就熱愛宗教生活的人來說，則無任何榮耀可言。喜歡畫畫的人去美術館觀看展覽，也是如此，因為這麼做讓他們獲得了精神上的饜足。

也許，最好清楚地意識到，禮拜儀式只是一種特殊的愛好，一個特別的職業。人們最好知道，那些喜歡參加禮拜儀式之人所渴望的，不過是友

035　傳統基督教三大信經之一。

情以及志同道合的朋友，禮拜儀式與道德根本毫無關聯。但有一個例外：迄今為止，所有純粹的精神本能都站在了道德一邊。那些執著於宗教儀式的人，認為儀式不可或缺，我們應該對這種觀點表示批判；我認為，應竭盡全力鼓勵人們去從事那些能夠陶冶精神的活動，這是所有臨近聖靈之人的責任。

▎靈性

只要陳規舊習沒有模糊和歪曲真相，受到啟示之人就不需進行反抗，他只需融入現存的生活模式，盡可能置身其中簡單而真實地生活即可。對我而言，無論禮拜形式多麼簡樸，只要它能振奮禮拜者的精神，喚醒禮拜者的激情，就足以美妙動人，足以讓我獲得精神上的昇華。此外，在莊嚴肅穆的教堂舉行的禮拜儀式，歷經歲月的洗禮，承載深刻的底蘊，讓禮拜變得聖潔無比；神聖的藝術和動聽的音樂，讓禮拜變得多姿多彩，就像純潔高雅的殿堂，令我的精神本能心馳神往。但我也清楚地意識到，對有些人而言，這種儀式毫無意義，不會激發他們任何的靈性，這種人出現在這樣的場合，只是對美妙和諧的褻瀆。

還有一件事至關重要，既然我們渴望去接近上帝，就應忠誠地表達自己的決心，透過特定的方式，付諸特定的行動，從而更好地靠近他。這條道路，需要我們懷著一顆真誠而平靜的心，堅持不懈地探尋下去。

悲情

　　今天是耶穌受難日。早上，我漫無目的地走著，來到一個剛被雨水沖刷過的狹小世界，隱蔽於樹籬中間，可以通向遠處的大教堂。遠方的教堂若隱若現，聳立在地平線上。中午時分，我穿過這條小巷，走進寬敞的教堂西門。威嚴的教堂在金色光芒下熠熠生輝。中間的燈籠下，禮拜者三三兩兩的聚在一起。一位莊嚴而慈祥的牧師，穿著肅穆的長袍，正領引著這群人走過耶穌受難像。在人群中，我坐了許久，感受到上帝傳遞給我的訊息，可我又如何將它們表達出來呢？這訊息，微妙而莊嚴，充滿恩典與甜蜜，可在我看來，卻又與生活毫無關聯。在這裡，我不想一一詳述那天的布道，我想，所有的一切都被牧師的一種觀念玷汙了，牧師似乎想讓我們意識到：救世主那憔悴的身體懸掛在十字架上，滿心痛楚，可圍觀的群眾卻嘲笑祂；而祂，在經歷生命彌留之痛時，突然意識到了自己的人性和神性。這種想法，牽強附會，不可理喻。要是耶穌知道自己非凡的出身和命運，要是祂知道只需象徵性地經歷這一切痛楚，就可以很快在勝利的音樂聲中，穿過一列列屈膝的天使來到上帝的聖壇之前，來到上帝的心中，那麼，祂在受難日所遭受的一切痛苦，根本都不值一提。這種場景，對我沒有任何的啟示與幫助，甚至祂那絕望的呼喊：「我的上帝，我的上帝啊，為何離棄我？」也變成了令人不屑一顧的鬧劇。如果有人認為，那些人曾巧舌如簧地勸說耶穌開口，因為他們記得祂曾在幾小時前這麼做過，無數的天使也曾來到祂的身邊給予祂幫助，那麼，就不可能不認為，耶穌知道自己的身分，也知道自己即將前往何方。我無法說這種想法何其荒謬，我只想說，如果耶穌知道真相，祂為人類的絕望所承受的痛苦就真的無藥可

治了。牧師似乎隱約感受到這種矛盾和困惑，因為他又重新提到了一個觀點：耶穌的痛苦，是來自於祂為人類的罪惡所承受的重負。我感覺，不管怎樣，這種人類的罪惡在某種意義上，是得到上帝許可的。如果上帝無所不能，無所不在，任何人的自由意志都無法逃脫祂的束縛，那麼學習科學知識，實際上就是人類擺脫野蠻傳統、為實現純潔和光明而努力奮鬥的漸進過程。因此，按照上帝的律法，人類從邪惡的祖先那裡繼承了邪惡，他就不是一個自由人了，就是說，上帝制定的律法准許邪惡恒久地存在，而上帝自己又要承受這種邪惡，這對上帝而言，真是一種積重難返的絕望。這種說法，既可悲又不敬，不啻於一種褻瀆。

進一步說，犧牲會帶來什麼呢？它不會立竿見影地改變人的秉性。在我看來，認為耶穌透過肉身的死亡實現了上帝對塵世的天機和大愛，似乎是對上帝的褻瀆。上帝必須親自到塵世死上一遭，只是為了表示對人類的仁慈，縱使這是事實，我也認為這是一種無可救藥的形而上的把戲。如果上帝能做出這種事情，祂還有什麼事情做不出來呢？這位牧師，據我所知，家道富足，品行端正，一直忠心耿耿地侍奉上帝，可他的話卻未給我帶來任何啟迪，他如同隱身的鴿子，棲身於天窗的僻靜之處，陽光和煦，心滿意足，獨自咕咕的鳴叫。牧師和鴿子都在大教堂的陰影下過著安定而滿足的生活，即使他們自己沒有意識到這一點，毫無疑問，他們也都贊同這種生活模式，因為這種模式能夠讓他們平靜地生活。

▍信任

當牧師站在神枯[036]的黑潭旁，當靈魂似乎要與上帝分離時，我又一次發出心靈的疾呼。牧師用動人的腔調祈禱：「眾所周知，上帝之愛永存於

036　基督教用語，表示對天主、宗教事務失去興趣，感覺枯燥無味。

世間，我們只是無法融入其中；上帝之愛似乎又在我們身外。」這位善良謙恭的牧師，他真的感受過耶穌遭受過的磨難嗎？我想，他感覺到了，他是那些悲傷人群中的一員。他說的一句話深深地烙在我的腦海中：「信念可以超越所有的視線」，這的確是肺腑之言。所以回來時，走在午後的蔭涼中，看到廣袤的平原無限延伸，想到自己渺小的生命竟然也受到種種羈絆，就覺得，耶穌的訊息傳遞的是一種信任，雖難以捕捉，難以定義，卻帶來了希望；它不是一個機械的寬容和救贖的過程，而是一種保障：世上還有一種東西，向心靈發出仁愛的呼喚，當我們向它伸出雙手、敞開期盼之心求助時，我們就實實在在地接近了那未知的上帝了。

悲情

忍耐力

　　我一直好奇，約伯[037]是如何成為忍辱負重的典範的。我猜測，這來源於聖·詹姆斯的《使徒行傳》，其中有一章節特別描述約伯的忍耐力。但就像《民數記》賦予了摩西[038]極其溫順的形象一樣，這要麼是不恰當的描述，要麼是修飾語的含義發生了變化。摩西是出名的爆脾氣，他所受到的懲罰也全都是因為他難以抑制自己的脾氣而造成的。我們經常把溫順與從不敢轉身的蟲子連繫到一起。而動物裡最典型、最有耐性的則是驢子，對極不公平的處罰也能無動於衷，毫不記恨，甘心忍受重負。而約伯恰恰相反，他選擇忍耐，因為他沒有出路，但他一刻未對自己所遭受的折磨的公正性保持過緘默，他的抗議既具體又持久。在痛苦折磨之下，他連起碼的忍耐力都未表現出來，因此，與其說他堅忍有耐性，不如說他執著如一，而他的頑固自負，甚至到了自以為是的地步。當然，他也只能如此，因為當時是形勢所迫，這個遭受痛苦折磨的人知道，他的行為不值得懲罰，他所遭受的痛苦得到了上帝的允諾，那只是為了檢驗他對上帝的信仰以及自己的正直。

　　其實，在英語中「忍耐力」這個詞有雙重含義，其中一個含義指的是以不可理喻的愚笨和麻木的態度接受折磨和痛苦。但丁認為，忍耐力是把現在的不幸與過去的不幸相比較而產生的痛苦。但丁所說的忍耐力與這種含義的忍耐力，有著天壤之別。同樣，這種忍耐力也沒有遭受過由期望而

037　約伯，Job，聖經中的人物，是上帝的忠實僕人，以虔誠和忍耐著稱。
038　Moses，猶太人的民族領袖，史學界認為他是猶太教的創始者，猶太教、基督教、伊斯蘭教等宗教都認為他是極為重要的先知。

忍耐力

引發的折磨，更不涵蓋比更士菲伯爵[039] 所說的恐懼：人生最可怕的災難，就是那些從未發生過的災難。有能力預言痛苦，知道痛苦會綿延不絕，是九成痛苦的成因。而狹義的忍耐力，指的是對當前負擔的承受能力，這不需理智的思考，出於純粹的本能，它的含義很好地在展現在諺語「當前苦難難承受，何必再作杞人憂」的精髓之中。

還有一種更高尚、更純粹的忍耐力，作為一種品格，它已是人類最高層次、最能帶來希望的品格了，因為它是在如此豐潤的土壤中孕育，用雨露般的淚水澆灌而成。這種忍耐力，在無可挽救的災難面前仍表現出滿足，平靜而勇敢且無怨無悔的滿足。它在本質上是神聖的，傳遞的是影響廣泛且恆久的人類思想，這種影響的傳遞比那些宣揚人類獨特而偉大的天花亂墜的狂熱頌詞更鏗鏘有力。人類有一種根深蒂固卻如孩童般幼稚的本能，認為道歉和懺悔能暫緩痛苦和懲罰。世上最難的一課就是寬恕罪過，但罪過所造成的後果卻必須由人類承受。透澈地知道這一點，我們才能實現真正的完美。聖·彼得[040] 在一封信中提到，因過錯遭受打擊時所需的忍耐力，並不比因美德遭受痛苦時所需的忍耐力值得誇耀。但恐怕我無法苟同這種觀點。人可以被說服去接受判決的公正性，但越是信服這種公正性，就越後悔當初自己的過錯。為自己的罪過遭受懲罰，不僅要遭受來自懲罰本身的痛苦，還要遭受因羞恥感和自我譴責所帶來的痛苦。因行善而遭受痛苦之人，承載祕密的同時，還會產生一種疑慮：上帝是否真的站在公正一方；但他不會無謂的自我貶低，他沒有感受到羞恥感和軟弱，而這些卻是那些有罪者必須要承受的。因此，經常出現這樣的情況：善意的違法者不願學習忍耐這一課，因為他在含糊不清的形而上學的意識形態中受

039　指班傑明·迪斯雷利（Benjamin Disraeli, 1804-1881），第一世比更士菲伯爵，曾任英國保守黨領袖、英國首相。

040　Saint Peter，耶穌的十二門徒之首，是他們的發言人。

到了保護，把慣性和世俗環境當成了自己恣意妄為和反覆無常的溫床。

▋ 如火的獻祭

真正的忍耐力，無論其來源何在，帶來的永遠是由堅定的信仰所孕育出的幸福感，以及對上帝的豐碩摯愛，而上帝也會讓那些哪怕最脆弱的罪人獲得最酣暢淋漓的滿足。上帝的手中高擎著懲罰，這懲罰如火一般灼熱，帶著痛苦飛快地前後揮舞，把激情和欲望中的卑劣悉數燃盡。

忍耐力

獨處

　　我喜歡獨處，對此我確信無疑。早上醒來，發覺有一整天的時間供自己任意支配，這是世上最大的快樂。喜歡工作時就工作，天氣好時就外出散步，溫飽自知，冷暖隨性，這個幸福世界的其中一隅，獨屬我一人。周圍的鄰居住的較遠，很少有客人來訪，我有很多事情要做，所以從未感覺到無聊，總感覺每天不夠長，無法實現自己的預期。最愜意的事情，莫過於工作，雖然很多，卻無人催促，很少有必須要在某個時間前完成的。有些人總喜歡把工作拖到最後一刻，我卻不然，把工作累積如山一般，是我認為最壞的習慣，所以我總是及時完成。我不喜歡與人打交道，願意自己一個人吃飯、讀書、散步。關於獨處，已有大量的文章進行闡述，這是一個沒有親密家庭關係之人盡可享受的奢華了。無論喜歡與否，一個我行我素的單身漢一定有越來越多的孤獨，生活就是如此 —— 假若這個人不喜歡住在城裡。我連外甥、姪女都沒有，沒有需要走動看望的人，因此，離群索居未嘗不是一種明智而節儉的生活方式。

　　從工作角度講，很難說這種生活不愉快。寫作時，我總能一氣呵成，從不需擱置思路，也不需中途被迫停筆，再花費好大的力氣重捋思緒。讀書也是如此。有了感興趣的好書，就可以廢寢忘食地讀下去。以前從未有過這樣的讀書機會，如忒奧克里托斯 [041] 讚美上帝時所言：「清晨，下午，中午，夜晚。」但現在，只要沉迷於一本書中，無論是悲是喜，就會讓它的整個情節完整地在我面前鋪開，我會順著它一路走過，直至終結。因

041　忒奧克里托斯（Theocrite, 西元前 305?- 西元前 250），古希臘著名詩人、學者，西方田園詩派的創始人。

此，我對書有了一種全新的理解，可以掌握全貌，完全徹底地走進作者的思想，走入傳記的進程。讀書的過程，就像在從頭至尾細細品味一部戲劇。

這所有的一切，都令我通體舒暢。同樣帶來舒暢的，還有尋著月色在鄉間田野一整天地徜徉，完全沒有了時間概念，忘情地駐足山頂縱覽風光，走進鄉村教堂在陰翳中久坐，探尋鋪滿春花的樹林深處，躺在翠綠的河堤傾聽樹葉的低語，坐在彎彎的溪水旁，在一泓水晶般的清泉邊，在水草掩映之下，久久地凝望水中世界發生的一切。與情趣相投的朋友一起漫遊，不見得不快樂，但這樣的朋友可遇而不可求。現在的朋友要麼意見相左，要麼有代溝需要跨越，要麼意識到總有一些思想的禁地，如若闖入，就會無可救藥地迷失方向 —— 一個人，並不是總有許多朋友可以毫無顧忌地敞開心扉。因此，可以痛快地斷言：相比於孤獨，我更喜歡與志同道合的朋友進行交往；但相比於難以情投意合的朋友的侵擾，我更喜歡獨守孤獨。

日落時，就盼望著靜謐而悠長的夜晚，可以隨興決定上床時間；酣然入睡時，懷揣著一個沒有烏雲、無憂無慮的明天。自由，無論如何，都是人生最豐厚的禮物。

▍審慎的思考

在對獨居生活一番歌功頌德之後，現在，我要擺正心態，從公允的角度談論一下它的弊端。

首先，雖然人沒有變得病態，但總難免有一種失落感悄然襲來。我開始對瑣事加以關注。一封煩心的信，在生活忙碌時也許只需匆匆回覆，然後忘記即可；而現在，它像撥浪鼓一樣在腦海裡叮叮作響。哪怕一件不起

眼的小事，比如對僕人的責備，本無足輕重，若生活繁忙起來，就會毫不忌憚地宣洩出來。可現在，做出決定並不容易，我會認真考慮這是不是僕人的偶然所為，而且要盡可能做到鉅細靡遺。認為僕人真有過錯，自己也下了責備他的決心，在責備之後，僕人就會變成一個礙眼的人，他會時常出現在家裡，這又成了額外的思想負擔了。還有，讀到一篇於己不利的文學評論時，就會無謂地考慮它對自己文學前景的影響，緊接著一陣陣的胡思亂想。雖然這種事情不會令我萎靡不振，卻也花費了我不少的精力和心思。

但這些都無足輕重，我有足夠的時間，可以慢慢做出決定，預測種種可能。的確，這也是獨居的好處，可以一心只為娛樂，悠然地挑選和搭配生活的圖案，養成極其精緻的思考方式，有時甚至精緻到了令人惱火的程度。獨居是有風險的，喜歡工作的人會辛苦勞累到沒有節制。筆耕不輟的人，因總是忘記給思想的儲水池放水，同樣會感覺不堪重負，心力交瘁。像我這樣健忘的作者，總喜歡新奇和獨創，這會帶給我驚喜。於是，就把那些陳舊的詩句再次加工和創作 —— 這可真是一種致命的誘惑，再次創作的最終結果往往是：它們都早已出現在歐美的書籍之中。

這些都是不值一提的煩擾，在生活中經常面對。獨居生活真正的風險，是隨之而來的自我沉溺。像我這樣的人，對同時與三個人打交道抱有極大的恐懼感，我會本能地強迫自己竭盡所能美化自己，彌補自己的拙劣，盡量擺出讓人接受的莊重舉止。我唯一希望的，就是表現得得體一些。對獨居的人而言，與人交往不是一次輕鬆自然的娛樂，而是一場費盡心機的遊戲，我寧願寫十封信，也不願有這麼一次會面。獨居生活讓我變得如鬼魅般喜歡躲躲閃閃。我想，與人見面也絕非可有可無之事，上帝從未把妻子名正言順地推薦到我面前，也未明白無誤地把我從外甥或姪女身

邊拉走,所以至少在初始階段,與他人保持親近關係是一種責任,雖然這帶不來快樂,但也不應過於斤斤計較。

▌自我約束

　　毋庸諱言,假如有一個精於盤算的妻子,一群胖嘟嘟長相普通的孩子,我也應該能成為一個更會持家之人。我會珍惜他們,熱愛他們,為他們工作,讓他們過得更舒服一些,為他們謀劃未來、創造機會。這些都是為改變生活而產生的負擔,雖彌足珍貴,可惜我都無緣承受了。如果僅僅為了改變我的性格,哪怕最嚴屬、最尖刻的導師就會懇求我去接受那種無愛的婚姻生活嗎?「不,」他會說,「不是這樣的!放開自我,多些衝動,墜入愛河,趕快結婚吧!這是你唯一的救贖。」但這如同告訴一個矮子,身高達到 6 英尺是他唯一的救贖一樣 —— 這是他想都不用想的事情。沒有人能比自己更清楚地、不折不扣地、滿帶悲傷地看待自己的過失。這種態度,無論稱之為冷淡也好,冷漠也好,懦弱也罷,都於事無補。如果是冷淡,即使假裝流汗也不能讓它溫熱起來;如果是冷漠,空洞的辭藻也是無法讓它熱情起來的;如果是懦弱,改進的唯一方式就是直面無法躲避的危險,而不是直接陷入其中。無愛的婚姻,如同一個眩暈症患者不顧風險獨自站在馬特洪峰頂[042],本已無能,卻仍莽撞衝動,這不是勇敢,只是令人唾棄的短視行為。為了增強忍耐力,必須充分利用上帝給予的磨難,切不可忙中添亂。對蠢人,人類和天使都沒有多大耐心;同樣,對蠢行加以培養也是愚蠢的行為。充分發揮個人能力,不刻意選擇自己無力駕馭的生活,努力克服自己的無能,才可以最好地發揮作用。為了讓虛偽的法利賽人明白道德墮落帶來的羞恥感,不妨坦誠地讓他們了解我的想法,因為他

042　Matterhorn,阿爾卑斯最著名的山峰,位於瑞士與義大利之間的邊境。

們不是懇求我放任自我，縱情聲色，就是懇求我為了學會責備之課而欺騙他人。我從不認為自己是邪惡的，我相信上帝一直在試圖解救我，如古詩人吟誦道：「上帝給予每人應得的一切，上帝珍惜人類勝過珍惜自己。」上帝給予過我許多禮物，好的，壞的，卻沒有送給我一位妻子，也許為了同情手中脆弱的生命，所以這個生命必須要忍受生活枯燥的命運！但我知道我所錯過的一切，明白愛的匱乏會產生自私，而自私是獨居最陰暗的敵人，刻薄的人稱之為道義上的痲瘋病；如果可以避免，沒有任何一個人願意感染此疾。在這個混濁的世界，無論發生什麼，都應該互相體恤，溫情相對。愚蠢具有罪的本性，同情病人或窮人，卻不同情遭受飢寒、孤獨寂寞之人，就是典型的愚蠢。孤獨之人，寄居於自己的陰影中，從陰影中尋求快樂。人類具有思維能力，這是人類獨有的特權，但如果想阻止一個人體驗有益的經歷，這就是人最悲慘的權利了。即使在巴比倫一片狼藉之時，野山羊也會呼喚夥伴，鴕鳥仍會撫養後代[043]。那脆弱而顫抖的靈魂，一定會獨守著孤獨，也許終有一日，他會變得快樂起來。那時，他會看見黑暗之心仍在跳動，那顆心掩映在一群天使編織而成的璀璨圖案之下，每個天使手中都高擎著生命之水。

---

043 《聖經‧舊約‧以賽亞》13:19-22。

獨處

浪漫

　　很好奇，其他人是否有過這種特殊的感受 —— 每隔一段時間，我就產生這種感受，它的來臨總是在某些特別的場合，也許是在讀到某一類型的書時，它就毫無預兆、莫名其妙的襲上心頭 —— 這種體會從記事起就有了，與我曾經失去的那些美妙感受似曾相識，是我一直在尋找卻總了無頭緒之事，其中蘊含著模糊而心酸的快樂以及豐富卻又未知的感受。下面就是我最近的一次感受。有時我想，這也許不是自己以前的經歷，而是對他人沿承下來的往昔歡樂的回憶，我雖未曾分享，但有人，也許是許多人，那些我繼承血脈的人曾經獲得過。如果肢體、長相、品味和志向都可以從先輩繼承，為什麼就不能繼承他們幸福的夢想、甜蜜的回憶呢？第一次有這種想法是在很小的時候，當時我們被送到鄉下生活，所住的農舍建在威靈頓大學附近的林中空地上，林中生長著巨大的松樹。我想，農舍一定比松樹還要古老，周圍栽滿了月桂樹；農舍下面是由女貞樹籬圍成的花園，松樹把花園保護得嚴嚴實實，腳下則是一泓清泉，陽光暖暖地躺在菜畦和果園之上。有一個蜂巢，不是現在看到的那種彩色盒子形狀，而是像又圓又大的雞蛋，由稻草扭搓成的繩子搭成。天氣暖和時，蜜蜂會在蜂巢周圍發出悅耳的叫聲，隨著蜜蜂聚集數量的增加與減少，聲音忽而高亢、忽而低沉。我家保姆就是在那裡買的蜂蜜 —— 我們稱之為「蜂蜜女人屋」。我依稀記得，一位滿臉皺紋的老嫗，笑意盈盈地把門打開，招呼我和保姆進屋，一陣低語寒暄之後，邀請我們走進花園。花園裡的情景美妙而神奇。穿過紅松樹，可以看見蜿蜒曲折的沙地，上面鋪滿了赤褐色的針葉。在下面靠近小溪的地方，有一株翠綠的小蒼蘭勃勃生長。遠處是濃

密的樹林，裡面蘊藏著奇異的景象和魅惑，不時發出輕柔的嘆息之聲。花園裡，黃楊樹和菜畦散發出沁人心脾的香氣。我們悠閒地欣賞著，似乎置身於格林童話。賣蜂蜜的女人是看林人的妻子，她雖是一位質樸的女人，但並不簡單，對許多事情都心中有數，只是不願點破而已。夜幕降臨時，陌生的訪客們回到農舍，喊喊喳喳地講述著令人感慨的奇聞軼事。但這些並沒有讓我產生任何聯想 —— 我只是有一種感覺，恍惚之間彷彿有什麼剛剛與我擦肩而過，現在它就依附在我的身邊，我卻無法感知。在其他一些地方，我也有過同樣的感覺。在森林裡，在飄滿了荷花的幽靜的水塘上面，那種神奇的感覺也會浮現出來；在某一樹叢的邊緣，我也產生了這種神祕的似曾相識的感覺。那裡的枝椏低垂著，一直落到陡峭的山路，路上的蕨草發出金屬般銳利的光芒，蚊蠅在樹叢中氣哼哼地鳴響。

　　從那以後，總有這樣那樣的地方，讓我體會到這神奇的感覺。在溫莎森林中，有一處林中空地，快行只需半日就可以從伊頓趕到那裡。那是一片寬敞的草地，有幾株古老的橡樹，枝葉糾纏盤結，透過樹冠可以瞥見遠處綿延的青山。即使現在，當炊煙從林邊的屋頂嫋嫋升起，當璀璨的夕陽映照著寂靜的山林和遠處明亮的河水時，同樣的感覺也會再次來襲，雖是偶然為之，但它的強烈程度卻毫不遜色。這種神奇的感覺來臨時，總伴隨著一種突如其來的渴望，我會萌生一種念頭：此刻此時，有個人就在我的身邊，近在咫尺，她有感情，有真愛，我可以向她傾訴衷腸。這個人，我曾與她一起分享過快樂和安寧，我曾深情地凝視過她的眼睛，她也曾挽過我的手臂。可是，我卻無法把這種感覺描繪出來，因為這種感覺已決然地從欲望和激情中抽身而出。這種感覺，如同在漫漫夏日中度過的那種無憂無慮的生活，無需語言，無需表達，沒有激動人心的冒險，沒有欣喜，沒有驕矜，只是一段無人驚擾的平靜生活，一種只能在靜謐中感受到的美

好，擺脫了記憶、希望、悲傷或恐懼帶來的煩擾。

這種感受具有永恆的品格，既無開始，也無結束，既沒有門被打開，也沒有門被關上，似乎無需任何解釋或妥協，無需渴望和明瞭，只需醉心於好奇之中。它沒有快樂日子投射的陰影，過去已然過去，都已塵封於記憶之中。這種永恆沒有了世俗的氣息，也沒有一絲的顧慮和焦急，更不會遺落下死亡或沉寂的陰影。它似乎是一盞燈光，抑或是一個甜蜜的聲音；它是世上唯一的真實，唯一的至純。然而，我仍有一種感覺，雖然難以捕捉，卻彷彿等待著某個時刻去揭示自己的身分，這是一種形影相隨卻又難以觸及的身分。這種感覺，如此真實 —— 讓我甚至質疑世間的一切是否真實 —— 會在瞬間剔除生命中所有的不和諧之音，剔除所有可憐的欲望、所有凡俗速朽的憤怒和冷漠以及所有怯懦心靈的私念。

▎祕密

今天，在這芳草淒淒的小小果園裡，這種感覺又不期而至，它在微風中來回蕩漾。微風吹著樹葉沙沙作響，邁著如飛的腳步，讓高高的綠草伏下腰肢，樹叢中的一隻小鳥突然發出歡快的叫聲，彷彿為能目睹這些隱形的事物而欣喜若狂。我若能破解並擁有這個奧祕，擺脫困惑將會變得何等容易，向世人傳遞這一奧祕又將會變得何等真實啊！然而，在我漫步途中，這種感覺如同隱形的天使一閃而過，留下我，仍在憧憬著未竟的夢想，未足的心願。

浪漫

回憶

　　在城裡住了幾天，處理了一些事務。我一直在兩個委員會任職，需要處理一些事情。此外，我還做了一場報告，出席了一次社交晚宴。現在，很高興又回到了自己獨居的小屋。我是傍晚時到家的，雖仍是冬天，天氣卻出奇地溫暖。黃昏時分，我在花園裡散步。鳥兒在草叢裡啾唧，預兆著春天的來臨。聽到鳥兒的叫聲，不知何故，我有了一種半是心酸半是甜蜜的感覺。鳥兒似乎在向我傾訴過去那些似已折起雙翼的快樂時光，那些明亮豔麗的日子以及那些未加珍惜、一閃即逝的瞬間，所有的這些早已悄然藏身於往昔了。「我明白了，」如聖詩的作者所言，「好景不會長久」。這種柔柔的哀愁，雖有一絲矯揉做作的成分，但它的確是發自本能真實的感受，並不代表我就是多愁善感、鬱鬱寡歡之人。我的生活充滿了勃勃生機，我心境怡然，態度平和，因為那些注定毫無樂趣的枯燥約會已經應付完。這種感覺，不由歲月的消失而來，也不因未盡情享受快樂而去，它隱含更深切的遺憾；它是猶疑不決的陰影，因為我們還未定性。如果可以牢牢地掌握不朽、永恆、成長和進步，這種遺憾就會悄然閃身，宛若枯萎的枝葉從樹上飄走，再也不會感慨遺憾。但現在，我的感覺實實在在，上帝給予我們的美好日子，正在一天天地消逝。哀愁伴隨著往昔不斷消逝，突然讓我產生一種奇怪的想法：人們通常所感到遺憾的，並不是那些失去的歲月。人們並不想重溫過去的那些勝利、成功和狂喜，部分原因在於，人們已體驗到它們的精華，甜蜜感有所減退，而且那種欣喜若狂總是伴隨著一種精神上的高燒，一種亢奮中的緊張，所以，並非一切都那麼如人所願。人們渴望重溫的，是那些祥和、舒適而滿足的日子。在那段日子裡，

家人安好，不必揣測人們是否幸福，也不用探尋人們如何能獲得幸福。當生活的靜謐與力量達到峰巔，生命衰落的陰影和苦痛又能如何呢？更奇怪的是，記憶，彷彿攀附上了神奇的魔力，能不時讓人回想起童年時光，回想起那些迷茫、嬌柔、也許並不快樂的黃金歲月。比如，自己的記憶就如裝滿幸福陽光的童年包裹一樣不斷湧來，可我並未意識到自己的幸福。相反，卻清楚地記得自己曾經的不幸。而記憶，總是拒絕保留不快樂的元素，刪除恐懼，因為它們如烏雲籠罩在頭頂，預示著懲罰，甚至是暴虐。上學時，我受到的懲罰不多，更沒受過虐待。但當看到別人遭受折磨，自己敏感、脆弱的內心就總要產生大難臨頭的預感。日復一日，身為一個孩子，我熱切渴望擁有家的感覺和家人的疼愛，如同雄鹿渴望溪水一般。但記憶把這一切都推到一旁，固執地主張以田園般鮮活的視角看待那段時光。

我圍著花壇散步，花壇裡開滿了尖尖滑滑的小雪蓮花，它們破土而出，頑強地生長。《莫德》[044] 裡悲傷的主角「在可怕的微光中」發現了「閃亮的水仙花死了」。我走在淡淡的黃昏中，一切都那麼溫柔、甜蜜而愜意，我發現水仙花又煥發了新生，一種精神昇華的渴望從心中油然而生，不是為了那些已然逝去的美好歲月，而是為了享受記憶中潛藏的寧靜 —— 不是為了一時的把玩，更是為了真正地擁有它，抑或為它所擁有。

▎社交

這忙碌的幾日，對我也並非無益。與一些人見面、交談，我發現獨居生活非但未讓我對社會產生不適應感，反而讓我體驗到了相互間交流與交

044　維多利亞時期代表詩人丁尼生的獨白詩劇。

鋒帶來的暢快心情和滿足感，這也正是我一直為自己立足社會所努力奮鬥的結果吧。現在，這些對我已不太重要。只要保持友善，我根本不在乎自己留給他人的印象。生活不再是一次希望超越他人的競賽，它變成一次朝聖之旅，大家的命運都緊緊連接在一起。如能置身其中，是我的幸運，不僅因為它對自己選擇的生活進行了一次比照，還因為它就像一次全身心的洗禮，蕩滌了心靈，讓靈魂變得純淨而甜美。平靜的生活有其風險，容易讓人變得懶惰，過分依賴舒適的生活。與人交往，鞠躬微笑，試著說些得體的問候，不失禮貌地進行辯解，權衡對方的觀點，努力融入交談，談及從未敢涉及的話題，這些都令我受益匪淺。我再不可一意孤行地只想自己了，也再不可一心只希望有個合情合理的結果了。

　　人們認為興趣盎然之事，對我而言，也許是愈發困惑之事。住在城裡時，有天晚上我去參加個宴會。晚宴的地點房間林立，裝修華麗，擺滿了精美的工藝品和漂亮的畫像。男女主人禮貌有加地接待我們，互致問候後，把我們引入房間。大家圍攏在一起，或坐，或站，或看，或談。我想，這是性格問題，我只感覺任何社交、智力、審美的娛樂因素在這種場合都蕩然無存，令你無暇去欣賞掛在牆上向你招手的精美畫作，只有像打足了氣一樣一個一個地交流著空洞的語言。如果客人們要是事先知道晚宴這麼索然無趣，大多數人是不會屈駕光臨的。這樣的晚宴，它的魅力究竟何在呢？

　　對大多數客人而言，這個夜晚人頭攢動，燈火輝煌，喧囂而熱鬧。女人雍容華貴，男人意氣風發，友情、溫暖和榮耀四處洋溢，而我卻只感覺興趣索然，這可真是大煞風景。對於參加這種難得一見的聚會，我絕對比大多數人更加敏感，正是這種敏感讓我充滿反感，這一切都如同樂器奏響的噪音。我本可以與現場嘉賓深入交談，本可以在這裝飾華麗的房間裡再

逗留一會，饒有興致地一幅一幅地欣賞那些精美的畫作。但在這樣的盛宴中，你一次就品嘗了上百種美酒佳餚，讓你有種暴飲暴食的感覺。只要能給客人帶來愉悅和快樂，我本無可厚非。但在內心，我仍堅信，許多人並非由衷地參加這種聚會，只是出於傳統習慣逢場作戲而已。我期望去做的，是為那些以傳統方式聚餐的人找到更為簡單、更為真實的快樂之源，因為為了讓豪宅華府喧鬧起來，許多性格堅忍而默默無名的菁英都失去了用武之地。在某種程度上，人們付出的努力沒有浪費，因為他們創造了非比尋常的美妙效果。但若美妙出現過剩，這些過剩之美就變成審美疲勞 —— 有些美妙，靠著奢華的成本和高超的記憶才可以產生，所以它毫無意義。那些提供的茶點，很少有人品嘗，造成了大量的浪費；如果將茶點分給製作它們的貧苦工人，他們定會興奮不已。想想從氣候不同的地區運來的食物，想想輪船飛馳著駛過海面，想想那些辛勤付出的收割者、搬運工、廚師和服務員，正是這些人的盡心盡力，才搭配出這樣一桌桌琳瑯滿目的饗餮盛宴。我從不重視結果，這讓我很容易從社會主義者的角度看待這些問題。讓我難過的，不是這些工作本身，而是由工作造成的浪費；不是精美的食物拼裝出來並得到人們盡情的享用，而是它們由默默無聞的勞動者精心製作出來，卻既沒有滿足溫飽，也沒有得到盡情的品嘗。

▍簡樸

所以，我更喜歡那種寧靜而簡樸的生活。帶著對簡樸的渴望，我返回了自己安靜的房間，返回到了古樹旁，返回到了疏於打理的花園中，如同一名水手，從波濤翻滾的大海返回風平浪靜的港灣。這裡沒有折磨我的那種緊張情緒，沒有令我苦惱的浪費行為，我也不必數小時尷尬地享受闌珊的時光，不必為那些必不可少的應酬殫精竭慮。更重要的，我可以繼續從

事自己熱愛的工作，它因城市的喧囂已被擱置得悶悶不樂了。不知道為何自己會如此珍惜時間，實際上，我利用時間所做的事情對別人可能並不重要。但至少，我的工作意識可以確保自己在為他人提供幫助。而在城裡，我卻知道，自己花費數小時所做的工作對他人毫無益處，所以我牢騷滿腹。

「在這個避風港，只有流水惶恐不安。」

傷感的詩人慨嘆道。滔天巨浪更讓我想念自己平靜的生活，而這也正是這個世界所匱乏的。平靜的生活，如同盛宴中的調味品，送給原本枯燥乏味的宴會一股清新的味道，這種味道沁人心脾、怡神醒目。

回憶

交付終稿

　　剛剛寫完一本書，就去寄給出版社了。真是一個心力交瘁的時刻！起初，有一種完成任務後如釋重負的得意感覺，但這種得意只持續了一兩天，就開始想念那個可以真正交心的夥伴了。在某種意義上，這本書就是我的一位夥伴，它是我心血的結晶；它不是一部旨在傳播有用資訊的書籍，而是一部完成自己的創意和構思之作，幾乎已具有了人性。在最初的個月裡，它從未離開過我的大腦。每日只要一醒來，它即刻躍入我的腦海；讀書時，它從我的肩膀探出，向前凝望，並指著草稿說：「這裡有個想法，那裡有個精采的注解，可以使你含糊不清的觀點明晰起來。」它與我並肩而行，形影相隨，甚至比影子還貼近我的身體；它已被賦予了生命，變成了一個人，一個朋友，像我一樣，卻又與我迥然有別。

　　還記得上次通稿時，我心潮起伏，浮想聯翩，柔情蜜意紛至沓來。這一章把我帶回到那個狂風怒號、風雨交加的日子，我衣衫襤褸走在泥濘的路上，兩旁的樹木冷風蕭蕭，衣服沉甸甸地壓在身上，發出吱吱的聲響。我記得，寫這一章的想法產生於我自認為身體足夠強健、甚至值得自豪的時候。當時，我剛從怒吼的狂風中跑回家中，在那燈火相伴的安靜長夜，恣意放縱自己投入到狂熱的寫作之中，直到疲倦的鬧錶響起了凌晨的鈴聲。而那一章的創意，是在一個靜靜的夏夜偷偷鑽入我腦海中的，它洋溢著玫瑰的花香。曾有一刻，在寫到某一處時，悲傷在紙張劃下了道道淚痕。幾天後，再次拾筆時卻已與之前的那個我產生了一道深深的裂痕。在這一章裡，還洋溢著我歡樂而美妙的經歷，記錄了我寧靜而喜悅的一天，讓我慶幸曾在這個世界生活過，哪怕這世界帶給我的並不僅僅是快樂。

交付終稿

　　諸多感受，都歷歷在目。我的生活已躍然紙上，有歡樂，也有悲傷；有欣喜，也有感嘆。我想，畫家和音樂家對他們的工作有著同樣的柔情，雖然我認為他們的生活不可能融入作品，而此刻我的生活卻流入了書中。畫家記錄他的所見所聞，音樂家捕捉那震顫耳鼓的微妙瞬間，但如果畫家過於注重繪畫形式，就會像音樂家過分沉溺於如風的和弦一樣，那些美妙的過程就會把他們帶離生活，隔離於情感的天堂。而對於我，卻截然不同。正是生活本身，在我的書稿上不停地蠕動，字裡行間跳動著熱切的脈搏，啟動了我心中的熱血。因此，書與我早已融為一體，任何畫作和韻律都無法企及睥睨。我擁有了母親對孩子般真摯的情感，孩子躺在她的懷裡，她正用心血哺育著它。現在，書稿就要離我而去，就彷彿我身體的一部分從身體脫離出來走進了社會。

　　我又要過一段混沌、無趣的日子了，需要等待生活的種子在我內心再次發芽，等待腦海裡另一個生命的再次復活。日子變得百無聊賴，因為頭腦中已沒有了甜蜜的耕耘，像垂落的風帆無精打采地飄動。我感到疲倦，不是身體的倦怠，而是生命匆匆逝去後產生的心靈倦怠。世界上再無任何事物，可與工作帶給我的快樂相提並論。時間變得空虛、索然無味起來，我無法獲得慰藉。現在，我又要一次次地嘗試重新開始，可我卻根本不在乎結局，因為我注定要在絕望中放棄。世界的魅力，金色的陽光，如血的殘陽，奔騰的溪水，掛著露珠的青草，都只是在徒勞地召喚。讀書，聊天，似乎都變成了瑣碎無益的閒談，無法饜足我的欲望。

　　很快，書稿付梓後又返回到我手中。看到它比自己想像中的更加精美，我會欣喜不已。但有時也會感覺沮喪，因為它從你富有創造力的大腦飛逝而過，瞬間消失了蹤影，在外遊走一番之後，經過精心的包裝、打扮，披裹著新裝重新回到你眼前時，已宛如陌生人一樣。

接下來的日子，感覺最為揪心。成書會傳遞到朋友和讀者的手中，他們的回饋會傳回到我這裡，有口頭的，有書面的，但書已不再是我所熟知的那本書了，它已變成了我的過去。別人讀你的書時，只是憑藉一時的心情評價它，這是最令作者難以接受的。事實上，作者本人已把這本書當成了久遠過去中一段蒼白的回憶，比那些批評者，作者與這本書的距離已更為遙遠，所以，絕不會在乎它被批評得多麼體無完膚。如果寫書時或剛剛成稿時，就受到了這些批評，他一定會感覺心如刀割，彷彿受到了虐待一般。書稿姍姍來遲時，我自己就變成了最為苛刻的評論人，因為自己的立足點發生了變化，不再是那個只知爬稿的寫書匠，我的眼光開闊起來，比任何人都更有資格評判這本書落在生活之後的距離。世上沒有任何一種自由比剛出籠的書稿飛得更快，因為在寫書的過程中，人一直被牢牢地固定於一個位置；當自由來臨時，思想會一躍而起急急地向前奔去，就像一件重物，被繃到極點的橡皮筋突然拉起。「我怎麼會這麼想？」思想一邊掃視著書稿，一邊自言自語；整本書都已面目全非，不再是他自己，而是一張自己多年前的照片，上面布滿灰塵，版面發黃。但今天，我唯一的想法就是，我那個曾經摯愛的朋友，那個曾與我同吃、同住、一起散步、一起沉默、一起微笑的朋友，已經丟下了我，跑到外面那個殘酷的世界去闖蕩了。他的命運如何？迎接他的會是什麼呢？然而我知道，當他回來對我說：「我是你的一部分」時，我會立刻否認。假若我的孩子失明、殘疾、軟弱或可憐，我會更愛他，因為他不再活躍，也不再堅強，他回來時，我可以清楚地看到他的弱點和缺陷。但我並不希望他像現在這樣改頭換面，全無了往昔的模樣。

　　偶爾與一些作者交談，他們告訴我寫書帶給他們的困惑與煩惱。他們談到了寫書時情感會變得反覆無常，有時熱血沸騰，激情澎湃；有時卻文

思枯竭，無從下筆；有時陷入絕望，滿腹惆悵；有時為一名之立，旬月踟躕。可是，所有的這些感受，我都一無所知。一旦起筆，我既無猶豫也無恐懼，日復一日筆耕不輟，就像與一位朋友推心置腹地交談，不需隱祕思想，不需耍弄外交手腕，可以毫無保留地袒露自己的心聲，而且無需擔心受到誤解。對於表達真情實感，我毫無困難。即使沒有把它表達出來，也是因為想法本身模糊不清，仍需明晰。寫作時，我從不知疲倦，也不會心生不滿；可有些人明明不喜歡這樣辛勞，卻仍要從事寫作，這一點我無法理解。也許是因為我生性懶惰、喜歡悠閒的緣故吧。懷著沉重之心還能完成這種創作，我更是無法理解。做一項令人恐懼的工作，需要保持莊重和忠誠，這展現一種道德上的約束。然而，如能讓工作融入快樂的色彩，這是多麼令人期待啊！倦怠之人，即使成功地用紙板、樹膠、蠶絲做出了蝴蝶，也毫無情趣可言。寫書最重要的前提，就是要有活力，而活力絕不可能靠責任獲得，只能寄託於希望、信心和期待。但今天，我的摯愛已離我而去，也許正在覆滿厚厚灰塵的貨車中掙扎，也許正穿過泥濘的街道來到紅色的信箱，也許早已來到印刷廠藏身於噠噠的排版聲和嗡嗡的機器聲中。我感覺自己就像一位父親，兒子上學去了，孑然獨坐時忍不住好奇地猜想：孩子在那寬敞而陌生的地方境況如何呢？但我不會悲傷，我要為所有美妙而神奇思想的激發者，為所有愉快的憧憬，為所有閃光的詩句，為自己曾擁有的所有的快樂，由衷地感謝造物之主。

年齡與詩情

雖然輕鬆自如的幸福感較以往少了一些 —— 就像看到百靈鳥在藍天展翅翱翔發出婉轉歌聲時的那種幸福感 —— 但這種失落,已得到了充分的彌補;我獲得了越來越多的安寧,沒有了狂喜,沒有了悲傷,寧靜與我長久地廝守在一起。

但有一種痛苦 —— 心中的傷口 —— 仍久不能逝:我要成為一名語言藝術家。環視藝術家的作品,我既為之震撼,又充滿欽佩和羨慕。幾乎每位藝術家的情況皆是如此:他的處女作品,往往就是他一生的代表作。

在某一特定領域,比如純粹需要發揮想像力的詩歌領域,這是一條顛撲不破的真理。但這並不只限於詩歌,還包括佩特[045]的散文詩,夏綠蒂・勃朗特的詩體小說。敘事作家、幽默作家、評論作家以及傳記作家,在走下坡路之前,都會孜孜不倦地改進自己,以期獲得更廣闊、更深邃、更有容忍度的生活觀;他的風格可以簡練、可以深刻、可以感人、可以辛辣。但對於從事詩歌創作和自我反思的作家而言,某些特有的清新、幼稚、魯莽等文風,一旦消退,就再也難以捕捉了。舉幾個典型的例子。柯勒律治[046],在他逐漸步入中年時,就已喪失了詩歌天賦。華茲華斯[047]的所有精品佳作都是他早年創作的。米爾頓[048]亦然,晚年的米爾頓已失去了他那至純的抒情天賦。最典型的例子莫過於丁尼生了,他最早的兩部小說無

045　華特・佩特 (Walter Pater, 1839-1894),英國著名文藝批評家、作家。

046　薩謬爾・泰勒・柯勒律治 (Samuel Taylor Coleridge, 1772-1834),英國詩人、評論家。

047　華茲華斯 (William Wordsworth, 1770-1850),英國桂冠詩人,華茲華斯與柯勒律治、騷塞同被稱為「湖畔派」詩人。

048　約翰・米爾頓 (John Milton, 1608-1674),英國詩人、思想家。

處不散發著魅力、優雅和氣度，而後來這些卻消失殆盡了；他有了責任意識，因而變得嚴肅、做作起來。有時，在像抒情詩《莫德》那樣的作品中，還偶爾能見到早期的精神閃光。與《國王敘事詩》（*Idylls of the King*）相比，雖然《莫德》莊重而奢華，但其美妙的韻律和流暢的節奏，都帶有早期《亞瑟之死》（*Le Morte d'Arthur*）的色彩。可是，他後期的作品卻沒有了那種美妙絕倫的特質，而正是這些特質，使《亞瑟之死》成為世紀經典。《亞瑟之死》淺顯易懂，樸實無華，而想要理解《國王敘事詩》卻需大費周章。此外，《國王敘事詩》充斥著道德說教、歌功頌德以及進化論的風格，這是何等枯燥無聊啊！《亞瑟之死》只帶有一種預言性的神祕主義，這尤為高貴，免入俗套。從某種程度而言，白朗寧也是如此。《波琳》（*Pauline: A Fragment of a Confession*）雖不成熟，但有其獨特的魅力，這部作品營造了莫名的渴望，毫無雜念、難以抑制的渴望；而這種魅力在白朗寧後期作品中卻難以再現。也許最突出的例子就是羅塞提了。在〈洞房之夜〉中，黑色的幕布不時拉起，揭開了異域風情，飄來奇異的氣息、異樣的目光；燈光落下，情感升溫，一首十四行詩悠然出現，它純淨透明，曼妙多姿，宛若倦怠中帶著挑逗的靈魂，百無聊賴地穿行於香氣四溢的香閨，突然透過窗戶瞥見了一處林中空地；這片空地，默默地佇立在那裡，伴隨著習習涼風，沐浴著融融冬日。這首十四行詩，彷彿是以一種新的風格來詮釋白朗寧的早期作品，在某種意義上，只是形式發生變化而已。

朝聖

這首詩是種種生活經歷帶來的陰影，熟稔而疲倦，悄悄爬上了心頭。青春年華，思想如綻開的玫瑰，所見所聞一直在敲打著感官的窗櫺，帶來

難以想像的新奇，隱藏著數不清的驚喜，輕快的祕密以及希冀中的神祕。青春奇妙的魅力在蒸發，這種魅力能使剛踏入成人門檻的熱切少年意氣風發，神采奕奕，雖然他帶著些許青澀，有些語焉不詳而且愛自我陶醉。誰能忘記大學時代的朋友，那些優雅迷人的才子佳人，也許他們並無特別之處，既非才智出眾，也非志向高遠，卻仍在自己神祕的天堂裡躍躍欲試。他們堅守著一份執著，懷揣著莫名的渴望，深深地感受到人生的變幻莫測、光怪陸離。隨著日子延宕翻轉、危機姍姍來遲，隨著生活必需的勞作以及養家糊口的需要，隨著愛情與友誼失去嬌柔的光澤，甦醒正不斷展開身姿，擴展開來。這時，他們需要安定下來追求舒適的生活。並不是說，越近身觀察生活，就越能發現生活不那麼公正，不那麼健康，不那麼富有活力，那只是上天嚴格的定律在發揮作用。夢幻突然黯淡下來，不再真實，不再具體，在百年一遇的某次回眸凝視中，朝聖者轉過山隈，爬上了路旁的山丘，眺望遠處的天際和那如波浪般起伏的山脈。清晨時，他剛剛從那裡輕快地走下，知道哪裡是理想的去所。也許，最幸福的，是那些隨著倦怠的日子一天天流逝卻仍能欣賞到眼前風景的人們，他們可以欣賞到同樣美麗的山巒和飄散金色迷霧的山谷，那裡才是長途跋涉的歸宿。無論太陽落到塵灰泛起的路上，抑或落到兩旁扎滿樹籬的大地，無論旅人當時多麼疲憊，他們知道昔日的祕密一如既往地嫵媚多姿，那美妙的青春奇跡仍待創造。然而，陰影重重，已籠罩在我前行的路上，也籠罩在如我一樣前行人的路上。我們唯一的希望，就是在辭世之前，可以讓美麗和快樂得以珍藏，並提醒後來者：每天第一縷璀璨的霞光和鳥兒催醒的歌聲，都真實可信，而這不僅僅得益於空氣、陽光和生命力的作用。經歷、真相和殘酷，都有其獨特之美，這毋庸置疑。政治與商業，社會法治的進步，公民的責任與義務 —— 所有崇高與單調的表現形式 —— 都有其自身的地位、

價值和意義。但對詩人而言，這些都似乎只是對夢想煞費苦心的組合，只是對所有本能與天性緩慢而笨拙的拼裝。如世界必須按照條條框框發展，如人們必須在烏煙瘴氣的工廠裡勞作，如人們必須在議會裡進行白熱化的角逐，那麼，最好把生活的框架搭建得結實、緊湊和公平。但人類的希望並不在這裡，他展望的是一個由法制保護的迥然有別的鳳凰涅槃。他期盼這一時刻，那時，人心會變得質樸、明智而溫情，可以笑對人生注定的集結與安排。那些為人類的福祉辛勞工作的人，經常忽視究竟為了何種目的而採取措施，他們把教育當成帶給人們快樂的繁瑣之事，卻忘記了教育是一項精心設計的措施，教會人們熱愛安靜的勞動，享受閒暇的快樂。在編制法典的枯燥工作中，人們失去了快樂，忘記了法律只在人性殘忍自私之時才有用武之地。道德施加於虛無，優雅產生於內在。詩人追求的是內在的優雅，他認為如果這種優雅得以實現，就會易如反掌地超越其他所有的品德。

▍清晨的露珠

但當我們周遊世界時，就會發現人的自卑與自私；當我們學會為自己的權利抗爭時，就會發現崇高的境界在漸漸黯淡。誰會為人類而悲傷呢？他已經感覺到天啟的光芒在內心深處的震顫，他穿行得越遠，就會有越來越多的疲倦之人告訴他，這只是青春時代的一次蠢行，是幻想的騙局，是飛逝的心境，生活應賦予人更多的艱難，更多的卑劣。他最好對這些醜陋的聲音置若罔聞，繼續辨別身邊人那寬宏純潔之心，堅信生活並不只擁有神聖而甜美的奧祕，生活不是為了攫取一點點的舒適、尊重和愉悅而進行的一場枯燥的爭鬥。只有依靠人的力量，緊緊掌握未曾黯淡的美麗，才能實現內心的希望，獲得激勵他人的力量。但令我傷心的是，看到有些藝術

家已品嘗到了晨露，心中本已裝滿狂喜，可他們卻仍以循規蹈矩的形式，以令人費解的嚴肅，與珍藏這些美景的記憶討價還價。更令我傷心的是，看見有些人對第一縷希望因懷疑而背過身來，宣稱自己發現的所有一切都不符實際。藝術家每天必須祈禱：視野不會受到玷汙和蒙蔽。若感覺自己的聲音變得微弱了，就必須時刻留存生活的樂曲，雖然這樂曲已筋疲力盡，雖然這麼做會令你悲痛不已，但也許只有悲痛不曾止息，人類才會得到絲絲慰藉。

年齡與詩情

友誼之所

　　今天一整天，都在想念一處舊居。沒有什麼特別的理由，只因我在那裡度過了許多快樂的日子。那所舊居是我的一位老友幾年前買下的。他單身，有工作，去那裡度假時常願意把朋友們召集到一起。我也年年去那裡，有時一年兩次，一次待很長一段時間。房子在北威爾斯，位於平原上梯形的樹林之中，在一排長長的暗黑懸崖底下。陡峭的懸崖拔地而起，千姿百態，下面簇擁著爬在突兀的岩石上綿延而上的叢叢密林。房屋四周的景致真是美不勝收。下面有平坦而富饒的平原，與鬱鬱蔥蔥的樹林相映成趣。平原的一邊是聳立入雲的山峰 —— 一座岩石遍布的山脊。有一條小河緩緩穿過平原，河道一點點地寬闊起來，筆直地流向大海。在入海口處，有一座小鎮。在風平浪靜的日子裡，鎮裡的炊煙嫋嫋升起。海的對面，遠遠的海灣處佇立著陰翳的陸岬，突兀而起，一個接一個地向南綿延而去。房屋的下面有幾處坡地，一塊草坪隱藏在樹林之中，還有一座相當古老的磚牆花園，和煦的氣息讓人想起家中花草的味道。幾條陡峭的小路在山林中蜿蜒穿行，一次又一次，越過跳躍的小溪，在一大片陡然垂落的荒野中探出頭來；荒野的四周躺臥著寬肩的山脈。

　　房屋裡到處是低矮卻舒適怡人的房間，向外望去就是寬敞的大長廊。房間裝飾簡樸，這裡的生活也簡單靜謐。我們常常到荒野或海邊散步，有時在山中長時間地步行。這是個多雨地區，我們常被困家中，但偶爾也會在細雨紛飛中輕快出行。這種天氣，我不太適應，總感覺倦怠、嗜睡，但飯量卻很好。我們之間的交談從無激情四溢的火花，有的只是志趣相投者之間輕鬆自如的傾述。我在那裡生過病，不止一次，還常常感覺焦慮和困

惑。除此之外，那裡留存的都是美好的記憶，而且記憶一再執著地提醒我，一生中從沒有過任何地方能讓我快樂如斯。必須要說，我朋友是位無可挑剔的主人，他平和善良，總擔心客人們玩得不盡興。他管理家務時和藹中不乏嚴厲，他的這個特點，再加上他能給予客人極大的自由空間，讓他的待客之道日臻完美無瑕，彌足珍貴。他不善言談，卻能營造出安寧祥和的氛圍，讓大家自如地相處，而他自己只是偶爾插上一兩句俏皮話——經常帶點尖酸的味道。還有一位朋友，不太常來，卻分擔了房屋的費用。他很健談，魅力出眾，總能讓人眼前一亮。他目光獨到，但對人的評價卻往往帶感情色彩。這兩位朋友的搭配，堪稱天作之合。

　　現在回想我們一起在那所房子裡度過的漫長而悠閒的夏日，仍然令我心馳神往，心境豁然。清晨起床後，我常在陽臺看書；午後，則靜靜地在野外散步。不太令人心儀的是冬日，黃昏來的早，但房間裡卻總是暖暖的，亮著柔柔的燈光。大家有一個心照不宣的做法：晚飯後，如果有人想看書，不想聊天，那麼我們就靜靜地坐在那裡看書。那時，只能聽見燃燒室裡劈啪作響的火苗聲以及書頁翻動時的沙沙聲。這裡有著與眾不同的魅力，大家完全沒有約束，可以自由自在地暢談心聲，而不必擔心有被誤解的風險。儘管如此，回想起來，我仍無法解釋整個房子裡洋溢的那些黃金般寶貴的東西到底是什麼。我們無所顧忌，直言不諱，不用容忍他人的弱點，但從未有過烏雲般遮蔽陽光的那種怨恨、不滿和爾虞我詐。

▎告別

　　幾年前，這一切都結束了。時勢強迫我朋友必須放棄這所房子。現在回想起來，這所房子洋溢的氛圍多麼美妙！在最後一次做客時的情景還歷歷在目。當時，大家已知道美妙的日子即將告別，生活總是團聚。記得那

是在一個薄霧茫茫的清晨，我開車離開穿過樹林時，感受到的只有溫情和眷戀、無怨無悔的感激 —— 這共同分享的快樂時光！樹木、峭壁、隱蔽在草叢中笑意盈盈的花朵、堆滿整裝待發椅子的陽臺、凌亂的書房，一切都似乎在脈脈含情地與我們告別，當年這些家具溫情款款地歡迎我們的來臨。沒有遺憾，也沒有傷感，房屋仍會迎來其他的朝聖者，提供給他們安全和舒適。也許失落令人悲傷，像一種背叛，一種粗暴的忘恩負義。但這種想法是不應該存在的，更不應表達出來。屈從於任何形式的抱怨，如同到人家做客，本來受到了真誠熱情的款待，卻在最後時刻指出主人家的種種不是，這是應該摒棄的。

象徵意義

我們一生經常犯的錯誤，就是認為美好的往昔已一去不返。可事實恰恰相反，我們應該抱有：美麗的往昔仍然存在，永遠不會消逝，就像那些美麗的情感和美麗的事物一樣，永遠不會失去光豔。鮮花會凋零，樹木會枯萎，藝術品會褪色，美妙的詩歌會被遺忘，迷人的古代建築，伴隨著優雅的傳統和記憶，伴隨著溫醇成熟的輪廓和細節，會被拆解和修復。然而，它們的美麗卻從未隨著形體黯然失色而失去魅力，它們的精神恒久長存長存於它們的偉岸、細膩、溫柔和強大之中，長存於它們永不止息的工作、創作和生產之中；另一方面長存於它們讓人熱血沸騰的渴望和崇敬之中。美，隱藏於精神深處，不時探出身來，彷彿從燈塔的視窗凝視太陽之人，傾聽著美的呼喚，期盼著、渴望著、迎接著。所有的力量都聚集在那裡，精神發出號召，精神也響應著號召。我們的迷思，就是把自己羈絆在膽怯、固執的形式上；當這種形式毀滅了，美麗就黯然失色。常常以為這是一種忠誠，為逝去的美麗而感嘆，雖然徒勞無果，卻能印證我們真摯的

愛意。但事實並非如此。發現所愛的孩子長大成人，我們同樣也會感慨，因為已愛上玫瑰花蕾，就不必鄙視盛開的玫瑰花朵。當孩子失去他可人的魅力，當玫瑰花瓣垂落在地，愛就變成了一種傷感，一種對美的反思。不必為美的逝去而遺憾，因為它仍帶著芬芳的魅力，迴盪著心靈的和諧。縱然無法再識別美麗，縱然歌聲在空中消散，縱然夕陽餘暉黯淡，可美與愛仍留存在那裡，在我們的內心之中。我不是說征服美與愛易如反掌，因為人的辨別能力狹隘而有限，當聽見甜美的歌聲或看見微茫的光輝從天際逝去，就很難不相信它們已然消亡。但是，必須要提醒自己，要一遍又一遍地提醒，美的本性和美所激發的炙熱愛意，亙古不變，雖然它會時聚時散，時漲時落，但它永遠長存不滅。「他們在這城逼迫你們，」耶穌肯定地說道：「你們就逃到別的城去。」[049] 萬事皆是如此，其奧祕在於，自己能意識到城市不是連綿不斷的。當那個占據半個世界的人，那個我們所依賴的人，那個把思想和心靈在生活的每個角落都投射了希望和安逸的人，穿過沙幕消失之時，這種打擊會令我們撕心裂肺，萬念俱灰。因為，我們今後要面對人生最黑暗的時刻，我們會充滿困惑和掙扎。如果抽身躲到內心的沉默之中，拒絕安慰，為自己恒久地堅守著愛而感到驕傲，那麼，我們也許就犯下了可悲的錯誤。屈從於黑暗是一種背叛，大多數人會向周圍的人伸出手來，迎接愛之禮物。因我們追逐愛的象徵超出了追逐愛的本體，不遭受懲罰，是不可能的，但這種懲罰也是滿含愛意。我們應受到懲罰，因為理想化的愛已心滿意足地站在愛的形式之上，卻未能更深入地走上一步，走入它所代表的愛的本體之中。

　　我們所意識到的愛，只能在我們自己選擇的狹窄經歷中，在我們搭起樹籬的平原和樹林的小花園裡，膽怯而謹慎地踟躕徘徊。可是，青春年少

---

049 《聖經・馬太福音》10:23。

時愛上的老房子，那裡度過的一年又一年的美好歲月，卻仍縈繞在我周
圍，一如既往地充滿溫情與親切。我絕不會認為它們一去不返，只會把它
們當作美妙交響樂那舒緩而甜美的前奏。人生是一部長曲，激情豪邁地把
我拋擲在悲傷的浪濤之上；這時，生命的主題就會破浪而出，而我只有奮
力去追逐。還有更美的樂章在等待著我，同樣精采，同樣美妙。

　　「現在，一切都已結束」，一位瀕臨死亡的老政治家有氣無力地說
道。但在經歷一天悲傷的告別之後，他卻改口說：「一切還都不賴。」恐
懼、不安，不是我們遭受的痛苦，痛苦只存於我們沒有信仰的靈魂之中。
如果回首過去，看到一幕幕的往昔現在變得如此美妙而珍貴，就會相信，
雖然古老的燈火似乎已隱身，但愛與美卻一直在對我們翹首以盼，這難道
不會令我們以更加平和的心態展望未來嗎？

友誼之所

悲情與矯情

　　記憶，在與過去的周旋中，創造出來的某些場景、某種情感，竟然不僅從未存在，甚至根本就不可能存在，可見記憶的這種能力多麼神奇、多麼不可思議啊！回顧自己平凡而純樸的童年，當時的我被包裹在微小的抱負中，總是故事不斷，總有小小的不滿，總為一些瑣事而煩惱。然而，我卻驚奇於記憶為這些場景附著的顏色，它精心挑選的是一些金黃色的時光以及一些與眾不同且光輝四溢的景象。當時，古塔和綠樹都抹上了漂亮的陽光，天空晴朗無雲，心情輕鬆愜意；當時，人們沉浸在五彩繽紛的浪漫憧憬和友情之中。記憶懇請人們相信，童年總是明朗而美好的，雖然人們深知，童年的質地經常粗劣、可憐而自私，雖然理性戰勝了自我，但仍心中充滿內疚和羞愧，因為這麼良好的環境，都未能讓童年變得更為光明而勇敢。

　　這也算是一種悽楚吧 ── 過於固執地注重細枝末節而忽視了最痛的悲傷。幾天前，我感受到了同一情景，讓我不吐不快。我想，再不會有人遇到這種事了。我有一位老朋友，獨自住在倫敦，有時我會去看他。他勤奮好學，卻不講方法，人也不修邊幅。他的房間久未打理，布滿灰塵，但他自己卻未意識到這些。在他鍾愛的扶手椅旁邊，有一張書桌，上面堆滿了報紙、書籍、香菸、紙、刀和鉛筆，亂得一塌糊塗。這種狀況，經常給他造成極大且毫無必要的時間上的浪費。我常勸他收拾一下，可他總是笑著應承，隨即置之腦後。

　　幾週前，我去看他。僕人是位生臉龐，有些嚴肅，帶我走進房間。我問我朋友是否在家，他回答道：「我猜您不知道發生了什麼事，A 先生昨

天在布萊頓去世了。我想 B 先生會告訴您一切的。您要上樓嗎？我告訴他，您在這。」

我走上樓來。陽光直射入房間，裡面盡是名牌的家具和經典的畫作，雖然有些簡陋，卻帶著家的溫馨；那熟悉的書桌上面，仍是凌亂地堆放著各種物件。他去世的消息讓我震驚不已，一時無法緩過神來。看到書桌上一如既往亂七八糟的物品，我心中無比失落。一切真的就這樣結束了，我的朋友走了，沒有留下一句話，一個字。

突然聽到走廊裡急促的腳步聲。B 先生，房子的主人，走了進來，他笑著道歉說：「先生，恐怕這裡有誤會。A 先生並沒有去世，僕人搞錯了。實際上，是住在樓上的那位客人去世了，他臥床不起有一陣子了，剛剛離世。僕人是新來的，弄混了。我與 A 先生幾分鐘前剛打過電話，他一切都好，如果您願意等的話，幾分鐘後他就到。」

於是我坐下等他，心中卻湧起莫名的反感，尤其對那張堆滿雜物的書桌。幾分鐘前，它還曾令我感傷不已；可現在，在 A 先生走進來時，它卻又變得同以往一樣令人煩躁生厭。那張積滿了垃圾的書桌，可憐兮兮地放在那裡，沒人願意接觸它，它已改變了模樣。原本很早之前就該好好地清理它的，它現在這種髒亂的樣子令人感到無地自容。

夢魘

一天夜裡,我做了一個夢,十分古怪而可怕的夢。昨天,為了一項不得再拖延的工作,我被迫開足馬力瘋狂加班。接近傍晚時,幾乎筋疲力盡,而工作仍未完成。睡了一個小時後,又打起精神繼續工作,直到深夜才做完。這種高強度的勞累不可能不受到懲罰,因此,只有在迫不得已的情況下,我才會如此拚命。我想,我已成功地激發了大腦中的一些脆弱組織,而產生的後果就是,一系列生動形象的夢魘接踵而至,隨之而來的還有一些莫名其妙的恐懼。並不是說這些夢原本恐怖,只是感覺有一種凶兆籠罩著我,讓我感受到心靈的鈍痛,令我見到每一事物時都不寒而慄。我在痛苦的情緒中醒來,腦海裡充斥著無形的恐懼。這種恐懼若即若離,整天縈繞在我的身邊。

這種現象多麼奇怪啊!病弱的大腦竟能在黑暗中把逝去的幻像描繪出來,然後再為自己的作品沮喪消靡。比如,在夢中,我在一間寬敞的大房子裡遊蕩,房裡空空如也,寂靜無聲。我路過一扇邪惡之門,情不自禁打開了它,發覺自己來到一個貼著橡木牆板的房間,房子雖大可窗戶卻很小,釘著板條,只有微弱的光線透了進來。地上鋪著石子,中間豎立著一塊外表光滑、帶著鑲嵌的巨大玄武石,黑黝黝的,被粗糙地刻成了大大的人頭狀。在長久地凝視它之後,我抽身退出,心中充滿了難以名狀的恐懼感。我知道,就是在這裡,曾經舉行過某個恐怖的儀式。我不知道這是什麼儀式,也找不到任何跡象 —— 沒有凶器,沒有殺戮的痕跡;然而,我知道,這地方代表了某種邪惡的奧祕,牆上、地上都浸透著恐懼和疼痛。夢,就是這樣難解,在你毫無意識的狀態下,竟然創造了種種場景和事

件，雖然自己對這些毫無感覺，可仍有能力看見和聽見。在清醒的時候，想像力會讓人受到觸動，有時愉快，有時悲傷，我知道，這只是想像力在作祟，因它從未失去過責任感和創造力。

正是知覺，讓夢獲得了外在的力量和影響，讓夢在失去理性的大腦裡變得一如既往地不可或缺。夢，似乎是與生活其他領域的交流以及對外在自我的感受，某種潛藏的力量透過它傳遞著訊息。有時，機緣巧合，夢恰好與發生的事情相吻合，這些事情有預料之內，也有預料之外的，缺乏哲理分析能力的大腦很難不去相信：這些都是某種可以預見未來的力量所施加的影響。夢，經常與廣泛而複雜的經歷打交道，難免不與第二天發生的事件產生瓜葛，無論預期值有多少，畢竟發生了連繫。但關於夢的理論卻一直不令人滿意，科學性不強，也不考慮發生的場所，因為這些場所根本與夢中發生的事件沒有任何關聯。人的秉性在很大程度上，不是建立在科學基礎之上，在某一單一場合只要夢境與接下來發生的事件相吻合，無論吻合的方式多麼稀奇古怪，都比一千件沒有這種巧合的事件更具說服力。而實際上，只有長長的一系列有預兆的夢，才足以構成科學理論的基礎。

夢，對我而言，其最大的樂趣是能夠表現大腦最本質的紋理。清醒時，我能意識到許多深刻印象的自然再現。夢中的大腦，可以隨心所欲做出選擇，在拋棄一些印象的同時，也讓另一些印象恣意發揮。比如，在真實生活中，經常看到美麗的夕陽，這種場景常常令我感慨不已。但在夢裡，我卻從未見過夕陽。所有的夢都籠罩在蒼白、黯淡的光線之下，卻又不知光線從何而來。在夢裡，我也從未見過太陽、月亮或星星。在現實生活中，一旦違規逾矩，就會被道德、倫理牢牢地占據；而在夢中，絕對沒有任何道德觀念束縛著你。在夢中，我擔心過自己的行為後果，可在實施了謀殺或搶劫之後，良心卻沒有感覺到一絲絲的愧疚。

這是否可以證明，我的道德觀，我的良心，在現實生活中純粹是習慣使然、約定俗成呢？我不知道，似乎的確如此。一些現實生活中最習以為常的行為，卻在夢中從未再現過。很多年來，現實生活中的我一直致力於文學創作，但在夢中，我卻從沒寫過東西。雖然聽說有人讀過夢幻的詩歌或書籍，我卻從未讀過自己在夢中創作的劇本。在夢中，我從未想過要寫點什麼，無論目的何在，哪怕是寫封信也好。然而，並非所有的素材都取自創作之前，因為有時夢會不斷重複最近的經歷，並把它們織入夢的紋理之中。

　　在我看來，大腦只有一部分在夢中是活躍的，它常常能創造戲劇效果，產生震撼作用。即便如此，我也很難弄清楚，自己的想像力為何常常把現實生活中那些耳熟能詳的人物帶入夢的舞臺，讓他們表現得如此離譜古怪，令我感覺困惑和震驚。前不久的一天夜裡，我夢見自己去見一位教會長老，我已認識他多年。在夢中，他正在接受靜養治療，雖然據我所知，他從未有過這樣的經歷。他走進房間時的樣子讓我十分吃驚，甚至有些難過。他穿著短上衣，領子上翻，手裡拿著一些孩子們幼稚的玩具，說道：「我又活蹦亂跳了。」可是，我根本笑不出來，反而陷入深深的困惑，困惑自己如何與他交流。如果他帶著這身打扮，染上了這種習慣，又該如何回到自己那高貴的職位呢？那注定將是一場災難。

　　整件事都是一個難解之謎。我只希望科研人員能以十分理性的態度認真地研究這件事，雖然很難看出他們按照何種方向進行研究才會有所收穫。夢，這一恒久普遍的現象，人類卻無從知曉它的起因和本質，真是令人匪夷所思，無可奈何啊。

　　有時，會夢到某個莊嚴而美麗的場景，一個讓人難以想像的景象。在這樣的夢裡，經常看見自己生活中無法看見的情景：與那些久亡之人促膝

交談，這彷彿是在與脫離肉體的靈魂在交談 —— 我難道不曾與同樣的人交談過嗎？只不過這些交談瑣碎，荒謬，毫無亮點，甚至痛苦，以至我所有的情感和敬意都引導我毫不猶豫地把它當成純粹的假像。夢中最古怪的，就是記憶總會發神經出錯，所以大腦才沒意識到這些人已去世很久，仍在絞盡腦汁好奇為何近幾年與他們見面次數這麼少。記憶，似乎完全清楚自己最近未與他們見面，可無論怎樣努力回想，也還是無力想到他們已逝的事實，儘管他們去世時的場景仍歷歷在目，一如既往地令人心痛。

夢，最古怪之處即在於此。有時，如與不熟悉的人在夢中進行過促膝交談，就會對他們產生特別的好感，這時，夢中交流就變成了一段真正友誼的起步，因為如果在現實生活中遇到這個人時 —— 這是常有之事 —— 夢中的記憶依然清晰，於是就有了一種親近感，很容易與他們增進關係，自然而然地達成了默契。我想到一位特別的朋友，坦白地講，我就是借助夢境與他結交的。

在夢中，與朋友的會面有時也會產生痛苦和不滿；這時，頭腦中喚醒的是憤怒和仇怨，這會讓友誼籠上烏雲。醒來時，才明白這一切都是虛幻。但這不是關鍵，關鍵是它給了朋友間的心心相印一記真實的打擊，再次見面時會感到一絲尷尬，儘管會不經意間提起並一笑而過。這些經歷的確非常神奇，但我不認為可以用普通的假設去解釋。因此，透過運用不自主的想像力，能創造一種認同或誤解，這些想像力真的可以影響與他人的關係 —— 在此，感覺自己已經踏上了那無比神奇的奧祕的門檻。

敬仰

　　熱心的教育家們常認為，鼓勵孩子積極參與學校活動至關重要。一般來說，在公立學校培養出來的孩子，他們大部分的熱情都展現在了體育方面，而在學業方面，學校主要是鼓勵孩子們盡職盡責。毫無疑問，一個孩子只沉迷於學習，其所言、所思、所夢的，就只是考試考得好，導師和同學就會認為他有些怪異。如果在體育上表現出沉迷，導師和同學就不會這麼認為。我不禁要問，不論熱衷的對象是什麼，這種沉迷對性格的影響是否重要呢？正常的孩子，往往對體育著迷，卻對學業上的成績持觀望態度。的確，一些名人，如大法官先生也曾大言不慚地這麼鼓勵孩子：他最近還揶揄教師做盡無用之功，挖苦學校裡的報告一無是處。幾天前，我的一位青年朋友，因沉迷一位短跑運動員，就寫了一篇熱情洋溢的文章對這位運動員大加讚美，尤其誇獎了他的跑步方式和形體。這篇文章滿是溢美之詞，語言用的真是慷慨大方又懇切樸實。我朋友還談到了這位選手的跑步技巧 —— 這些術語太專業，我恐怕無法以同樣激動且敬佩的心情複述出來，也許雪萊在大學裡談論荷馬和莎士比亞時也曾使用過同樣的術語。雖然在電光火石之間跑完 100 公尺並戰勝他人的益處有待驗證，但能夠跑贏他人通常是好事，可我還是忍不住好奇：他們是應該拋棄這種熱情呢，還是把熱情用錯了地方？也許，對所有人類的表現進行狂熱的追捧，都存在這樣的嫌疑。無論是怎樣偉大的哲學家或詩人，都有其局限性，也有其才智枯竭的時候。與宇宙世界未知的知識相比，最智慧的科學家所擁有的知識也不過是滄海一粟。最精美的畫作，與我們周圍每天的美麗與精緻相比，也一定會自慚形穢。我腦海中閃現的問題是，為人類的表現沉迷

瘋狂，是否會對自己造成傷害呢？問題不在於這是不是一種天生的誘惑，而在於人是否應該努力抑制這種誘惑，因為它扼殺了按人類標準所能達到的無限可能的夢想。在私立中學時，聽見一個男孩子對校長表達敬佩之情——由衷而真摯的敬佩之情，只因校長懲罰犯錯的學生時下手毫不留情。宗教熱情的起源之一，就是對造物主的敬仰，因為大自然的力量讓人類所有的防備措施都演變成了一場浩劫。也許，這是一個必要階段，我們都經歷過；在這一階段，我們仰慕比自己強大或更有能力的力量。但其建立的基礎是，這種力量或效力沒有完全超出自己所獲得的能力範疇，自己有希望在某些偶然的機緣之下可以獲得同樣或相似的力量。儘管這一階段是進步的必需階段，但我確信，它絕不是終極階段，人類不應該花費終生的精力仰慕有限的人類行為，無論它多麼令人敬畏。宗教力量，才是人類生活中偉大而必需的力量，因為它會對上帝傾盡崇拜之情，它會設立一個更高標準，而非僅局限於對人類的力量欽羨不已。處理情感問題，也是同樣的道理。擅長描寫浪漫情事的作者，往往會不吝筆墨把心血都傾注於變幻莫測的愛情之上，在情節、深度、忠貞和忠誠等方面殫精竭慮，卻也因此讓文章重心失調。不要把自己局限在對體育天賦、藝術和文學的敬畏上，應把自己對人類傑出成就的仰慕和敬畏之情當成具有象徵意義的標誌，看成更為廣闊、浩瀚、美麗的真理的象徵。

問題在於，如何確定臨界點呢？這些有局限性的熱情，也許會對沉迷其中的人有一定的教育意義，但往往會因其過久沉迷而產生阻礙。一個孩子大膽地吹著口哨、哼著流行歌曲經過我的窗外，顯然，他非常快樂，專注於自己的的表演，正在體驗藝術創作帶來的愉悅。但如果這個孩子像許多藝術家那樣，在生活中仍繼續把音樂憧憬局限於創造出最美妙的口哨音樂，無論他多麼執著地追求理想，那也注定是淺薄的。對人類憧憬的局限

性有其醜陋的一面，因為這種膚淺的熱情經常伴隨著對人的極度強烈的仰慕，反而會削弱和毒害我們的仰慕之情；於是，我們想的不再是表演有多麼完美，想的卻是怎樣才能打動和震撼他人，引起他人的嫉妒或羨慕。這種思想，在馬休‧阿諾德[050]的信中曾經出現過。他寫這封信時，已經是文壇中的翹楚了，然而他卻說，活得越久，越對自己的成功充滿感激之情。他還說，接觸的人越多，就越發強烈地感到，人類天賦是相對平等的；也越發清楚地意識到，成功的作家是透過發現而不是透過創造那些生動的辭藻來啟發人們的思想的。這種心態非比尋常，也極為高尚。通常而言，成功的作家不會感激自己交上了好運，雖然好運讓他們能夠意識到他人無法意識到的東西；相反，他們往往會把功勞歸功於自己能夠率先創造了這個好運。無論怎樣，最好把自己想像成一個礦工，為自己能比他人提早一步找到金礦而感激涕零。

▎效仿

如果有人想仿效巴羅先生，總愛鞭策比賽中獲勝的孩子，說他們應該有更崇高的理想，切不可沾沾自喜，因為這次獲勝只是一時的好運而已，絕不是什麼了不起的成績，那這個人就過於吹毛求疵了。人們很容易說，這是一種虛偽的忠告，澆滅了孩子們自然流露的青春熱情。實際上，它在很大程度上取決於說話方式，而且這可能是善意的忠告，儘管孩子們會認為這是保守的長輩們古板的說教，但真正謙虛且質樸的孩子還是會為了自己好，聽從這樣的忠告，而那些獲勝者總好擺架子，所以不太討人喜歡。一般來說，世界越廣闊，真正的偉人越易變得謙虛，只有二流貨色才強行攫取人們的敬畏和仰慕。

050　馬休‧阿諾德（Matthew Arnold, 1822-1888），英國近代詩人、教育家和評論家。

敬仰

　　錯放了的熱情固然可悲，但相比於懷疑一切的態度，還是稍勝一籌，因為這種懷疑主義，通常是失望與懶惰之人的避難所。此外，還有一種需要努力培養才可獲得且更為貪得無厭的熱情 —— 信奉宗教的熱情，它往往會造成人類行為最無底線的一無是處和瑣碎無趣。停留在這種層次的懷疑主義是邪惡的犬儒主義，因為貫穿其中的是一種藐視和譏諷的態度。還有另外一種懷疑主義，它效力驚人，能夠真實地把人類的憧憬、前途與人類的實際表現、失敗進行比較，讓詩人和哲學家都在無限美麗與浩渺的知識面前謙虛起來。

　　人所表現出來的特質或精神，彌足珍貴。倘若表現出色，臻至無人之所能的地步，勝過迄今為止人的種種所作所為，那它就會擁有無限的潛力；如一開始就認為自己的表現超人一等，那這種優越感就會貽害無窮。高估人之可能，低估其表現，謙卑地看待自己的表現，才是適度的行為，是有男子漢氣節的強者的作風。

罪惡感

　　有一幅羅塞提的畫作，從技術層面上看，手法有些粗糙。這是一幅盧克雷齊亞·波吉亞[051]的畫像。有人宣稱，這幅畫把波吉亞家族的邪惡過分誇大了，事實上，他們是不討人嫌棄甚至受人尊敬的家族。可羅塞提創作這幅畫時，確實把他們當成了生性邪惡且臭名昭著之人，想方設法地用令人恐怖的黑暗色調渲染背景。盧克雷齊亞的坐姿刻意展示了一種所謂的端正之美，她的形體卻沒有表現出來端莊，她似乎有些肥胖，頭髮顯得蓬亂。她那邪惡的父親，亞歷山大教皇坐在那裡斜睨著她，她的哥哥切薩雷[052]依靠在她身邊，吹著她頭梢的玫瑰花葉。一股不祥的預兆籠罩在這群人頭頂。在前景上，一個11、12歲的侍者和一個十來歲的小女孩正在跳舞。這個侍者瘦小、羸弱，帶著兄長般的溫柔看著自己的朋友。兩個孩子完全沉浸在自己的表演之中，似乎是受命運的安排來取悅這三位觀眾。孩子們的眼神雖有些模糊、遲鈍，但仍透露出無邪和天真。你會有種感覺：他們無奈地陷入網中，在瘟疫肆虐的腐敗環境中成長，全然不知邪惡的花朵不久就會在他們溫柔的心靈中過早綻放。整個場景，都沉浸在死氣沉沉的壓抑氣氛之中，讓人擔心這種氛圍會與膩人的香氣混雜在一起。儘管有人認為，藝術家的手沒能成功地表現出他的思想，因為他繪畫時帶著一種孤注一擲的投入，頭腦中的黑暗本性拚命掙脫出了牢籠。這幅畫的藝術性非比尋常，它是一種男人藝術，用獨到的洞察力讓這一場景躍然紙上，雖

051　盧克雷齊亞·波吉亞（Lucrezia Borgia, 1480-1519），羅馬教皇亞歷山大六世的私生女，以美貌著稱，和她的兄長切薩雷有過不倫之戀。

052　切薩雷（Cesare Borgia, 1475-1507），義大利文藝復興時期的軍事統帥、政治家、貴族、樞機主教。

然手法有些笨拙，有些地方表現得也含混不清，但它有著比那些技藝高超的成手更為純熟獨特的表現力，令人久久難以忘懷。整幅畫交織著感傷與恐懼，即使那些天真可愛的孩子們的快樂也被這凝聚的烏雲給遮蔽了。烏雲席捲而至，掩蓋了純樸快樂的場面，行歡者的快樂沉降成麻木和混沌，也不知道到底是什麼令他們如此煩惱。有人認為，正在舞蹈的孩子應受到褒獎，獲得親吻和糖果，可實際上，他們已把毒藥吸入了靈魂。很難分析這罪惡的陰影對世界產生的影響，因為其中摻雜了大量的主觀懲罰，所以，陰影大都取決於時間的脾性與信仰，而良心的大部分陰影卻來自於對社會懲罰和法律懲罰的恐懼。比如，無需跋涉千里，就可以發現柏拉圖正用樸實而浪漫的口吻講述著形形色色的情感；而這些情感，我們卻逐漸意識到，天生就是墮落且令人厭惡的。

沒有任何帶有罪惡感的陰影蟄伏在那個明媚晴朗的希臘天空，它的生活元素，除了在受到道德譴責的領域之外，似乎都十分崇高，令人深深眷戀。在那些生活更為不安的年代，人類對他人所遭受的痛苦反而能淡然面對，因為人們找到了一種輕鬆卻殘忍的方式對待生活，這種方式哪怕在今天也是難以容忍的。在對以色列的種族滅絕戰爭中，男女老少都被殘忍地殺戮，因為敵人認為他們屬於上帝所厭惡的民族。在一些政體當中，有些臭名昭著的罪犯與他們家庭人員一起被處以死刑，無論他們的家人有無罪惡，良心的陰影都不會籠罩在劊子手的頭上。相反，劊子手卻有著發自肺腑的崇高感覺，認為他們履行了一項神聖的職責，執行了嫉妒的上帝發出的聖諭。從全域的角度考慮，人們需盡可能保持平常之心；從哲學的角度看，很難斷定造物主的行為是否理智，因為他一點一滴地養育了一個種族，卻有意讓他們避開陽光和真理，只為了讓他們滅絕，在血火和痛苦中被一個擁有絕對主宰力量和正義的入侵種族滅絕。的確，似乎罪惡感沒有

注入這一切的暴行之中，但在藐視光明和本性的行為方面，罪惡感已然入駐，甚至連我們自己的道德觀，我們曾經引以為傲的道德觀，都在許多方面變得混亂不堪！一個餓漢，因偷竊會受到法律的制裁；可家長和校長卻濫用權力讓孩子的生活變得年復一年如此沉重痛苦，這是何等令人匪夷所思啊！生活中這樣的例子比比皆是，而社會卻無法、也無力讓任何一個機構背負破壞人類幸福的惡名，只要這個破壞者足夠謹慎和警覺。

▍良心

正是這一切行為都拖泥帶水，才讓人變得如此心灰意冷，讓那些品行端正、善良正義之人的苦心孤詣付之東流，讓那些反對舊俗、偏見和愚昧的努力蕩然無存，讓那些美其名日為美德的冷酷得到默許，使得人們停下善行的腳步，讓那些滿腔熱情的時尚追逐者的工作蒙羞、失控 —— 所有這一切不時引誘著你，在失望和淒涼之時讓你相信：人生的功課就是承受毫無希望的忍耐，對那些根深蒂固的罪惡麻木地默許。看見世界如此混亂，人們會感到十分困惑不解。人生之課本已艱難，它已被那些少數人類征服者的命運所左右，這些征服者要親眼目睹勝利時刻的到來，但這一時刻卻總是姍姍來遲，而在它們翩然到來時，征服者已在痛苦和絕望中吐出了最後一絲氣息。

所以，要研究和分析罪惡的本質，總有一種陰暗的祕密存於其中，不時讓我們感知到痛苦。避免失敗，不背棄希望和目標，不必承受由無法釋放的懦弱和刻薄帶來的重負，這一切誰不知道呢？再靈驗的宿命論也不能利用它們反對內心對靈魂的裁判，這種裁判是由無法預知的本能做出的，種種行為的記憶刺痛、折磨著我們，而其意義我們卻無法向人闡釋。有一些我的往事，描述出來，定會遭到譏諷；回想的時候，總帶著一種內疚和

117

罪惡感

羞愧。之所以感到羞愧，是因為已深深地刻印在我的腦海中，難以磨滅。還有一些事情，向人講述時，我毫無愧疚之感，可也會招來猜疑和恐慌，因為人們以為我曾經這麼做過。這就是良心的奇怪之處，似乎與傳統或習俗毫無關聯。正是這種負重感，誕生於無望的救贖之中，讓所有人願意付出最寶貴的財富從而得到解脫；把恐怖的權力交到毫無節操之人手中，就因為他們聲稱能夠解救人類，拯救痛苦的靈魂。面對黑暗的恐怖，沒有任何事情會讓人類進行懺悔。有時我想，整個世界中最黑暗、最沉重的誘惑，莫過於來自對懦弱的恐懼，它在良心沒有受到譴責之前，就已讓你卑躬屈膝。

希臘精神

　　幾天前，參加了一場社交聚會，聽到一篇華美的頌文。是關於希臘精神的，朗誦者華麗的語言和鏗鏘有力的聲音給人強烈震撼，其出色的表現獲得了廣泛的共鳴，我也頃刻之間就為他的魅力傾倒。真希望能夠把他的演說複製下來，讓我像欣賞一段優美的樂曲那樣，盡情去欣賞它的美妙，它的抑揚頓挫、婉轉起伏，因為我沒有機會將它存入記憶中。有一句話令我印象深刻：希臘精神與任何後來發展的思想體系相比，都更符合當代科學精神。我想，在某種意義上，這一觀點是正確的，是永不滿足的好奇心滲透到希臘人的思想當中，填補著希臘人探索事物原理和獲取真理的渴望。但反思之後，我認為他的這種觀點值得商榷，因為當代科學精神熱衷於劃分門類，強調細節，而希臘精神則致力於對美的求索，帶著輕鬆的心情和喜悅尋古探幽，擁有那種所謂的浪漫主義詩人般的情懷。

　　演講者的謬誤在於，他有意無意地給人一種暗示：希臘精神可以透過學習希臘語獲得。我認為，希臘人從不虧欠任何外在的影響，希臘精神的精髓在於它的獨創精神，它的無所畏懼和對傳統的摒棄。希臘藝術的起源可以籠統地歸宗於埃及人，但希臘人從不在追根溯源上浪擲時間，而是硬生生地向前邁出了一大步。在文學上，希臘人也不遺餘力地試圖把文化與外來影響糅合起來，透過培養美妙生動的語言容器，把語言與自己活潑而華貴的個性交融在一起。

　　也許有人會認為，當時沒有什麼古代文學藝術的世界級瑰寶，才讓希臘文學如此閃亮耀眼。問題的關鍵在於，假若希臘人處於後世，發現自己置身於浩瀚的經典之中，面對這不斷閃現的人類智慧、努力和技藝的結

晶，他們會如何感想呢？他們創作的衝動是否會湮滅？他們是否仍會一如既往情緒飽滿地投身於研究之中，熱切地探索這些年代恒久的古代遺產的美妙之處呢？我自認為他們不會這麼做。他們雖然會懷著滿腔熱情去欣賞，但更渴望去傾聽和目睹使徒保羅[053]所說的那些新事物，也更深切地渴望去表現自我，擺脫對傳統的依順，擺脫將自己的文化給養建立在前人的思想、讚頌和豐碑之上的那種危險。比如，我無法想像希臘人會畢生投入到知識的累積當中，也無法想像希臘人會像我們潛心研究希臘文學那樣竭精殫力地研究古代文學。此外，除非承認希臘文學已達到人類語言表達的巔峰，認為人類智慧自希臘文學起已日漸式微，否則，就絕不允許讓古代文學的光芒遮蔽我們當代人的努力，放棄創造朝氣蓬勃新文學的希望，因為這種新文學融合了古典與浪漫，且獨屬於我們自己。即使對希臘文學充滿敬畏，折服於它精湛的技巧，我也不相信人類最高深的智慧會為敬畏和屈從思想所左右，何況這種思想經常是古典教育的產物呢！

所以，對待文學，我讚美美國精神。美國人似乎很少擁有這些被我們視為圭臬的恭敬而獨特的態度，他們沉迷於本土的靈感之中，自然而然地把莎士比亞、愛倫·坡、華特·司各特和霍桑等人進行比較，卻並不令人感覺荒謬。他們就像孩子，完全沉溺於自己的嗜好之中，充滿了對新發明的欣喜。雖然現在除了鳳毛麟角的個別發明之外，他們大多數發明都缺乏活力和特質，但只要具備這種精神，終能創造出新思想、新文學來。不希望看見美國人在對現在百般挑剔的同時，對過去也毫無敬意；不希望看見美國人帶著絕望，把好奇轉向研究英國的經典佳作。我的確認為，英國人對經典的敬畏感以及持久性，已經成為我們智力發展和藝術進步的障礙了。就像上了年紀的作家，往往容易重複自己鍾愛的矯飾風格，對年輕人

053　聖·保羅（St. Paul），耶穌的十二門徒之一，發展新生的基督教教徒的最重要的先驅。

反對的呼聲投以鄙視的目光，對未來也失去希望。若像古代女王掌權時的貴族王朝那樣，國家總是為過去的榮光所照耀、超越這個國家就會過分依賴尊嚴而不是活力，把自己嚴密地圍裹在自尊之中。我寧願看到的，是一股彈性十足的活力，一種不顧一切的精神，一次慷慨無私的嘗試，一個對過去傳統表達不滿的差評，而不願看見一次對霸權的綿軟無力的默許。我們目前的狀況如何呢？我們缺少一流的詩人和散文家，也缺少一流的評論家、戲劇家和傳記作家。我不希望貶低我們的想像力，因為它仍活力無限，尤其在小說創作方面表現出了強大的生命力。但即便如此，我們仍缺少大師級的人物，而評論家們對創作風格也是不聞不問，仍一門心思注意情節、事件及背景。我們所欠缺的，是真正的原創精神，以及從寧靜中積蓄的力量。我們喜歡嘩眾取寵，只顧忙於給予人震撼。希臘人對這些是多麼不屑一顧啊！他們追求的是美麗與魅力，追求的是那精妙的色彩，雋永的韻味；他們把一切都神聖化，卻並沒有帶上陰鬱嚴肅的沉重感。他們的尊嚴不是浮華的尊嚴，而是蘊藏於神聖悲劇中的尊嚴，充滿毫無畏懼的勇氣和冷峻無情的宿命；這種尊嚴不是裝飾豪華的洋房，更不是溫文爾雅的傳統。

▌ 當代精神

　　當然，對財富和舒適生活的熱衷，在某種程度上孕育了這種尊嚴。物質財富的迅猛成長，對自然規律的俯首貼耳，都讓我們驚慌不安。過一種簡單生活，已成為當今世界最複雜之事了。只有獲得豐富的簡單，只有恢復對新思想的興趣，拋棄對舒適生活的欲望，力量和生命力才能重新煥發在我們身上。我們都過於急迫地要做正確之事，過於急迫地想獲得正確之人的青睞，但不幸的是，這些正確之人不是有活力、有智慧、充滿熱情的

人，而是一些工業財富的擁有者，或是嚴謹傳統和歷史名分的繼承者。有一個令人痛心且不忍卒讀的真相：我們當代人都變得粗俗了。在剔除俗氣之前，在意識到浮華、矯飾和奢侈是不容觸碰的醜陋之前，我們將一事無成。清教徒的祖先們，雖懷揣著對藝術的憎惡，卻仍摯愛著新思想。他們帶著鑑賞家的神情品味神學，帶著濃厚的興趣飲下希伯來的品德。在之後的洛可可式矯飾的年代，整潔、俐落而又自滿占據了上風。到中世紀時，像詹森那樣的人物赫然挺身而出，渾身洋溢著力量和激情。接下來又是知識分子的時代，國家詩壇發生地震，詩人們開始覺醒。在華茲華斯中，在司各特中，在濟慈、雪萊和拜倫中，在丁尼生和白朗寧中，在卡萊爾和羅斯金中，又一個年代來臨了。這個年代充滿了對單調的富足真誠而激情的抗議。但現在，世界饜足於把玩精美的樂器和聆聽動人的旋律，於是，號角歸於沉寂，一切似乎已安靜下來，愜意地進入夢鄉。

也許，我們應該滿足於科學的蓬勃發展，滿足於探索奧祕的堅定決心，滿足於尋求知識的執著精神以及不匆忙妄下結論的嚴謹態度；但科學的態度 —— 那些科學奇才的態度除外 —— 往往需要培養的是某種冷淡，某種對精神力量和想像力的懷疑，某種內心領悟力的遲鈍和麻木的判斷力。沒有了這種心態，人類是不會更進一步、更上一層的；否則，他會變得謹慎、謙遜和果敢，卻失去了以往的豁達心胸，也不再超然度外、滿懷希望了。

一個民族的習性，假如對年代過早地產生失望，並極盡鄙視和嘲諷，是一個嚴重至極的致命弱點。世界正耐心地向前翻滾，這股潮流勢不可擋，我們理應順從這強大的自然法則。我們熱愛崇高與美麗，我們這些人的責任不是對錯誤吹毛求疵，而是認清目標，看准希望，然後堅忍而努力地去奮鬥，用心去表達和感受，互相真誠鼓勵，不再妄加指責。如格言所

說：要助人為樂 [054]。助人為樂，是我們無法躲避的責任，但要輕鬆愉快地助人為樂，才是奧祕所在。

---

054 原文為拉丁文。

希臘精神

厭惡

　　我忍不住好奇，我的同伴今天所消遣的到底是什麼。這種東西有香味，一種古怪難聞的香味，它不再是菸草，就像菸草不是紫羅蘭一樣。它似乎專為某一未知的目的而精心準備且艱難獲得的，但卻很難把它與快樂連繫到一起。它有種受侵蝕的礦物質味道，我想，一定是從有害的土壤內部挖掘出來的礦物質。再看看抽菸的這個人！他衣著筆挺而古板，外表不知怎的就讓人想到山羊，頭髮打著捲，像羊角，嘴唇薄薄的，總是不太安分地翕動，帶著些許不屑。他的眼睛也像山羊，面無表情，卻帶些魯莽之氣，讓我不由自主地感到一陣壓抑。他緩慢而刻意的動作，令我心生厭煩。想到他呼出的空氣中雜糅著這種氣息輸送到我肺部的血液裡，我就感覺十分恐怖。我可憐那些侍奉他的人，還有那些被迫與他打交道的人。然而，我卻無法道出這種厭惡產生的根源。世間有無數外表令人厭惡、長相更為醜惡的東西，但都不具有他這種令人作嘔的特徵。這種令人驚慄的憎惡，也許深深地潛伏在外表之下，產生於靈魂。這種事真是說不清、道不明，超越一切理性和道德觀念。我希望，如果這種人在困苦死去時，我不該袖手旁觀，但我發自內心地既不希望見到他，也不希望與他產生任何瓜葛，更不希望他繼續生存下去。

　　對他人的厭惡，到底大到何種程度才可以接受，這是個有趣的話題。當然，如果可能，也應該熱愛我們的敵人；《福音書》就樹立了榜樣，它譴責法利賽人時既表現得寬宏大量，又做到了毫不妥協。傳教士們好習慣性地說，在與令人厭惡、不可理喻的人打交道時，應該表現得超脫一點，靈活一點，所謂：仇恨罪惡，卻愛罪人。但那想必是很難做到吧？這就如

同說，在考察一張非常醜陋、讓人厭惡的臉時，儘管要憎惡這臉的醜陋，卻要盡量欣賞這張臉。把人與其品行區別對待，似比登天還難。人們會說，假如某人不是現在這個樣子，就討人喜歡了。但只要這種語法家們所謂的不充分條件存在，人們口中的喜歡就帶上了非常不近人情的色彩。諸如那些他要是不是現在這樣子就非常討人喜歡的論調，與惠特利大主教[055]在上議院的說辭如出一轍。當時，一位發言人正在介紹一項措施，說只要改變前提條件，這項措施就會非常完美。在發言人總結陳詞時，惠特利大主教對他的鄰座說：「這就像說，如果我姑姑是男人，她一定會變成我叔叔一樣。」

當然，與人打交道時，比如說與一位原本性格和善且寬宏的人打交道，假如這個人因意外而容貌受損，就能很坦然地接受這種事。倘若向來可愛可親之人，偶爾爆發脾氣，有些令人討厭，人們仍然會愛他，因為人們想到的仍是那個平日裡完美的他。但有些缺點卻可以蔓延，侵入到人的整個品行當中，就像康瓦爾餡餅，在未烤之前，精美的培根馬鈴薯和其他美味的原料已經打成泥，伴隨著油香，浸入到令人垂涎欲滴的小乳鴿之中。

如果一個人心懷惡意，自私自利，這些缺點產生的劣質味道會不知不覺侵入到品行當中，尤其在他對自己的缺點一無所知的情況下。如果為人謙卑，意識到自己的不良缺點，感到難過，為克服也付出了努力，這些努力雖然看起來笨拙、可悲，但大家仍然會憐憫他，甚至不自覺地對他肅然起敬。大家會認為他天生如此，他自己也無能為力；同樣，我們也會為此感到茫然，感嘆人類為何竟受到如此莫名其妙的挫折。但一個人洋洋自得

055　理查德・惠特利（Richard Whately, 1787-1863），都柏林大主教，英國經濟學家、神學家和邏輯學家。

地展露自己那令人厭惡的缺點，如果他在卑鄙地利用他人之後，還大言不慚地把那些不願與他為伍的人當成傻瓜，如果他刻意讓人知道他討厭和鄙視一個人，如果他只對那些用自己的武器打敗他的人假意逢迎，如果他粗俗、勢利、喜好挑剔、傲慢自大、滿懷敵意，那麼，對於這樣的人，就很難把責任推到基督徒身上了。

▌ 譴責

　　幾天前，在一家村舍，遇到了一個人。坦白講，我不喜歡他。他個頭高大，表情嚴肅，看起來有些不好相處。當時，他一直在絮絮叨叨、沒完沒了地講話，大部分的內容都是貶低人的，「別以為蘭斯洛特 [056] 很勇敢，格拉海德 [057] 很完美」。他的主要樂趣似乎就是為了讓聽者感到尷尬。不可否認，他講的事情很有趣，但其中的回味卻全是苦澀的。他的聽眾都很認真，我想，主要是因為大多數人害怕他揭穿自己對他真實的想法吧。他見多識廣，很喜歡揭露他人的無知。我當時就想，真正有勇氣的人，應該大膽地站出來反駁他，甚至努力去改變他，讓他別再如此狹隘地看待人生。但他似乎不值得人們付出這麼多的努力，很難與他爭辯去說服，對他進行轉化也只好期待祈禱了，嘗試沒有任何意義。當時，一位和藹的老政治家也在場，雖然出於禮貌一直保持克制，但也表達了自己的觀點，使誇誇其談者感到了難堪。顯然，大家都站在政治家這邊，連這位一直一言堂的暴君也開始懷疑：禮貌是否真是一種有益的品格。他離開後，大家就輕鬆自然了許多，談話中洋溢著一種興高采烈的氣氛。

　　很難同情這樣的人，他也不需要。他非常滿足現狀，不想讓人們喜歡

056　Sir Lancelot，亞瑟王傳說中最著名的圓桌騎士之一，素有「騎士之花」之稱。
057　Sir Galahad，亞瑟王傳說中圓桌騎士裡最純潔的一位，獨自一人找到了聖杯。

厭惡

他，認為那過於兒女情長了；對於任何一種情感，他都持牴觸態度。他認為自己能力出眾，與眾不同，出現在哪裡都可以讓大家感覺到自己的存在。一想到他，我腦海裡就情不自禁地聯想起人世間的輪迴，每每總願意讓他再投一次胎，從事某個不討人待見且單調無聊的職業，成為一名清掃工或下水道清潔員，甚至想像他投胎到某個古怪無能的動物身上，變成鼻涕蟲或水母，他或許就能學會收斂一點，知道被人貶低的滋味了。當然，再令人討厭的人，熟悉之後，也會改善關係的。我很少被迫花時間與不喜歡的人交往，但與他交往後，發現他要比最初見面時討人喜歡。人們經常發現，某些令人厭惡的品行常被當成自衛的工具，在某種意義上，它們都是曾經的不幸經歷所帶來的後遺症。認識這位朋友之後，知道了他的一些遭遇，對他的看法也發生了改變。他在上學時經常受欺負，他熱衷於欺負別人就是來源於此吧。他骨子裡就認為，人們總是充滿惡意，自衛的唯一辦法就是展示自己的毛刺。也許，他的正義感有些扭曲，這與他在無力自衛的日子裡承受了無端的欺辱不無關係，於是，現在的他就願意欺侮別人了。他就像《綁架》（*Kidnapped*）[058] 裡的那個小男僕蘭塞姆，因受到了船員們種種粗暴的虐待，只得緊緊抓住船繩拚命進行反擊。不敢認同這是一種豁達寬厚的生活觀。如果他說救救這個可憐人吧 [059]，也許會更好一些，但他卻模仿《隱士》（*The Hermit*）[060] 中的隱士說：

> 「我譴責殺戮
> 在山谷中自由徜徉的牧群；
> 欺辱我的人教我學會了
> 欺辱他們。」

---

058 英國作家史蒂文森的作品。
059 原文為拉丁文。
060 18 世紀著名的英國劇作家奧利弗·戈德史密斯的作品。

128

　　一個人，如果沒人愛，是很悲慘的，但這麼說，實際上表達的是一種可憐的安慰。他希望被愛，卻無法獲得，這的確可憐。如果他像赫茲利特所說：「我不清楚為什麼每個人都這麼不喜歡我」，或者，他根本就不想得到愛，而真正渴望的是金錢、地位和影響力，那麼，他根本就不值得可憐，即使假裝可憐，也徒勞無益。

　　如我所言，一個人也許命中注定要與自己不喜歡的人打交道，一旦他發現這個人友好而無害，他就會捲起身上的毛刺，搖身一變，成為一個雖不是可以任意撫摸、卻至少是不害怕接近和需要躲避的動物。一旦開始與人交往，除非這個人不值得信賴，一般都很希望與他和平共處下去。我朋友最糟糕之處，在於他過於坦誠地表現嫉妒了。如你獲得了某種榮譽，他不認可，你的不幸就降臨了，任憑什麼都挽救不了你，他仇視你的成功，把別人的成功看成對自己的傷害。通常說來，人都要建立一種自己的生活方式，世上也有足夠的空間容納形形色色的性格，最好不去抗議，不去譴責，除非確定你不喜歡的這種性格的人與己有害無益。性格平和的人不願爭辯，但爭辯也不見得是壞事。兩個能言善辯之人，願意的話，為何不能好好舌戰一番呢？但這似乎毫無道理啊。真正欺負人的，是暴君式的人物，喜歡與一個手無縛雞之力的人糾纏不休。這其實是一種懦弱，我們完全可以理直氣壯地提出抗議。有一個真實的故事，講的是一位有名的校長，他不喜歡性格懦弱的孩子，就經常讓一個自己看不慣的孩子發言。因為這孩子行動總是拖拖拉拉，講話也扭扭捏捏的，校長就想借機出一下他的醜。這時，另外一個孩子，就是那種有英雄氣質的孩子，挺身而出大聲說道：「先生，您這不是在教育那個孩子，您是在羞辱他。」校長是心胸開闊之人，並沒有因孩子的仗義執言而心生怨恨。知道某人行為卑劣、殘忍，在充分了解他的情況下才可以坦率直言；不是很熟悉某人的秉性和閱

歷，對他進行責備時就要把握好分寸。某人本應表現得更出色，或處於他的位置應該表現得更出色，諸如此類的說法，其準確性幾乎沒有可能。必須竭力抑制想表達不滿的欲望，因為這種表達暗藏著某種道德上的優越意識；一旦擁有這種優越意識，就會像法利賽人和收稅官的寓言故事那樣，譴責者和受譴責者的位置瞬間就會顛倒過來。憎恨他人，是一個人所能享有的最危險的奢侈品，最公正的作法就是避免與自己格格不入之人交往。強迫自己喜歡排斥自己的人，完全沒有必要。人生沒有長到可以進行這種冒險實驗。必須要果敢堅決，不必譴責他人，不必在他人令人厭惡的品行上糾纏不休，如悲情的諺語所說：「一切都已天注定。我們要讓大多數人有足夠的氣力去剔除自己田裡的稗子，而不必興高采烈地向路人指出他人田中的稗子。」

稗子

　　今天，茫茫沼澤煙氣氤氳。一片片休耕的土地上堆放著正在燃燒的樹根和枝葉，它們被精心地歸攏到一起點燃並有人看護著。我向一位上年紀的農夫打聽燒的是什麼，他的回答讓我迷惑不解，這讓我懷疑他是否認得這些枯枝敗葉。

　　也許是稗子，就像在聖經寓言故事中那樣，被堆積在一起，燃燒！看到白色的濃煙借力 9 月的秋風，升入清澈無雲的碧空，別有情致。村子坐落在叢林密布的山脊之上，姿態各異的房屋朦朧聳立果園裡漂泊的白煙之中，把村莊映襯得格外溫柔而濃郁。它讓我想到了《小島之聲》(Isle of Voices)[061]，神奇的煙火升起、熄滅，幽靈般的聲音在海風中迴響。我慢慢穿過沼澤，彷彿置身於溫情的寓言中，感受到靈魂的四季變遷。這一切都是為我而來。當收穫季節過去，靈魂就會滿懷感激和欣喜，燒掉堆積起來的失敗。未竟之目標，懶惰之心理，病態之憂鬱，自我之懷疑，瘋狂之言語，粗暴之干涉，這一切，回首望去，恰似一幅無數錯誤堆積起來的別致遠景！終有一天，會滿懷欣喜和感激 —— 感激事情沒有變得雪上加霜，我們終於熬過艱辛，穀倉中還存有上好的穀物 —— 把自己的失敗堆積起來，放火燃燒。

　　難以想像這些失敗已被燒掉。那個日久積成的錯誤，具有邪惡的再生力，我們想盡辦法把它收攏燒掉，它仍會不斷地成熟、結種，不停地擴張自己的地盤。但我們仍有足夠的希望，可以再進行播種和耕作。

061　羅伯特・路易士・史蒂文生寫的短篇小說。

稗子

　　我剛剛就痛痛快快地燒了一回！有一本書，是我的一位熟人寫的，我相信，他寫這部書時沒有任何惡意或個人情緒。這本書宛如鏡子，讓我看到像我這種性情的人是多麼醜陋和卑劣啊！的確，我們不時需要這樣的書讓自己驚覺，人很容易滑入溫柔的自滿，粗暴地拋棄僅存的特質，甚至想當然地得出結論：雖然有許多羞愧之處，但對於熟諳世故之人而言，人整體上還是值得誇讚的。我這位朋友，也熟諳世事，但在他的書中，人的總值卻是負數。

　　怎樣將我的感激告訴這位朋友呢？坦白地告訴他，會讓他感到有背叛之嫌，這不是他的本意。所以，我還要再保持一段時間的緘默。在受到這種羞辱時，人很自然地會產生牴觸情緒，就像把尾部著火的狐狸趕入沒有收割的莊稼地裡一樣。

　　我還是有種衝動，想把自己的不快告訴這位朋友；但沒有任何一種衝動比這種衝動更需提防和小心了，必須要抑制這種衝動，強迫自己數完 77 個數 [062]。聽命於衝動的擺布，只會導致更為強烈的痛苦，所以，只要仍心存一絲滿足和熱情，就該將衝動束之高閣。

　　今天，站在這裡，凝視白煙從我靈魂的蔓草中慢慢飄向天際，這種經歷並不讓我感到悲傷，濃煙捲入長空，像飄逸的薄紗，或蜿蜒而上，或漂浮變換，我突然有了解脫的感覺，輕飄飄的感覺，身體的負重不是被粗糙的砍掉，而是輕柔而乾脆地掉落。

062　在《聖經》中，耶穌說：「不止寬恕 7 次，而是 77 次」。

自我提升

　　人的一生，難免遇到形形色色之人，年老的、年少的、善良的、刻薄的、和藹的、嚴厲的、溫柔的、粗暴的無禮的、文雅的、無聊的、有趣的；會遇到那些你認為德行高尚、受人尊重且有責任感的男人，也會遇到那些性格坦率並富有魅力的女人，但真正讓我感興趣的是這樣一種人：與他的相識會很特別，剛開始他的性格有些與眾不同，經歷耐心的磨練，他會變得更加睿智和成熟，培養出另外一種特有的品格，博取了獨特的同情之心。

　　人之初始，性情相仿；因尚存笨拙，還未學會從容；因心存簡單，還未學會有趣；雖然聰明，但尚未學會擁有惻隱之心；雖然美麗，但尚未學會忠貞不渝，只知安心做當時的自我。真正令人心馳神往之事，就是遇到一個人，他能讓人無比歡喜，他的目光中總是展露出柔情和交友的渴望，他的臉上刻印著久經風霜的精神烙印，他的自私和自滿都已消除殆盡；他能夠領悟笨拙的暗示，能闡釋無語的情感；他總在四處尋找美麗的品格、高尚的友誼，能喚醒最好的自我，拾起最大的信心；而他卻不屑於留給人聰明、機智、出色的印象，只希望獲得發乎靈魂的友誼和平等。

　　的確，初次見面時，人們無法辨清精神和智慧的寬闊度，外表表現出來的東西要比透過語言表現出來的多。有時，情同手足者之間有一座羞澀之牆，一時之間難以跨越，但終有一天，人們會辨清置身其中的那顆美麗心靈。一般來說，親切和藹之人，不會讓人產生敬畏感，他們平和、淳樸，既不遊戲人生，也不愚弄他人。

　　這些使徒般的人物，既有男性，也有女性。我見過他們，感受過他們

的善解人意。他們成熟而平和，可以容忍粗糙的青澀，無論是年幼無知，還是年老無趣，都不會把你拒之門外。受到誤解、感到困惑時，他們從不向人宣洩，更不會因偏見或癖好而看低他人；哪怕在他面前，有人表現出令人蒙羞的粗俗或無禮，都會像石子投入沉睡的池塘。有人遠離他們，為的是能更好地欣賞他們，而不是因心生蔑視，人們希望美好的景象四處延展，希望了解得更多，了解得更多，信任得更多，擁有更多美妙的神祕感。

有時也會遇上一些截然相反之人。我就遇到過這樣一位專家，他活潑，聰明，有點清高，講起自己的專業來有條有理，滔滔不絕，但他會讓別人感覺自卑、愚笨，乃至困倦。

很顯然，他是個話很多的人。球只要滾到他腳下，他就能一腳把球踢回，還自覺不自覺地顯露出自己對那些孤陋寡聞之人的輕蔑。在他面前，也許忍氣吞聲地承受羞辱是不錯的選擇，因此人們會感到心情不痛快。更糟糕的是，人們常把話題與談話的人混為一談，認為話題之所以枯燥，就因為談話的這個人討人厭煩。

這樣的人自我、自傲、目中無人，的確令人反感。我說的這個人生長在高牆聳立的城堡之中，把堡外的人要麼當成無賴，要麼當成傻瓜。從城堡出來後他也沒有變化，而正是他所欠缺的這種改變，才是心靈的進步，才能令人備感親切。

這一問題——這種改變，這種進步——對大多數人來說同樣是令人難過的話題，它能否得以解決呢？是否一些人天生就被賦予這種成長能力，而其他人卻被拒之門外呢？許多人生來就置身於硬殼之中，無法自由伸展，硬殼保護著他們，讓他們感受不到傷害和疼痛的恐怖；而正是這種恐怖，才是成長的唯一前提。假若感受過失敗，假若無意間看見自己的表

現多麼不可理喻、冷酷無情、荒唐任性，那麼，就會想盡一切辦法讓自己發生改變。也許這一改變的動機不甚高尚，只是為了避免重蹈覆轍而為，但畢竟是良好的開端啊！

忘我

當然，偶爾也會遇見一些一生都不顯山露水之人 —— 女人更為常見，她們的起點就已經很高，她們的生活滿是柔情、忠誠和無私，看到別人快樂比自我饜足更令她們感覺快樂。這樣的人被世人稱為無欲之人，因為她們沒有任何自私的目標要實現。我有一位朋友，就是所謂的無欲之人，他從未有時間充分發揮自己的才幹，而總把時間花費在為他人服務上。別人讓他做的任何事，他都能做得一絲不苟、精準到位，似乎他的名聲全仰仗這件事。他現已步入中年，交下無數朋友，比我認識的任何人都更為辛苦地工作，收入卻很微薄，一直住在郊外的一處逼仄之所。見面時，他總是帶著倦怠而迷人的笑容，一個問題接一個問題問你，卻從未提到過自己。與這種人相識，我真的很難描述出其中的好處。幾天前，遇見了他的表哥，一位富有的生意人。「是的，可憐的哈利，他一直缺少目標。幾天前，我坦白地講了對他的看法，我說：『哦，你願意犧牲自己的時間應人所求，為他人做出貢獻，這很好，無疑能給人帶來快樂。每個人都說你好，但親愛的朋友，這太不值得了。雖然現在說起來有點晚，但你真的應該考慮一下自己了。』」

這位有錢的表哥沒有告訴我哈利聽到他意見時的反應，但他肯定會領悟表哥的好意，然後心存感激地走開。但對於我而言，，我寧願住在哈利那逼仄的陋屋，懷中裝滿愛意以及那寶貴的精神財富 —— 為人服務的心意，也不願住在他表哥那座豪華別墅中，置身於那外表恭敬而內心冷漠的

社交圈內。

　　誠然，一想到這位朋友所過的生活，心中就會感覺到一絲酸楚。而看到他對如此眾多之人的影響，目睹他光彩照人的人生，就又不禁產生一種好奇，想探究其中的原委。如上帝把所有人都塑造成哈利的樣子，哈利就不會把自己的本性發揮得這麼淋漓盡致了。他這種人，是世間的寶貝，是社會的中堅，但如果所有人都成為中堅力量，世界就不會變得這麼美麗而富有了。如果每個人都一如哈利那樣，就不會有人需要幫助了。我想，讓世界不甚完美，上帝自有其道理；人類的智慧有其局限，根本無法準確地發現上帝的奧祕。

美之品格

美，究竟為何物，這是長年困擾我的難解之謎，更沒有人能告訴我它在我心靈中的棲身之所。哲學家告訴我，吸引每個人的那種最簡單、最基本的形象之美，就是人之美麗，它扎根於人的欲望之中。而我卻不敢苟同，這只解釋了令人傾慕的某種活力之美，隨著年老色衰，這種活力之美會日漸式微。除此之外，還有一種年輪之美，它經常比青春之美更為動人，更加高貴。還有一種表情之美，比五官之美更微妙，更令人怦然心動。比如，經常看見這樣一張臉，無論以何種美的標準判斷，它都令人傾心讚嘆，然而這張臉卻產生不了任何美感。相反，我們熟知的一些面孔，雖五官粗獷，比例偏頗，初見時甚至有些厭惡，可隨著時間的推移，卻漸漸顯露出某種非比尋常的魅力，展示出發自內心的心靈之美，而且不帶任何欲望，如同聳立於懸崖的古松呈現出來的那種美麗。

在與自然之美的接觸中，我聽到哲學家說：美之魅力，可以追溯到富足感與幸福感。對風景的迷戀會產生滿足感，祖先就是帶著這種滿足感捕捉到了森林中可利用的樹木和可食用的獵物。但這種說法又一次與我的經歷大相徑庭。

今天，我漫無目的地走在迷人的鄉村小徑，午後時分來到了一個孤獨的小村莊。它位於寬闊的牧場之中，我之前從未來過。鈴鐺一般輕快的打鐵聲從鐵匠鋪中傳來，在呼呼騰起的火苗烘托下，我忍不住在心中輕輕哼唱起來。轉入狹窄的小道後，村莊開始與大路漸行漸遠，途經的道路也變得偏僻起來，難以落足。這個村莊曾以生產乳製品而聞名，享受過一段富足的時光。道路兩旁有數家農舍，在不同時期見證了村莊的興衰。我看見

一座老式的木製莊園，已然廢棄，現在變成了一片廢墟。還看見一所房子，兩端磚砌的山牆很高，也很迷人；牆是梯形結構，帶城垛，頂端是高高聳立的漂亮煙囪。另有一處房屋，喬治風格的，看起來很結實，帶有厚厚的白色開窗，瓦搭的屋頂上長滿了苔蘚 —— 所有的一切都顯示出衰敗和被人遺忘的跡象。

那座落破的莊園，四周環繞著護城河，長滿了垂柳和高高的水草，只有透過一個帶女兒牆的小橋才可以接近莊園。這為它帶來無可挑剔的美感。然而，莊園所能勾勒出來的聯想都是憂傷的，講述了一個古老而富足之家的悲歡離合。這個家庭本過著簡單而幸福的生活，卻終因家道衰落而淪為一片廢墟。如聖詩的作者所言：「我看萬事盡都有限。[063]」莊園的對面是一座新建的農舍，看起來很舒適，住著村裡唯一的富有之家。草坪修剪一新，高高的穀倉覆蓋著瓦楞狀的鐵屋頂。新農舍的一切，告訴我們的都是舒適與安逸。但是，人們真正希望的，卻是想讓這間新農舍從視線裡消失，因為對面那座敗落的莊園，雖然它的美麗那麼遙遠，卻裝滿了渴望與悲愴，打動著人們的心弦。時間之手，讓萬物換上新顏；經過它輕柔的撫摸，每一處景象無不飽含愉悅與甜美，讓人久久難以釋懷。

觀賞莊園時，正處日落時分，夕陽西下，雜草與山牆開始顯露光澤，莊園的美麗與榮耀雖漸行漸遠，卻愈發真切動人。一隊長長的禿鼻烏鴉，穿過散發玫瑰色幻彩的雲朵，靜靜地向巢穴的方向飛去。所有的一切，都傾訴著安寧與平和，告訴我一天即將在平靜中結束。雙眼合起，疲憊的心已然休憩。然而，情感卻無法快樂起來，為終難開釋這一切的奧祕而陰翳重重；欲罷不能的渴望又彷彿為這華美的場景添上了最濃重的一筆，愈發顯得神祕莫測。誰能闡釋這一切呢？誰能清楚，為什麼這種美麗，這種發

---

063 《聖經·詩篇》119:96。

自內心深處的渴望，竟然都建立在難以企及的夢想之上呢？然而，它的確存在。這種美麗，無論究為何物，似乎都取決於一個事實：在美中，心靈捕捉到了翹首以盼的祝福，雖尚未牢牢抓住，但已意識到，若自己與這種祝福心有靈犀，祝福就會被粗暴地拖到別處。所以，從本性上，這種美麗就帶著憂鬱，也變得反覆無常。我們所熟知的美麗，經常站在我們面前，可我們卻麻木而愚鈍，無法感受它帶給心靈的魅力。也許，片刻之前，心靈還處於茫然無知的狀態；可突然之間，靈性之門開啟了，心靈瞬間就嗅吸到了那濃郁的芬芳；但這芳香終難久存，轉瞬之間就會失去魅力。心靈的滿足感似乎唾手可得，可讓人備感心酸的是，它至今仍未感受過滿足。

美之品格

隱私

　　我曾經寫過一本很私密的書並將之發表出來，這是一種新奇的體驗。書中匯集了各種觀點的交鋒，整體上講，是一部觀點全集，而且基於各式各樣的原因，也涉獵了一些新潮的內容。雖然出版時是匿名，但圈中的朋友還是辨認出書的作者是我。我讀過幾篇書評，看到評論家們千奇百怪地胡亂猜測，我總會忍俊不禁笑了起來。他們說這本書是以第一人稱寫的，很可能是一本自傳。有些人甚至還對我提出了一些批評，認為書中的人物描寫過於生活化，他們還挑選了兩個人物作為例子，認為這些人物都是憑空虛設的。另外一些人也提出了異議，可卻認為這些人物不夠生活化，因而容易誤導讀者。還有一些人認定在書中看到的只是現實生活的文字翻版，讓他們不自覺地把純虛擬的事件對號入座；而事實上，我選用這些事件只是為了效果生動而已。此外，這本書還順便捎來了普通讀者的來信，很多信既有趣又感人，帶給我許多快樂和鼓勵。但不管怎樣，這些都證明了這本書已深入到了一些人的內心。

　　我的一位老友，他的品味和判斷力向來令我欽佩，可這次卻對我進行了嚴厲的批評，責備我居然寫了這樣一本書，他說：「你知道我說的是為你好，我總感覺在民眾面前赤裸裸地暴露靈魂，有傷風化。」我不會誤解他的好意，也根本不會怨恨他真誠的批評，但我實在無法與他的意見苟同。

▌祖露心聲

　　我一直在從事創作，寫過一些書，但這本書非比以往，我甚至可以自豪地說，它無可挑剔，因它沒有任何內容背棄信仰或道德，只是想讓思想更清澈一些，讓希望更明亮一些，想解開生活中錯綜複雜、多處交織的美麗與興趣之結。我在努力放棄一些悅目的場景、一些思想的灌輸以及一些曾經幫助過我的東西。我根本不知道寫作的目的還有什麼，我想它只是一種人與人之間交流方式的延續。我不善談，思想也不活躍，無法讓言語如泉湧般匯集唇間。此外，與我交談的人，往往個性過強，對我影響過深，以至讓我無法保持自然或真誠。有些人與你的興趣有天壤之別，有些人過於挑剔，喜歡時不時地設下圈套讓你入彀；有些人則過於喧嘩，總喜歡發表異見，經常挖苦嘲諷人的多愁善感；還有些人過於講究實際，不喜歡他人的異想天開。但在書中，我可以自由自在、毫無約束地暢談自己的思想，就像在無人在場的情況下與心靈的知音把手言歡。寫這本書時，我沒有任何事先規畫，思想自然而然地湧入腦海之中，彷彿突然之間擁有了勇氣和技巧，竟然喜歡上了與路人攀談。真的，一想到找對了人，找到了路，我就欣喜不已。至於把自己的內心祖露給世界的讀者，我不明白為什麼不可以這麼做！對我所講的，我問心無愧。對於任何想了解我思想的人，只要他們願意，我來者不拒。可以毫無不誇張地講，我的語言與鳥兒的鳴叫一樣自由，根本不在乎它的觀眾姓甚名誰。在花園中徜徉之人，如不喜歡這歌聲，可以不必傾聽，因為這花園屬於小鳥，更屬於我，他們不應該按照自己的心願在草叢中擺出醜陋的姿態嚇走小鳥。有些人，對自己的思想有著極強的保護意識，同樣，我也無法與這樣的人達成共識。我喜歡獨處一隅，擁有一方自己的城堡；那些思想陳舊、無法心神相通的人不

要在場，他們只會令我感到無聊和厭倦。書，還為我呈現了另一番美好天地，讓我不會受到打擾，也不會久久呆望，只需真實地袒露內心的想法。當然，有些事無法付諸筆端，甚至不能向朋友訴說，但想向我摯愛而信任的朋友傾訴的一切，我都已寫入書中。書，還讓我交到了一些溫情而陌生的朋友，雖然他們因時空限制無法經常與我謀面，但想到能與他們結交，我仍不勝欣喜。此外，有些人喜歡我的書，可他們做的一些事情，一些諸如外表或舉止那些表面上的東西，我都不喜歡，我甚至不贊成他們的一些觀點。但現在，透過這本書，最好的我與最好的他們建立了友誼。一切藝術都依賴於創作者與感受者之間的心心相印，如同畫家與畫中人的心神交流，亦如傳道者在布道中展示內心，作家也往往在書中展現自我。最真誠的友誼就是這樣，不囿於膚淺的外表、習慣、傳統和家教，因為這些只會在這個難解的世界中、在每個靈魂之間豎起一道屏障。

也許，人生中最高尚的情趣，就是滿足所有不同的性情和見解，這不僅有趣而且有益，促人奮進，幫助我們擺脫自我意識，讓我們擁有同情之心。我真誠地希望，人們能在書中融入純潔的自我融入，無論如何，那才是真實的。但是，作家們經常做的事情，卻是講述虛構人物的冒險經歷，描繪著一些在現實生活中根本沒有可能的行為。有些作家甚至轉向所謂的嚴肅文學，寫出的歷史故事卻無人知曉其真相。一些作家開始轉型，批評偉大作家的作品，他們的批評委婉、討巧，為的是給自己鋪設金光大道，但卻如蝸牛爬過院牆，留在身後的只是一灘灘黏液。還有許多作家作品，我就不再一一道來了，有些開券有益，有些讓人感到無聊之極。但我們真正缺乏的，是那些能告訴我們真實人生寫照的書籍，因為只有這樣的書籍才在乎人與人之間心靈的共鳴。如果事如所願，那麼，我們注定會一起前進，踏上朝聖之旅，雖然目標遙遠，道路昏暗，但越了解我們的朝聖同

伴，就越會對我們有所裨益。這種認知也許教會我們避免錯誤，但也會使我們因無法更為出色而心存愧疚。書籍的最可貴之處，在於能引導我們熱愛、同情同路人，教會我們盡可能承受他們的重負，安慰他們，幫助他們。如果能簡單直白地互相談論希望與恐懼，談論所愛、所憂，談論那些本可避免之事，無異於在為我們的旅程錦上添花。感覺到自己的孤獨無助，是世上最悲慘之事；感覺到自己為人所愛、為人需要，才是世間的美好所在。

然而，萬事總難遂人所願，因為存在一個可悲的事實：日常交談中，我們經常說認識某個人，其實指的只是見過或談論過的一個人，而不是耳熟能詳卻素昧平生的書中的那個人，雖然事實上，我們只可能了解後者局部的真實想法，而對前者，我們卻只認識他那要麼健康、要麼憔悴的臉龐。

把寫作當成謀生的方法，需要為它放棄許多，甚至要放棄一直追求的所謂的社會地位、身分和財富等等。如果真正熱愛藝術，就會欣然為自己的所愛而放棄自己的不愛。但還有一些事情也需要放棄，而這些正是我們所不願放棄的。煞費苦心培養出來的人際關係，雖然不是真正意義上的友誼，但在簡單的生活情趣中卻舉足輕重，我們必須要捨棄它們，因為交往需要時間，而時間是藝術家最不願捨棄的一樣東西。當然，藝術家不一定要失去對生活的掌控，若他冥思苦想之時，有人能助他一臂之力，這往往是友誼，而不是熟人。藝術家必須學會孤獨，只有孤獨才會讓他的思想迸發出火花，雖然這經常是下意識的，並需要一段神奇的孕育過程。曾多少次發現，讓思想在大腦中停留一段時間，即使自己不是有意地凝神苦思，也足以能在新思想產生之前，用文雅的語言外衣包裹住赤裸的思想。在隨意偶然的社會交往中，索然無味的閒談，目的單一的群體活動，藝術家都

必須要躲避，理由很簡單：這些誘惑會消耗他的精力。與那些心不在焉甚至可能不太聰明的人建立緊密的連結，只要不是形勢所逼，就絕非藝術家的情之所願。社交中，藝術家最難忍受的就是乏味，最渴求的就是完美，這就驅使他費盡心思與那些沒有悟性、不知感恩的人進行無謂的交談。他本不想展示自己傑出的才華，可實在無法忍受枯燥的談話，於是就犧牲自我投入到令人精疲力竭的努力中，試圖在單調的石頭上鑿出火花。火花也許會閃現，但在鑿火花的過程中，他會與自己旺盛的活力揮手告別。如果躲避社交，他很可能會受到責備，說他性格挑剔，自我陶醉，離群索居，遁世避人，但他必須要注意這些，因為他工作的精髓就是培養與那些素未謀面之人的心神交流，並要為此省下自己的口舌，把交流的思想寫入書中。對於朋友，則另當別論，因為與情趣相投的人交流既讓人感覺神清氣爽，也讓人心態平和，也正是在這種時刻，美妙的思想才孕育而生。

讀到這裡，也許人們會想，寫作終究是一個自私的行業啊。然而，有這種想法，只是因為許多人認為作家的生活一無是處、毫無意義。我所說的犧牲，指的是那些從事具有吸引力的事業之人所做的犧牲，如律師、政客、醫生和商人。在某些時候，若他們與人隔絕，沒有人會抱怨。當然，如果作家發現普通大眾對他們這種神經兮兮的行為不是十分在意，只看成一種消遣，那麼何樂而不為呢？我認識的一些人，之所以與成為偉大作家的機會擦肩而過，就是因為他們無法抵制大千世界的種種誘惑。

因此，藝術家必須培養嚴格的責任意識。如果有話要說，就必須傾盡全力說出來，但也必須滿足於默默無聲地影響他人，滿足於公正無私的兄弟情分，滿足於靈魂與靈魂之間內在而深切的交流，雖然這些永遠無法用眼神或手勢、握手或微笑表達出來，但卻是比眼神、手勢、擁抱更為真實、更為永恆的關係，是靈魂的結合，無形的交融。

隐私

藝術的發展

經常想，在藝術中，如果依據藝術發展的歷史進程做出判斷，就應能很精確地預測出藝術發展的方向。比如，在音樂中，古代嚴肅的作曲家也許已經看出音樂這種藝術形式的發展趨勢：形式越來越複雜，和聲更為豐富，開始使用大量不協和音、休止符和半音，不再強調膚淺的形式，反而越來越淡化形式等等。然而，有一件奇妙的事情，如果韓德爾[064] 聽過華格納[065] 的序曲，他會認為那是一種美的昇華，一曲天籟之音，一個令人難以置信的夢想的實現，抑或認為它是一種淫蕩甚至是不堪忍受的胡言亂語。當然，人們知道藝術終要發展，但只有想像力還不夠，因為想像力難以預測藝術發展的趨勢，充其量只能預測到其發展的一種可能性：技巧的完美性在不斷提升。繪畫也是如此。猜想拉斐爾[066] 或米開朗基羅[067] 會對特納[068] 或米萊[069] 的作品有何種看法呢？也許只有困惑。他們在為自己的目標得到微妙的發展而感到欣慰的同時，也會對印象主義暗示手法的提升迷茫不解。的確，無論拉斐爾還是米開朗基羅，無論他們是否看過出現在報紙增刊插圖裡關於冬天景色的大幅照片或彩色石印畫，他們都不會在狂喜和失

064 　格奧爾格・弗里德里希・韓德爾（George Frideric Handel, 1685-1759），德國巴洛克音樂作曲家。
065 　威廉・理察・華格納（Wilhelm Richard Wagner, 1813-1883），19 世紀歐洲最著名的浪漫派作曲家和歌劇改革家。
066 　拉斐爾・聖齊奧（Raffaello Sanzio, 1483-1520），義大利畫家、建築師，與達文西和米開朗基羅合稱「文藝復興三傑」。
067 　米開朗基羅・迪・洛多維科・博納羅蒂・西蒙尼（Michelangelo di Lodovico Buonarroti Simoni, 1475-1564），義大利文藝復興時期偉大的繪畫家、雕塑家、建築師和詩人，文藝復興時期雕塑藝術最高峰的代表。
068 　約瑟夫・瑪羅德・威廉・特納（Joseph Mallord William Turner, 1775-1851），英國浪漫主義風景畫家、水彩畫家和版畫家。
069 　約翰・艾佛雷特・米萊（John Everett Millais, 1829-1896），英國畫家和插圖畫家，前拉斐爾派的創始人之一。

望交織的複雜情緒中投下自己的畫筆。

文學也會遇到同樣的困境。喬叟[070]或史賓賽[071]會怎樣看待白朗寧或斯溫伯恩[072]呢？這種詩歌對他們來說，是藝術靈感的結晶，還是胡言亂語的狂妄發洩？當然，首先他們會懂這種藝術語言的，但詩歌的思想，融入的哲學，新奇的問題，都絕對會讓他們如墜雲霧。如果有人問史賓賽詩歌的發展趨勢，很可能他會認為關於詩歌的話題早已窮竭，根本不清楚詩歌會朝什麼方向發展。文思卓越的偉大天才，常常並不是遙遙領先於自己的時代，而只是比自己的時代稍微向前邁出了一步，所以，他能預測的不是藝術發展的長久未來，而是色彩和技藝的提升度，這種提升度既能為形式所承受，又能為有藝術鑑賞力的人們所接收。如果丁尼生生活在波普[073]波普時代，他會毫不遲疑地使用英雄史詩體，然後稍稍融入些旋律和更自然、更精妙的洞察力，力圖把思想展現得更為優美，但絕不可能游離於已有的藝術形式之外。

▋ 詩歌的未來

於是，就產生了一個有趣的新問題：是否任何一種新的藝術形式都可能獲得發展，或者說是否所有的藝術形式都或多或少地可以為我們所掌控呢？可以想像，未來的音樂會拋棄形式而尋求音色；同樣可以想像，畫家可能創作出純色彩的作品，不再模仿任何自然景物。在這樣的繪畫作品中，色彩不斷得到調和，更趨同於音樂了。

---

070 傑弗里・喬叟（Geoffrey Chaucer, 約 1343-1400），英國詩人，被譽為英國現代詩歌之父。
071 愛德蒙・史賓賽（Edmund Spenser, 1552-1599），英國桂冠詩人，在英國文學史上，以向英女王伊莉莎白一世致敬的《仙后》（*The Faerie Queene*）占一席之地。
072 斯溫伯恩（Algernon Charles Swinburne, 1837-1909），英國維多利亞時代最後一位重要詩人、劇作家、小說家、文化評論家。
073 亞歷山大・波普（Alexander Pope, 1688-1744），18 世紀英國最偉大的詩人。

　　文學藝術中的現實主義藝術形式，類似於理想主義藝術形式，最近取得了突飛猛進的發展，但我認為，它仍有進一步的發展空間：把散文與詩歌結合起來；我們對此充滿信心。很清楚，人們過去本能地把詩歌與散文分裂開來，現在這種隔離正慢慢瓦解。詩歌的韻律結構，尤其是押韻技巧，從本質上講是不成熟的、幼稚的，詩人們所採用的節奏和諧音等藝術形式只是為了嘗試捕捉原始甚至是野蠻的本能。孩子們用手拍打桌子時的快樂，用棍子快速敲擊時的快樂，以及把毫無意義的押韻形式組合起來時的快樂，根本不屬於藝術形式的範疇。藝術所蘊含的最基本元素，就是對相似性和規律性有意識地認知時所產生的愉悅。同樣的樂趣也可從對幾何圖形的喜愛中、從對建築結構的欣賞中體會得到；所以，就人的基本鑑賞力而言，欣賞窗戶對稱、門開中間的建築比欣賞奇形怪狀的樹木更會得到滿足感。對於未受過教育的人而言，與人或動物臉形相像的石頭比形狀古怪卻勻稱漂亮的石頭更容易引起人的沉迷。此外，毫無情趣之人，喜歡的是自然界中的幾何圖形，比如水晶岩柱或放大了的雪花，這種喜歡程度要遠勝於他們對慷慨的大自然所賜予的各種天然形狀的喜愛。房屋周圍擺放鮮花時，人們會為花朵之間的和諧共生、為鮮豔的色彩而感到賞心悅目。然而，自然界中也同樣存在著渾然天成的景觀，它們的外部形狀或輪廓與那些形態各異的幾何圖形往往不謀而合；孕育白堊岩和常春藤的自然法則，與孕育南洋杉和雲母石晶的自然法則，都同樣一絲不苟。我想，當前藝術感的培養可能僅處在萌芽階段，它會隨著對各種形態微妙景致欣賞程度的提升而提升。

　　如果將這一觀點應用於文學，人類對音節和節奏產生偏愛就不足為怪了，就像對水晶和花形之愛一樣，其美麗都難以與觀察者自己創造的美麗相比肩。孩子們感覺，如果有原料，就可以做出水晶和各種花形，但若是

想做得更加精緻，就力所難及了。

　　總之，若把自己拘囿於某一單一的文學效果，詩歌的未來在音步和韻律上就難以更上層樓。的確，無須費心勞神就可以想像得到，在諸如英國詩人羅伯特‧布里奇斯[074]和史蒂芬‧菲利普斯[075]的作品中，有一種趨勢：盡可能隱藏音步的韻律。這些詩表面上看沒有韻律，但透過變換和補償延長，遵守了詩歌的某種押韻形式，如能感知其字裡行間的韻味，定能品味出其中蘊含的那種無法言喻的愉悅。雖然可能性不大，但詩歌也有可能會大幅度地向這一方向發展；可是我認為這十分困難，因為這種創作形式複雜深奧，最終難免淪為單純的「技巧展示」。但它畢竟蘊含了奇妙的隱藏技巧，畢竟對老套的簡單模式進行了一番推陳出新，所以這種發展還是會帶給人愉悅的。我想，更有可能的發展趨勢是，膚淺的詩歌結構會被大膽地拋棄。如果認真思考過什麼是押韻，認真思考過那些為了滿足不太莊重的愉悅而強加於作者身上的種種限制，我們就會驚奇，驚奇於這一傳統形式為何存在得如此之久？

　　我所期望的，是詩體散文作家的成長，他們居然能創作出那麼多形式多樣、卻又結構嚴謹、脈絡清晰的作品來。從意義清晰、結構勻稱的散文中獲得的樂趣，要比從韻腳嚴格的詩歌中獲得的樂趣更為微妙，也更為精緻。以《戒指與書》（*The Ring and the Book*）[076]和《奧羅拉‧莉》（*Aurora Leigh*）[077]為例，在富有想像力的敘事詩體下，在無情鼓點催促之下的冷漠的無韻詩中，人們能獲得什麼呢？以純粹的詩體散文形式進行創作，難道不會有所收穫嗎？當前引導作家選擇詩體形式的那些標準，除傳統要求

074　羅伯特‧布里奇斯（Robert Bridges, 1844-1930），英國詩人、戲劇家和評論家。
075　史蒂芬‧菲利普斯（Stephen Phillips, 1864-1915），英國詩人、戲劇家。
076　英國詩人羅勃特‧白朗寧的長詩。
077　英國詩人白朗寧夫人的長詩。

之外，就是遵循緊湊感和平衡感，而這些正是詩體散文結構所要求和灌輸的標準。但我仍期盼會有一種散文形式，它的修飾語能不溫不火、恰到好處，它的韻律能精準到位，它能不斷迸發出或輕快或強烈或火熱的語言，它的情感和主題可以決定語句的形式，它的辭藻能如涓涓細流般不斷變化，時而舒緩，時而甜美。的確，即使在讀到像雪萊和斯溫伯恩創作的那些經典詩歌時，人們也經常無奈地意識到，這些詩歌往往脈絡鬆散、飄忽不定，而這一點又因著節拍的迴響加以掩飾，從而產生一種虛假的節奏感，造成了拖沓猶疑、鬆散垮垮的氛圍。

我每日所期盼的，就是一個天才的崛起，他具有如詩般豐富的辭藻，具有尋找詩歌素材的強烈本能，他能毅然決然地拋棄詩體的陳規舊律，並借助嫻熟的韻律和旋律創作出散文詩來。

▌華特・惠特曼

華特・惠特曼 [078] 就做出了這樣的嘗試。在他美妙的詩歌中，如〈從那永遠搖盪著的搖籃裡〉，人們就獲得了形式與結構的完美融合。但他也糟蹋了自己的表現形式，因為他隨性鬆散，有粗暴的分類趨向；此外，他還有一些其他的缺陷，比如所謂教養上的缺陷，或其他非藝術上的缺陷 —— 他言語輕率，口無遮攔，只有描寫的欲望，沒有建議的想法；因此，他的繼承者鳳毛麟角，只附庸了一些舉無輕重的模仿者。

如先前指出的那樣，惠特曼只比他的時代稍微領先一步，他對自己的詩歌進行了多種嘗試，但在把詩歌創作中的美和多樣性推廣到世界方面，仍做得略顯遜色。

---

078 華特・惠特曼（Walt Whitman, 1819-1892），美國著名詩人、人文主義者，創造了詩歌的自由體。

　　此外，進行文學嘗試還存在一些阻礙。惠特曼的力量、活力、個性和鑑賞力，其實已成為阻礙，因為雖然人們可以輕易地避免他所犯的錯誤，但卻很難不去模仿他。在這種詩體中，人們無可避免地要像惠特曼那樣強調自己的主題。

　　也許有人會問，惠特曼的散文與那些偉大藝術家的散文有何區別呢？有些藝術家寫出了詩意盎然、節奏優美、令人回味的散文，如蘭姆[079]、羅斯金[080]和佩特[081]。惠特曼與蘭姆的區別在於目的的持續性，與羅斯金的區別在於結構的緊湊性，與佩特的區別在於情緒的多樣性，這就是答案。我所指的這類散文，必須是嚴肅的、流暢的、深刻的，盡可能免受幽默的影響，它還必須是敘事的，在本質上又是抒情的，能爆發出雲雀般的歌聲和瀑布般的水聲；它必須與美相關，不僅有自然之美，而且有人際關係之美，但不應涉獵戲劇。最重要的，他必須把哲學思想和科學思想的奧妙融入自身。科學、哲學與詩歌息息相關，在本質上就是詩歌，因為它們都在嘗試架起通往未知奧祕的橋梁。新派的抒情詩人，必須要從事件和情感中發現美之品格，辨清和表現那令人震撼的神奇；而這種神奇，會如火焰一般從具體形式中攀爬出來，離開可見的視野，從一顆星跳躍到另一顆星，再從遙遠的那顆星鑽入周圍古老的暗夜之中。

079　查爾斯·蘭姆（Charles Lamb, 1775-1834），英國散文家、作家。
080　約翰·羅斯金（John Ruskin, 1819-1900），英國作家、批評家。
081　華特·佩特（Walter Pater, 1839-1894），英國著名文藝批評家、作家，「為藝術而藝術」的英國唯美主義運動的理論家和代表人物。

自知之明

　　幾天前，我的一位老友義正言辭地勸誡我。我們關係一直不錯，他比我還看重我的聲譽。他對我的愛中帶著偏見，說我的文學天賦雖然驚人，但常常把過多的精力投入到生命週期很短的虛幻文學中，我應該做一些更與自己能力相符的事情，比如寫像《坎寧[082]的一生》（*Life of Canning*）這樣的歷史傳記或創作長篇幅的《波普全集》這樣的作品。我寬慰他說，自己沒有做研究的才幹，也沒有豐富的知識積澱，做不了歷史傳記。他回答道，研究只是耐心問題，至於知識，可以學習嘛。

　　他的這番好意實在是為我著想，我真誠地表示感謝。我回答說，我一定會牢記在心的。

　　但回想他說的話，我卻認為，唯一具有創作價值的文學，就是那些富有原創精神的文學。歷史作品往往令人感到悲傷，它易變成某種象徵，變成覆蓋文學聲譽的墳墓；而且歷史作品正以驚人的速度為人取代，菲茨傑拉德[083]的朋友斯佩丁[084]特地編輯培根的作品，菲茨傑拉德對他說過的話，人們仍記憶猶新。菲茨傑拉德說，斯佩丁把整個一生都奉獻給了這部作品，致力於洗白一個不可能洗白的人物。華特‧司各特花費數年時間編輯德萊頓[085]和史威夫特[086]的作品，並創作了《拿破崙的一生》，一想到他本可以利用這些歲月創作出更多的小說和詩歌，人們就不禁唏噓不已。司各

082　喬治‧坎寧（George Canning, 1770-1827），英國傑出的外交家。
083　愛德華‧菲茨傑拉德（Edward FitzGerald,1809-1883），英國著名詩人、作家。因英譯波斯大詩人奧瑪‧開儼的《魯拜集》而聞名。
084　詹姆斯‧斯佩丁（James Spedding, 1808-1881），英國作家，以編撰法蘭西斯‧培根作品而聞名。
085　約翰‧德萊頓（John Dryden, 1631-1700），英國古典主義時期重要的批評家和戲劇家。
086　強納森‧史威夫特（Jonathan Swift, 1667-1745），英國作家、諷刺文學大師。

特,或任何人,真的從這種犧牲中有所收穫嗎?當然,人們願意去寫偉人傳記,但有生命力的傳記都是由朋友或同時代的人完成的;這些傳記就是活生生的塑像,如博斯韋爾[087]的《詹森傳》(*The life of Samuel Johnson*)和斯坦利的《托馬斯·阿諾德博士[088]的生平與書信》;要寫出這樣的作品,需與偉人朝夕相處,親眼目睹他的成功與失敗、快樂與消沉、健康與疾病、優點與缺點,而可以獲得這樣機會之人真的是門可羅雀啊。

　　誠然,如果有能力進行廣泛而準確的調查,有值得珍藏的記憶,也有讓過去恢復生機的能力,不妨投身於創作具有真知灼見的歷史作品。但人貴有自知之明,只有在擅長的知識領域,人才能做到遊刃有餘。我的思想反覆無常,辦事沒有條理,有些細節性的東西,如生動形象的人物特徵、性情、風景和生活經歷,可以深深地印在我的腦海中,但當處理浩渺的歷史事實和知識體系時,雖然我能暫時把素材組織好並貼切地呈現出來,可都趕不上知識我在腦海中消融的速度。沒有人想嘗試寫史工作,除非擁有可以容納廣博知識的大腦。例如,我的一位朋友,他能把紛繁複雜的細節放入腦海中 —— 他對細節充滿難以滿足的欲望,能事隔幾年再完整地把細節呈現出來,一如當初歸納這些細節時那樣準確無誤。實際上,他的大腦有如一間寬敞空曠的儲存庫,可以把儲物保持得乾爽有序。但對我而言,情況截然不同。把不相容的知識存入大腦,如同把一堆雪球保存下來。一兩天後,它們的輪廓就開始模糊不清,幾個月下來,就完全融化成水流入地下。關於讓我寫歷史作品的事情便就此告一段落吧。

　　下面談一下作品編輯的事情。我想再次表達對伯克貝克·希爾博士[089]

087　詹姆士·博斯韋爾 (James Boswell, 1740-1795),英國傳記作家。
088　托馬斯·阿諾德 (Thomas Arnold, 1795-1842),英國近代教育家,斯坦利為他的學生。
089　喬治·伯克貝克·諾曼·希爾 (George Birkbeck Norman Hill, 1835-1903),英國編輯和作家。

和馬森教授[090]的欽佩之情，感謝他們窮盡一生耐心地整理收集相關偉人的史料，這些都需要條理有序的大腦，而對大腦的性質和能力發生誤判，是文學創作中最不可原諒的錯誤。

藝術生命

我相信自己的工作必與文學相關。回顧過去，捫心自問：像米爾頓或詹森博士那樣的偉人，究竟有什麼傑出的品格，值得人們去傾力研究呢？人們為什麼想了解他們故居的變遷和瑣碎的帳單呢？就因為他們是偉人，在富有想像力的創作中展現了偉大的品行，創作了內涵豐富、帶給人啟迪的真理。想像一下，什麼樣的責任感才能勸使查爾斯‧蘭姆編輯博蒙特與弗萊切作品集[091]而放棄自己的文學創作呢？是什麼才能讓雪萊拋棄自己狂放不羈的抒情詩致力於編輯《政治正義》呢？班傑明‧喬伊特[092]特別喜歡亂點鴛鴦譜，有記載說他曾評價斯溫伯恩雖才華出眾，但除非他放棄詩歌創作，否則會一事無成。設想一下，如果喬伊絲如意了，會是怎樣逆天的結果啊！

當然，一切都取決於一個人想獲得什麼以及他置之眼前的成功是哪一種。如果鍾情於學術職位或榮譽學位，就必須心無旁騖地投身研究之中，滿足於被人當成專家的快樂。這種抱負，既合法又受人尊重，而且會日益受到仰慕，但與流行作家相比，這類人獲取的聲譽和收入就顯得遜色多了。

總之，具有生命力的文學作品，在作者去世一兩個世紀後還值得讓人

---

090 大衛‧馬森（David Mather Masson, 1822-1907），蘇格蘭文學評論家和歷史學家。
091 兩人都是歐洲文藝復興時期英國劇作家，一起創作了幾十部傳奇戲劇和喜劇，並聯合署名「博蒙特與弗萊切」。
092 班傑明‧喬伊特（Benjamin Jowett, 1817-1893），英國學者、古典學家和神學家，19世紀英國最偉大的教育家，以譯介柏拉圖作品而聞名於世。

編輯的作品，都是那些具有創造力和想像力的作品。想像力豐富的作家寫書時，並沒有想到有人會編輯自己的作品。米爾頓在創作〈快樂的人〉（*L' Allegro*）時並沒有想到它會令人羨慕地得到一位蘇格蘭教授的親自批注；濟慈創作〈無情的美女〉（*La Belle Dame Sans Merci*）時，也並沒有為了讓它印入學校的課本，還會附上一小段關於父輩馬房的傳記。也許有人會質疑，是否具有強大生命力和想像力的作品都必須考慮對當下讀者的影響呢？偉大的小說家創作時，不是為了道德目的，更不是為了學術目的，他把創作當成一幅畫作；在畫中，品格在運動、在融合、在互相影響、在出現、也在消失，他懷揣一種渴望，想將這樣的畫面永久地定格。他可能暫時會受制於一種渴望，想讓場景配上音樂，產生美感，帶來真實感和生命力。可是，對生活的評判，才是所有作家 —— 無論是高層次的作家還是身分卑微的作家 —— 真正的目的所在。他們對這一場景，對所見所感的關係和品格，既感到驚奇和震撼，又被深深吸引。他們必須要把這些場景描繪出來，在如白駒過隙的人生中，試圖在某種永恆的氛圍上蓋上印記。這才是征服藝術家的美麗與神奇所在，這也讓他們無暇分身，難以純粹為了地位、影響和財富目的，把價值取向轉向迥然不同的事物上去。他們不可能混跡於人群之中縱情娛樂，悠閒地填補自己的餘暇 —— 那些是在工作疲倦之時、在構思空閒之時才做的事情。他們的成功、影響力和活力，一部分取決於他們的性格，一部分取決於他們表現性格的能力。

藝術理想

當然，有些人的認知能力超越了他們的表達能力。一般來說，這些人都不知滿足，也不甚快樂。還有一些人，他們的表達能力超過了認知能力，這些人就是那些雖性情隨和、文筆流暢卻思想膚淺、觀點空洞的作家

了。有些人，在無數次的延誤之後，重新獲得了應有的表達能力；這些人是最快樂的作家，因為他們有了努力之後獲得成功的成就感。還有一些如莎士比亞那樣鳳毛麟角傳奇般的作家，他們的表達能力和認知能力都無可比擬。

人，一旦擁有了藝術理想，就必須從事最為恐怖的冒險了。找到正確的主題和確切的表現方式，這種機率很小，而所選的主題受到廣泛關注，這樣的機率更是小之又小。此外，還有無數的不利條件阻礙著他，要麼思想平平，懊悔生不逢時，他所投身的事情根本引不起人們的興趣；要麼陰差陽錯，失去了自己的主題；要麼表達方式生硬、笨拙而幼稚。

所有的這些，都在左右文學創作的成敗。對他們而言，人生很可能就是一次苦澀的經營。當然，我所遇到的人，都是做事認真之人，他們境況的悲慘之處還在於，他們經常會與一些三心二意的作家和業餘作者打交道，而這些人從事文學創作只是出於喜好，甚至出於難以啟齒的目的。

我所描述的這種人，有著成為作家的激情，只是沒能把各種天賦結合起來，所以他們必須面對被人稱為「吃白飯」的風險，因為人們認為他們異想天開、幼稚、輕率、愚鈍，不值得注意。然而，如能在工作中找到慰藉，如能得到不計結果的支持和希望，如能在不為人認可的工作中找到樂趣，這種人就是幸福的。因此，就我自身而言，我別無選擇，必須竭盡全力把表現手法完美化，勤勤懇懇地尋找適宜的表現主題。無論別人的建議多麼善意，我都絕不會放任自己去聽從這些建議轉身從事更為嚴肅的創作。因為只要能看到真理，把它清清楚楚地表現出來，那些看似容易短命的創作就變得非比尋常，甚至多彩多姿起來。這不單純需要主題令人肅然起敬，也不全然是表現手法的問題，而是兩者幸運的結合，作家的秉性與主題完美的搭配 —— 所謂的天作之合。

▌ 藝術追求

　　談到這一點，我不敢妄稱自己能成為華特・司各特或者查爾斯・蘭姆，但我把自己想像成為後者的一位朋友，懇求他別再虛擲歲月了，要充分發揮他的批評天賦去創作那些細膩而瑣碎的散文，而且我認為，如果查爾斯・蘭姆知道這種散文是他最擅長的，他能輕鬆自如、遊刃有餘地創作它們，他就應理直氣壯地擋住那隻遞給他《馬羅[093]全集》讓他做注解的手了。對於我們許多人來說，能破壞我們對生活的掌控的，就是那些虛假的傳統尊嚴。藝術，既無偉大也無渺小之分，能清楚地感知並將感知優美地表現出來的，就是偉大的藝術，無論是一齣凶手和通緝犯蠅營狗苟的悲劇，還是描寫依附水流、柔柔聳立並在溪水中抖動的蘆葦，只要能向人們傳遞出面對悲劇時的驚詫困惑，也能透過蘆葦的形狀、質地和動作傳遞出精妙的樂趣，他就是藝術家。當然，有些人會受到熟稔事物雅致之美的影響，也有人會受到傳奇戲劇的影響，更有人受到古怪而驚悚事件的影響——所謂大千世界，無奇不有，人的品味也交織著粗俗和青澀。雖然傳播最為廣泛的藝術會吸引最為廣泛的受眾，但切不可以受眾的範圍衡量成功與否。沒有廣泛和驚奇，藝術仍然可以偉大和完美。因此，藝術家的功能，就是要縱覽事物的全貌，然後選擇某一主題形式將它表現出來。無論建築一座大教堂，還是雕刻一枚寶石，只要藝術家能以獨到的眼光看待自己的目的，熱愛能讓自己的工作完美無瑕的勞動，他的藝術就會相應地變得偉大起來。藝術家要想成名，一定不要聽從任何誘惑去嘗試超出自己能力的主題，無論這些誘惑是外在的欲望、令人動怒的批評還是善意的狡辯，藝術家必須成為對自己最苛刻的批評家。一旦索然無味並勉為其難地

093　克里斯多福・馬羅（Christopher Marlowe, 1564-1593），英國詩人、劇作家。

追求某種難以掌控的東西，藝術上的付出就難以得到回報。快樂為品行的根本，它不必是當前的、短暫的，也有疲倦的空間，像腳痛的旅行者拖腳走在望不到盡頭的路上。但他內心必須清楚，到達目的地時的歡樂將超越一路所有的疲倦，所以，最重要的是要到達目標。如藝術家感到進展緩慢，懷疑他所追求的目標是否值得如此付出，這時，他最好放棄追求。除非在藝術動機之外，還存在著道德動機讓他繼續下去。藝術的目的，就是追求快樂和情感脈搏的律動，快樂不可能由目標倦怠之人傳遞，脈搏也不可能由失望之人促動。如我所言，堅持需要道德上的依據。當初的藝術衝動現在變成了失望，如這時仍感到完成工作是他的責任，就該一如既往地繼續下去。但切不可產生幻覺，切不可用虛假的希望慰藉自己，想像自己的付出終會變成一件藝術珍品。傳記作者是這樣描寫福樓拜創作時的情形的：他往往為了搜尋一個完美的用詞不停地在房間裡踱步，時而一頭倒在沙發上，時而起身繼續不停地踱步，完全一副痛苦不堪的樣子。要是找到了那個恰當的用詞，這些痛苦就物有所值，而因找到恰當的詞彙而獲得的欣喜，也兌現了付出這麼多之後的舒適與平靜。

自知之明

約束秉性

　　藝術家一邊努力識別美，一邊努力掌控生活，保持生活的寧靜、敏銳和快樂，往往對瑣碎、卑微和骯髒不屑一顧，而這些東西卻早已悉數織入生活的框架之內 —— 滿眼敵意的汙言穢語、令人心煩意亂的病痛、劈頭蓋臉的批評、冷淡與漠然、令人厭倦的事務、無恥之極的小人 —— 完全是一個盤根錯節難以應付的謬誤。我們無法像拋棄廢石一樣將它們全部拋棄，它們必須得到利用，為人使用和接納，這些就是素材，必須努力對其進行整合，努力適應素材。厭惡這些瑣碎，任由其打擾平靜，就如同畫家厭惡調色板上顏料和廢料的味道一樣。更為實際的處事之道，就是堅持不懈地用榮耀、溫情和勇氣去剔除所有雜質，那麼，就再無必要對所剩之物感到洩氣了，可以心安理得地承受一切，讓耐心完美地發揮作用。畢竟藝術家的工作誕生於靈魂，正是透過這些刺激和陣痛，透過這些欣然承受的痛苦和疲倦，靈魂贏得了力量和敏銳；這些如同開闢荒地的農具，沒有它們的工作，就沒有慷慨的播種。

　　我想，很多人在人際交往中所體驗到的東西，與我投放於觀察大自然的東西 —— 也許也投放到了對音樂的聆聽之中 —— 是同一種物質。對我而言，人際關係非常快樂、有趣，可同時又令人感到困惑，但它很少能主宰我，讓我難以自拔。這種體會似乎永遠無法表達窮盡，也難以探測出更深奧的境界。我想，這也許就是藝術氣質的缺陷。寫到向外凝望冬日淡淡的夕陽時，那裡有比我自己更深刻的東西。我從不認為，在光禿禿的叢林之上，在荒蕪的大地之上，雲彩和燃燒的光芒所上演的奇異盛典專為取悅於我。但我應該能感受到無法言喻的神聖，以及那厚重的奧祕 —— 帶著

透澈的平靜、帶著心滿意足去感受它 —— 這是一個徵兆，專為我保守著某個神聖的奧祕。我想，人們對愛情和友誼也會產生同樣的神聖感和神祕感，但愛情和友誼只是與我在路上偶遇，而不是在朝聖的終點等待著我。如大自然之美一樣，音樂的內心也隱藏著某種無形的震撼力。而繪畫藝術，乃至寫作，卻並非如此，因為藝術家的個性和缺陷隔離在我和思想之間，人不可能讓顏料和語言吐露心聲；即使在音樂中，藝術有時也產生於指代物和所指物之間，但簡單、甜美而強烈的和弦卻能帶來開心快樂，一如斷斷續續的光芒和那披上面紗形態各異的雲霞。記得曾有一次到一位偉大音樂家的家中做客，我是提前一兩分鐘到的，看見他正坐在一架大鋼琴前彈奏一段我不太熟悉的樂曲；他彈到收尾處了，對我的到來似乎熟視無睹，仍在專心致志地演奏。沉不住氣的人會首先想到招待客人，等不及樂曲彈完就會起身迎客；但他一直等到樂曲聲緩緩落下之後，才起身迎接了我。我想，相比於匆忙地結束演奏，他更尊重了那種真實而細膩的本能。

▎未竟之愛

每個人都要為自己找到人生中最為神聖而恒久的東西，然後真誠而執著地崇拜它們，絕不允許任何傳統舊俗和社會責影響純潔心靈之間的互通，也只有這樣，才能踏上星際之路；也只有這樣，具有宗教信仰之人，比如說藝術家，才能擺脫人類的情感和目標；雖然會有驚訝，甚至憂慮，但這只是因為人類之心與凡塵俗世連繫得過於緊密而已。在最緊密的人際關係中，能看到最為純潔和高尚的上帝禮物之人，將會帶著驚恐，甚至反感，觀察神祕主義者和藝術家們的那種超然和孤獨。對人類而言，這似乎是一種令人脊背發涼的隔絕，一種不仁道甚至有些自私之事，正如神祕主義者和藝術家在普通人身上看到了由可悲而渺小的鎖鏈羈絆束縛的人生一

樣。很難說哪種生活更為高尚 —— 教條主義者除外 —— 一切都取決於情感的特質；是情感的深度，而不是情感的本性，發揮了決定作用。在人際交往上熱情奔放之人，在人性上要勝過情感冷漠的藝術家，正如情感炙熱的藝術家在人性上要勝過縱情聲色、追求物質享受之人。所有的一切都取決於愛，無論是自然之愛，還是藝術之愛，無論是精神之愛，還是神聖之愛，無論是人性之愛，還是兄弟之愛 —— 無論得到滿足與否，愛都會引領起人們高尚而未竟的事業。如果欲望得到了饜足，就意味著失敗。如果欲望得不到饜足，就意味著你已走在陽光大道之上，雖然沒有人告訴你走向哪裡，是走向荒野，還是走向天堂，是走向波濤翻滾的大海，還是走向雲霧飄渺的天空。如藝術家只停留在對藝術之美的鍾愛上，如神祕主義者仍逗留在忘我之中，那麼他們就只能拋棄朝聖之旅，並不得不在疲憊和淚水中再次啟程。但若能熱切前行，不必計較最終的結果會是怎樣，不把眼前短暫的快樂與遠方地平線處的光芒送來的快樂混淆起來，他們就屬於快樂之人，因為他們已經擁抱了真正的探索。這種信念將給予他們耐心而甜美的善行，將給予他們對朝聖夥伴深深的熱愛，最重要的，這種熱愛將會傳遞到那些惆悵落寂之人的眼中和唇上，因為他們熱切地渴望去看清凡人的陰影後到底隱藏著什麼，但最終的結局將超越放棄愛時的偉大瞬間，將超越人間最美的風景和最華美的樂章。因此，首先必須要克制自己，不去評判他人，不去質疑他人的動機，因為我們會發現，每個人都有自己不同的道路，但我們必須要盡可能真實地表達自己的想法，這也許會成為他人前進道路上的一步臺階。試圖干涉上帝的天機，不但不敬而且不可接受。唯一的辦法，就是保持百分百的平靜心態，這心態將引導我們不讓我們跌倒，也不會把淳樸的思想帶上歧途；對朝聖夥伴妄加指責，認為他們愚蠢、偏執，都是在冒犯上帝。

約束秉性

藝術的歸宿

　　藝術生活或藝術理想的本質到底是什麼？我想，它之所以受到如此之多的誤解，在於這條道路狹窄逼仄，一心一意追隨之人實在屈指可數。而且，現在英格蘭人都很有忍耐力，這種忍耐力很自然地四處感染傳播，以至於人們對各種觀點都採取了明哲保身的容忍態度，因此，我的觀點似乎沒有人可以理解。英格蘭的道德理想非常有趣，雖然其中的很多成分歸屬於清教徒和商業化範疇，但毋庸置疑，成功已成為我們盲目崇拜的上帝，決定了我們的道德理想。我們根本不在乎美麗而不現實的東西，評判人的道德層次取決於他能使人獲得體面和富有的程度。教育者只要能讓孩子們正常地學習、遊戲，我們就崇拜他。牧師只要能動員人們參加俱樂部，讓人們從日常活動中尋找到樂趣，戒除酗酒，我們就崇拜他。政治家只要能使國家富強，人們獲得滿足，我們就崇拜他。我們沒有學術上的理想，沒有美的理想。我們認為，詩歌就是人們互相間的愛慕之情，藝術就是闡述那些本已一清二楚的諷喻。這些理解本身無可厚非，但太淺薄了。知識淵博的人，都變成了科學家、歷史學家和文人學者；在世的作家中，又有幾人能把學識和情感連繫在一起呢！所以，真實情況是，我們不崇拜情感，認為情感是任人玩弄之物，可以隨時戒除，不是人們賴以生存的不可或缺的元素。如看到有人寫到情感，人們就變得心神不寧起來，認為他有些多愁善感，懷疑他違背了良好品味的評判標準，所以，我們變成了一個有理性、脾氣好、但情感粗俗的國家。對待藝術，我們也只尊重那些成功的藝術家。如果藝術家踐行藝術帶來了名望和金錢，我們就會以恩人自居，以一種高高在上的姿態表揚藝術家。當藝術家做出預言時，我們總以一種輕

蔑的態度對待他們，認為這些預言荒唐可笑；可一旦藝術家的預言得以廣為傳播並且有了擁護者，我們頓時就對他崇拜起來。若藝術家沒有成功，就會認為他成事不足敗事有餘，於是藝術也跟著受到牽連，為道德家們所吞沒，因為這些道德家認為藝術只是宗教的傭僕，只在藝術能為商業活動提供刺激時，才會順帶誇獎一下藝術家。只有當藝術確定無疑地受到冷落而不是油腔滑調地得到鼓勵之時，藝術的處境才能有所改變。我們把這一切都看成關乎影響力的問題，我們所期盼的是這些影響力能為人們所感知，能影響他人並激發人們付諸行動。有一件令人難以容忍之事：世人總是鄙視碌碌凡塵，並想從中抽身而退。如果藝術家最終能給世界留下印記，我們在對他表示欽佩之後卻往往會用醜陋的動機填塞他的孤獨。事實上，對於藝術家而言，再沒有任何一方土壤比我們現在所居住的這個平凡、艱辛而喧囂的世界更無希望了，而且我們設置在藝術家道路上的誘惑又過於強烈。工作時，我們喜歡依靠書籍、戲劇和繪畫獲取娛樂，情願為那些能給沉重的心靈帶來些許快樂、恐懼和悲傷的人支付高額的費用。財富是藝術家永難抵禦的誘惑，它可以為藝術家帶來思想自由、人身自由以及舒適、美麗和思考。所以，許多博有天賦的藝術家，難免不淪為花花世界種種誘惑的奴隸，甚至變成了寄生蟲或風塵女，雖然他們還信奉自我尊重，但那只是因為他們還沒有受到公開的羞辱。

然而，真正的藝術家，如真正的牧師一樣，只關心他所追求的思想中那些美好的品格。真正的牧師總是第一個去尋找上帝的天國，摯愛德行、正義、真理和純潔，唯一的渴望就是把愛平等地灌輸到每個人的心中。假如世界的美好得以傳播，就理應被播撒在有德行之人途經的路上，他們絕不會因受到誘惑而把誘惑當成自己尋找的目標。他所渴望的，是靈魂帶著崇高、神聖而溫柔的情感，發出光芒和驚顫，這才是對他最非凡的回報。

　　藝術家唯一關心的，就是那些美好的事物，無論是男女之間親暱的關係所帶來的美麗，抑或神奇大自然變幻萬千的形狀與色彩，抑或是世間萬物對充滿渴望之人靈魂的影響。但這也潛藏著危險，藝術家會日益注意自己的靈魂，而靈魂又是嬗變而多姿的，可以融入許多甜美的影響和優雅的精緻 —— 如同夏洛特的女子一樣，藝術家會逐漸把河邊飄動的生物當成他所編織的五彩繽紛的羅網。無論能力為何物，他都必須集中精力培養出一種能力，為的是可以把這一切優美地呈現出來。這些呈現，對他而言，都象徵著某種未曾揭示的奧祕，也許他會慢慢因色彩而愛上珍珠，因姿態而愛上花朵，因紫色的背景而愛上白雲，因湛藍的光澤而愛上遙遠的山峰，因此往往會忘記去識別精神，而精神正從繚繞的蒸汽中閃爍著光芒。

▎真正的視野

　　藝術如愛，藝術家必須先失去自我，然後才能找到自我。如若只從自己敏感的認知中看待一切，就會沉溺於冷冰的自我和狹隘的自私之中，再也不敢嶄露頭角。他必須心無旁騖地投入到對美的真摯崇拜中，他對美的追求不再僅僅為了滿足自我並帶給自己驚喜，而是渴望更接近美的本質。的確，當藝術家熱愛呈現藝術超過了呈現事物時，當他因單一完美的畫面而受到的感動超過了鄉村漫步見到姹紫嫣紅的景色而受到的感動之時，他就知曉自己已走上了歧路。他必須依據品格選擇情感和美麗，並認真加以比較和區分，一旦認為他所關心的是呈現而不是生活時，他的藝術之路就日漸衰落了。他一刻也不該有這種想法：「怎樣才能把我的感知呈現出來去感染他人呢？」當他為自己所見的美麗而驚奇不已並忘乎所以時，把美麗呈現出來就變成了一種必然。如同一個孩子，完全沉浸於自己的回憶當中，總迫不及待地想告訴媽媽或保姆自己的冒險經歷。因此，真正的藝術

家不會思索表達的最佳媒介，他的思想壓倒一切，選擇某一媒介純粹是一種本能。他最強烈感受和感知的，無法用語言、顏料、音樂傳遞出來，因為它過於高尚、過於高貴。像飛行員或將軍一樣，他不再只考慮自己，責任感、危機意識和主張意識都超越並模糊了所有個人的利益和徒勞的思想。他一定不會想到成功，可一旦成功，他必欣喜不已，因為自己成了一名真實的闡釋者，能與他人分享快樂。即使成功未能如約而至，他的快樂也毫無減損。

因此，在安頓生活時，必須謙卑、真誠而質樸，必須睜大雙眼，衝破束縛，擁抱所有慷慨的驚豔。一定不要讓欲望、奢求、野心或驕傲遮蔽自己的雙眼，必須學會為其他藝術家的作品欣喜，並努力發現其中的魅力與完美，切不可對瑕疵與缺陷百般挑剔。看到自己的夢想能更真實而優美地描繪出來，藝術家一定會喜不自勝，因為他所在乎的只是美對醜的勝利，光明對黑暗的勝利。因此，真正的藝術家，不是透過指責和非難，而是透過如飢似渴地欣賞其他藝術家的作品而顯露出身影。

而且，真正的藝術家一定能夠在生活裡最微不足道的細節中找尋到快樂。他不必周遊世界尋找自己的浪漫，但他一定能在最簡單的場景中發現蟄伏其中的浪漫。他不必渴求刺激、震撼、勝利或讚揚，不必渴望與名人結交，因為他的快樂都流淌在更為純潔和清澈的源頭。他一天甚至一刻也不會感到厭倦，而他唯一的疲倦一定產生於耐心的勞作之中，絕不會因想像力的枯竭而遲鈍或倦怠。

▍高貴的失敗

年齡和衰老，都不會鈍化熱情，只會用一系列更為溫柔和平靜的情感代替青春的勇敢和激情，因為真正的藝術家知道，他所尋找的情感比最敏

銳的想像力更為高尚、更為純潔、更為生動,這種情感在平靜中積蓄力量,在尊嚴中儲存價值,在青春中蘊藏衝動,「我們不該用暴力對待這樣一個有尊嚴的靈魂」。當動物的熱度和青春的躁動燃燒得更為充分時,藝術家就拉近了與情感的距離,為了更為明澈和純潔的光芒,他拋棄了濃煙和火焰。

最為重要的是,藝術家應該警惕饜足感和成就感,因為他已有所成就,探索到了一定的深度,看到了奧祕的本質。相反,隨著生活的延續,他必須一如既往地滿懷希望,心存敬畏,因為生活會比所有潛藏在衝動年代裡的想法更為強大和偉大,當接近奧祕的大門時,他的整個心靈必定充滿神聖的恐懼;大門打開,他就會更近身地看到其中的奧祕。卑微的失敗感是一種明亮而高貴的思想,因為能指明:奧祕超越最勇敢的夢想能有多遠。

藝術的歸宿

聖所

　　幾天前，出席了一個教堂儀式。這個儀式在日落時分舉行，漸漸隱沒的光芒透過五彩窗慷慨地灑落下來，為儀式增添了深沉而唯美的神祕感。玫瑰窗中的聖人們面容蒼白，穿著耀眼的外袍，在莊嚴的教堂和濃密的樹林映襯下，顯得格外淒美。教堂的屋頂似乎為金色的濃霧所籠罩，那是唱詩班點燃的蠟燭為圖案精美的屋頂投下的道道光澤。鍍金的風琴管輕柔地閃耀著光芒，奏響的音樂在空中起伏跌宕；歌聲洪亮，透露著莊重與悠揚，如夢之靈發出的迴響。一群穿著白色坎肩的人列隊前進，他們儀容端莊，肅穆緩行，來到各自的位置，參加祈禱和讚美儀式 —— 伴隨著年代的回音，用優美恰當的語言表達喜樂。我獨自坐在那裡，變成了一個靜靜聆聽的觀眾，感覺藝術之美讓精神的每一種嫵媚都淋漓盡致地展現出來。眼睛與耳朵，情感與智慧，都同樣感受到悸動與滿足。他們吟唱的是第119 首聖詩，這首詩完美地表達了神聖中的寧靜：

> 「你的法度奇妙，所以我一生謹守。這真是奇妙優雅，如蜜一樣
> 香甜。」

　　內心，在那一時刻突然喜悅起來，努力接近溫柔的生活慈父，他似乎像古老傳說中的一樣，看見心愛的兒子懷著懺悔之心一路悲切走來，就上前去迎接他，用燈光和音樂點亮房屋，讓孩子感受家的溫情。人有一種本能，想把所有藝術瑰寶都帶入儀式，歡迎並支撐疲倦的靈魂，這種本能一定是純潔而美麗的，我對此確信無疑，但我想，還有其他一些事物：擁擠的城市、醜陋的歡愉、男女之間羞以啟齒的擔憂、塗炭人類的黑暗法律、

痛苦與恥辱、勞累、殘暴與艱辛、欲望與貪求，都不屬於此類範疇。

▎遐思

　　我還想到，這個讓我靜心聆聽的優雅盛典，又有幾人能真正感受到它的魅力呢？也許只有一人為這種美麗所沉迷，卻有千人更鍾情於生活中輕鬆的交往、賽場、體育場、餐廳以及飲酒閒談的客廳。宗教真的該是這樣嗎？我無限好奇。這個儀式的確使用了宗教語言，充滿對聖人的回憶以及各個年代神聖的智慧，但它的目的到底是什麼呢？它能給予人激勵，讓人聽到它那想要贏得勝利、想要堅持到底、想要改善他人的靈魂的渴求嗎？它能向人灌輸上帝融入生活的那種溫柔之美以及自我犧牲和心甘情願的奉獻嗎？它難道不會隔離藝術天堂中的靈魂、神化個人情感的追求嗎？很難想像，一個深深陶醉於這種莊嚴所帶來的感官愉悅之人，當他離開時，不會對所有的喧囂與粗俗產生日益厭惡之心，不會拒絕與更為粗鄙的群類同流合汙。把自己孤立於燈光和溫暖之中，沉溺於甜蜜的聲樂竹管和神聖的畫像之中，這難道不全然背棄了基督精神嗎？我毫不懷疑，這種快樂讓人的心靈更為高尚，但它是治癒世界悲苦的良藥嗎？它難道不是喜歡寧靜閒適的敏感之人的止痛藥嗎？

　　我無法抑制這種想法，如果性情敏感之人最初被灌輸的是基督精神，如果尋找和挽救迷失之人的這種心靈激情難以消退，如果人的信仰清澈渾厚，那麼，他也許會從這些安詳而甜蜜的莊重儀式上獲得神聖的激勵。但這存在一種風險，那些沒有如此無私熱情之人，他們在受到誘惑之後，同樣會披上宗教的外衣，帶著自鳴得意的表情心安理得地享受感官的愉悅。對這種風險予以認同，合適嗎？如果虔誠的信徒坦誠而言：「這些根本不是宗教，它們只是精神之美純潔的寄居之所，只是朝聖者順路進入的休憩

花園，只是一處停泊地，一個舒適的家。」那麼，我想，這種觀點與我一直以來持有的想法不謀而合。但如果它是對美的欲望的一種讓步，如果它偏離基督的夙願，如果它是藝術靈魂的誘餌，我就很難不質疑它是否合情合理了。

　　正在我遐想之時，聖歌又重新響起，甜蜜蕩漾在空中。所有的傷感、世人的欲望、安逸中的渴望，都在那平靜而動人的樂曲中飄蕩輕揚，盡情訴說，一個如天鵝絨一般細膩的聲音在莊重地吟唱，上百個樂管一起編織著甜美的和弦，它們帶著無限憧憬盡情傾訴著遙遠的真理和希望，把靈魂引入某一神祕之所，在那裡，靈魂正心滿意足地聆聽著外面浪濤的呼嘯；在那裡，似乎還有一種誤解：靈魂只渴望休憩，就像著魔的蓮花食者[094]，不再像上帝的士兵那樣前進，執著訴說的只有快樂，沒有艱辛；只有默許，沒有付出。

094　希臘神話中食忘憂果的人，終日會處於一種懶散、無憂無慮的狀態。

聖所

猜想的權利

　　真奇怪，看到一個人上斷頭臺竟然激起了我強烈的渴望，想要把這個人的痛苦轉嫁到他人身上！一種微妙的心思，卻蘊含了何等暴戾的傾向啊！這裡有一篇我一直在讀的書評，其中的一位評論家傲氣十足，我猜也是位牧師，正使盡渾身解數對一個人進行著抨擊，想必是位優雅而略帶好奇心的作家吧。這位評論家尖刻地問道：「一個從未深入研究過哲學和神學的人，有什麼權利對哲學或宗教事務妄加猜測呢？」他接著引用了一段話抨擊當前的救贖論，然後說：「如果不好好花費幾年時間研究神學，在闡釋救贖論方面取得點進步，就不應該假模假式地探究它。」據稱，這位作家正在研究關於救贖論的最新課題：救贖論在神學中的地位。從技術層面上講，他是門外漢，但他強調他只是在討論救贖論的概念問題。我想，他的說法恰當充分。事實上，當今的神學理論往往迎合了最初理論締造者們的意圖。當舊的理論轟然倒塌時，神學論者所能做的就是為了證明：這些理論可以從哲學或形而上學的角度進行完善，而這是最初理論締造者們從未想到的事情。然而，神學論者卻無力向陌生人解釋這種新理論到底是什麼，他們唯一可做的，就是用一套清晰完整的新理論代替過去那套同樣清晰完整的舊理論。這位批評家採用的語氣讓我想起了紐曼訓導他的信徒時的語氣。馬克·帕蒂森講述道，在他仍是牛津運動[095]的成員時，有一次，當著紐曼的面，他提出了某個帶自由化傾向的觀點；對此，紐曼一如既往地甩給了他一句冷冰冰的「非常可能」。之後，帕蒂森說，你可以想

095　19 世紀中期由英國牛津大學部分教授發動的宗教復興運動，又稱「書冊派運動」。

像，這句話無疑是讓你走到角落，反思自己的罪過。思想的進步絕不該以如此的方式取得！

▍神學家

有一個更嚴峻的問題，到底是什麼賦予了哲學家或神學家在這些問題上擁有猜想的唯一權利呢？若宗教是一項重大事宜，若所有人對生活和生活中的事務都擁有想法，那麼在某種程度上，我們可以稱自己為講求現實的哲學家了，為什麼就只能溫順地讓此類猜想對爭議俯首稱臣呢？當然，有些領域屬於實驗探索地區，應該留給專家們研究。致力於胚胎學研究的科學家有理由抱怨有人未經充分研究就對胚胎學說三道四，但就生活而言，有過生活經歷並對此進行過反思的人，是有思想的、理智的，在某種意義上，也是專家。在生活上、行為上、道德上、宗教上，無論情願與否，所有人都一直埋頭於實驗探索。我們完全可以理直氣壯地說，一個在思考中生活的人，對生活的付出要遠遠超過最偉大科學家對自己研究領域的付出。像我這樣經常去教堂做禮拜的人，在記憶中，每週都聽一兩次布道。多少年來，我一直帶著深深的好奇，猜想著宗教問題，猜想著生與死的歸宿，猜想著生與死的終極命題，沒有任何一個哲學家或神學家曾經給過我確定唯一的答案，從而解開所有的命題。的確，神學家受到人類傳統的束縛，被迫從神聖的天啟角度看待問題，但科學發現已經讓整個宗教地位發生了質變。顯然，自然法則不可輕易改變，道德選擇也不可能輕易轉向，在解決兩者的相容問題上，神學家和哲學家都取得了怎樣的進步呢？如果神學家和哲學家可以選擇，他們會嘗試打破實驗者們的猜想，雖然我認為這些猜想最後會得以利用和接受，成為神學思想和形而上學思想影響平凡人的佐證，但它們阻止不了像我這樣的人對自己的所見所聞做出評

論，因為我們從專業學者從未有過的角度觀察並認真地探討過生活。相比於專業觀點，這些評論可能比普通大眾的評論更具有吸引力。人非聖賢，孰能無過，因有過而易遭受痛苦與恐懼，但也同樣可以享受樂趣，從中發現自己迥異於理智和道德的本能。在靈魂中，我們對正義、真理、純潔和慷慨都有自己的定義，但卻發現那些我們欣然接受的、認為是上帝之律的自然法則，一直挫敗甚至羞辱著這些定義。然而，這些定義對我們來說，卻是生動而鮮活的，一如對其置之不理的自然法則。我們發現，神學家把信仰建立在似乎越來越沒有歷史依據的文獻上，建立在從這些文獻衍生的推論上，只不過這些做出推論的人認為這些文獻具有歷史依據而已。我對這些神學家們自欺欺人的觀點表示深切的同情，但他們對此卻只是謹慎地表達了謝意，他們一直過於小心翼翼地去蕪存菁，所以最終就不再去蕪存菁了，唯恐把精華也一併拋棄。他們反感動搖弱者的信仰，所以生命力就從弱者的信仰中消逝；他們緊緊抓住傳統，所以就模糊了事實；他們把成人的肢體禁錮於孩童的衣缽中，所以剝奪了理智者的信心，把理智者變成了輕信、講求安逸、沒有進取心之人。令人髮指的宗教迫害已不合時宜，但這個問題仍需神學之舟擱淺時才能解決，因為只有在那時，生命的浪潮才會退卻。

猜想的權利

鄉村教堂

　　今天下午，我接連漫步走過了幾個古老的小山村，它們比鄰而居，位於高地的底部，都是沿著山腳、順著山上的泉眼一路排開，所以才有了如此的分布；山村挨近四季不斷的山泉，意味著這裡適合人類恒久地居住。高地忽而靠近公路，忽而漸行漸遠，那蒼白的平原，帶著淺色的牧場，靜靜地盤互在今日鉛灰色的天空下。在這裡，一塊白堊岩展示的是懸崖峭壁的微縮景觀；在這裡，光禿的樹林讓粗硬的枝條超然於燈光之外。村莊都很漂亮，白色的房舍位於小巧的果園和花圃之間，顯得既精緻典雅又別具一格，屋頂覆蓋著茅草，給人一種暖暖的感覺。每一個村莊都有一座古老而美麗的教堂，突顯著自己獨特的性格，呈現出其特有的美麗，吸引著人們的目光；它們或蜷曲於樹叢之中，或支撐起灰色的塔樓，俯視著草堆和穀倉。這些教堂如此熟稔，讓人不禁忘記了它們的美麗。假如它們是世上教堂中僅存的碩果，人們就會滿懷虔誠之心去朝拜，只為一睹它們的風采。而現在，人們幾乎不會轉向小路再去看看這些教堂了。

　　我常常好奇，是什麼樣的情感和精神創造了教堂，是什麼樣的需求創造了供給？我猜想，它們一定是某位富有之人的禮物；當然，其中的勞作和材料是廉價的，但一定有比今天更多的人員受僱從事這一建造工作。很可能，教堂的建設是緩慢而悠閒的，全無當今的機械設備。很難想像，在資源如此匱乏的地方 —— 石頭往往需要通過泥濘惡劣的道路運送到這裡，這一任務是如何完成的？雕刻是如何實現的？建築者是如何休息進食的？我還想知道，教堂在當今的社會生活中到底有著怎樣的作用？有人願意讓我們認為，當時的村民對美有著淳樸的鑑賞力和藝術上的衝動，讓他

鄉村教堂

們能盡享快樂；而這一切，在這些小巧而漂亮的聖所中，人們是無法體會得到的。我不知道，支持這些想法的證據在哪裡。很難相信鄉村的勞作者在教育方面退步了，我想，恰恰相反，教育根本不會削弱人們的認知力和鑑賞力，反而很可能提升了這些能力。在當時的情況下，人們很可能缺少興奮點，閱讀沒有推廣，相互間缺乏溝通，往往把感情和興趣集中在自己觸手可及的範圍內；但對此我仍持懷疑態度。考慮到中世紀鄉村生活的粗獷性，鄉下人怎麼可能像今天這樣剝奪詩情和藝術本能呢？

這些教堂明白無疑地說明，當時盛行著一種與今天迥異不同的宗教，人們有一種比今天更為質樸、更為濃厚的宗教意識；但我想，當時人們對宗教真諦的理解不見得比今天更為透澈。毋庸諱言，在上帝與人的關係上，聖所代表了一種更為迷信和粗放的觀點。建築者想透過奉獻體面的聖所這一禮物向上帝示好，希望透過展示自己對上帝虔誠而熱心的服務來提升來世的精神境界並豐富今世的物質生活。我無法相信，設計教堂的意圖只是為了使質樸的當地人變得更為聖潔、更有情操、更為高雅 —— 偶爾也有可能。我想，教堂的建設更多的是遵循了某些宗教傳統。當時，理性主義還未開始質疑關於上帝與人之間關係的《舊約》理論 —— 這種理論有能力發洩憤怒，進行報復，嫉妒聲名，能把祝福從不敬之人那裡撤回，再施加於虔誠之人。至於當代的崇拜者，我想，他們感受到的敬畏也是基於同一種觀念：把宗教崇拜與希望獲取富足連繫起來，忽視這一觀念就擔心受到懲罰。若不幸降臨到敬畏上帝之人身上，他們就認為這是上帝的懲罰施加到了上帝的愛子身上；若不幸降臨到不敬之人的身上，他們就認為這是對罪惡的懲罰。宗教只是一個過程，人類可以躲避對罪惡的懲罰，或討取上帝的歡心；這兩種方式，無論哪種，都可以改善人類在天堂的境遇。毫無疑問，這種宗教產生的是更為簡樸的信仰和更為深重的敬意。但

180

透過如此過程培養的品格，絕不是非常美好的品格，它們與淳樸的基督教格格不入。今天，民間宗教很難再找到自我，產生這一困境的原因在於，在像我們這樣的宗教中，牧師和民眾都不再相信過去那些機械的宗教理論，儘管民眾還沒有能力為更為純潔的宗教理論所感動。牧師不再能威脅教眾，不再敢警告他們會因為疏於遵守教規而受到下地獄的懲罰。另一方面，宗教觀代表了靈魂高雅而莊嚴的態度，會把平靜與和諧帶入生活，卻同時也因它過於微妙，很難掌控想像力貧乏之人。因此，這些小小的聖所，精美而莊重，它們的美麗，因悠久的內涵而豐富，因時間之手溫柔地撫摸而優雅動人，勾起人的無限感慨。今天，這些聖所所誕生的理論早已失傳，雖然它們的精神猶存，並被賦予了鮮活的意義，但仍無法再次走進聖所。這些建築，雅致不失優美，莊重不失溫情，發出的聲音不是為了這些質樸、理性的鄉村人，他們也無法闡釋這種聲音。假如村中的居民簡樸而謙卑，雖過著清苦的生活，卻有著豐富的精神世界，對美麗和品行懷有強烈的意識，那麼，鄉村教堂不就是一個影響他們、給予他們激勵的平靜之所嗎？但凡熟悉鄉村生活之人，誰又能期望這種品行在遙遠的未來還會興盛起來呢？另外，這些漂亮的教堂，帶著古樸的優雅和悠長的美麗，作為涇渭分明的生活和信仰的倖存者，至今仍傲然屹立著。雖然熱愛它們，但人們仍希望一種更具生命力的宗教意識回歸聖壇，因為這些聖壇的意義早已在不知不覺間倏然逝去；現在，教堂常常作為過去的紀念碑而存在，但願它們可以成為啟迪和昇華當代人的聖壇，我們可以有這樣期待嗎？

鄉村教堂

少校

　　剛剛從一次不同尋常的拜訪中返回家中。我去拜訪的是一位退休的少校，與他待了一段時間。他在鄉下有一塊自己的地，最近剛與一位年輕漂亮的女士結婚。當年我是在倫敦的會員俱樂部與他偶然相識的。他現在頭髮已有些花白，面色灰暗，不像剛與美女結婚的男士應有的那種意氣風發的狀態。他很急切地邀請我過去與他待段時間。我曾經去過鄉下，不太喜歡到那裡做客，但這次做客卻不同以往。我當然受到了熱情歡迎，年輕的妻子光彩照人，是一位生活貧寒的鄉村牧師的女兒，有一個人口眾多的大家庭。少校雖然很高興見到我，可卻表現得有些安靜和拘謹。歲月的面紗滑落，不自覺間回到了 30 年前的校園，讓我回想起與他一起親密無間的日子。他簡單、透明，如書本一樣一目了然。對自己的妻子，他不吝讚美之詞，還詳細講述了自己美好幸福的生活。但不久之後，我卻發現，他的妻子有些愚鈍。她看起來嫻淑端莊，脾氣和善，與世無爭，但實際上卻非常傻氣，也有些世俗，大腦空虛，甚至可以說情感空虛，她所關心的只是自己新獲取的財富，以及縣城裡她要收入囊中的新房產，每次物質條件的改善都讓她樂不可支。她在乎自己的丈夫，因為他代表了她的社會成就，而且她丈夫是位值得稱道的體面人。然而，她沒有絲毫的同情心、感知力、幽默感和人情觀念，我開始意識到這種結合是一場悲劇。我的老朋友為愛而結婚，他絕非愚人，只是這次犯了嚴重的錯誤，愛上的這個女孩根本不能給予他所渴望的東西。他為人質樸，做事認真，智慧而溫情，總有各式各樣新奇的想法，這些想法的產生都得益於他那令人欽佩的謙虛品格。他喜歡讀書，他讀的詩歌，甚至讓我懷疑是他自己創作的。他對社會

問題感興趣，參與了十幾個慈善活動——俱樂部、雕刻班、自然歷史學會等等，一心為自己生活的村子謀取福利。他是位傑出的商人，還承擔了許多縣裡的工作；如果他願意的話，他一定會成為理想的鄉村牧師；此外，他還喜歡體育活動。實際上，可把他歸類為那種既可愛而又莊重樸實的男人，這些人平靜地生活在英國的各個角落，屬於典型的踏踏實實的英國男人。但是，浪漫的紅線這一次牽錯了對象，而這一錯誤又難以彌補。起初，我非常同情他。他那厚道的笑容以及頗具騎士風度的舉止，都難以掩飾他的愁容和困惑。他那張揚的妻子，言語中盡是勢力的味道，目睹他聞此而表現出的神態，我感到深深地憐惜。他妻子總喜歡說「合適的人」，唯一能引起她興趣的話題就是左鄰右舍如何會對她高看一眼，而每當這時少校不得不婉轉地轉移話題。單獨與我在一起時，少校總是在對妻子的實用主義作風誇獎一番之後才說：「她還沒有安定下來！她的生活圈狹窄，環境的改變讓她有些慌亂。」這位老好人的歉意只能如此了，讓我也很有感觸。我盡己所能履行自己的職責，不時讚揚女主人的美麗大方，感謝受到的熱情款待。

現在，有了閒暇時間，我可以好好地反思一下這種情形了。娶了這樣的妻子，真不好說少校是否值得慶幸。他有非常理想的職業，可以完全滿足自己慷慨大方的本性。結婚前，他是個孤獨的人，像所有孤獨之人一樣，對凡事都表現得有些心不在焉。現在，工作已然停頓下來，他要全身心地迎合這個有些冷酷和乏味的妻子。冒昧地說，若少校能活到 80 歲，他妻子也從不會懷疑他到那時還寵愛她。他永遠不會對她說任何生硬、粗暴的話，更不會責備她，充其量會委婉地講一些道理開導她，讓她別過於自滿。也許，他們會有孩子，親情會在他這位膚淺的伴侶心中覺醒，少校會成為偉大的父親；要是孩子繼承了他理智而溫柔的性情，他會在孩子身

上找到深切而持久的快樂。我想，如果娶了一位富有同情心的窈窕淑女，他反而會變得嚴厲，乃至自私，因為這激發了他最好的自我。他沒有野心，在某種程度上甚至有些懶惰，如果他的一切都有人體貼到位 —— 他的希望得到滿足，能把同情心慷慨地施予他人 —— 他就沒有任何領域施展自己的自制力了，而自制力卻是在這種情況下最為不可或缺的特質。我們往往試圖安排他人的生活，自以為比上帝安排得更好，可一旦細細思量起來，卻常常為自己當初的魯莽與遺憾而陷入深深的自責。若我朋友思想中有些弱點，若我認為他會因自己愚蠢的妻子而變得失去耐心、煩躁不安、粗暴生硬，事情會截然不同；但他情願站在妻子與世界的中間，哪怕她會讓他所有細膩的情感和良知都感到震驚和沮喪。他們會遍訪鄰居和好友，他會聽到她談論各種難登大雅之堂的瑣碎雜事，她會一再考驗他的耐性、容忍力和紳士風度；當然，他一點都不會令她失望 —— 即使在心靈寂寞時，他也不會坦白自己哪裡出了問題。哪怕對她最嚴厲的批評，他也不過敷衍了事，那不過希望她更為如一地展現自己最好的一面。所以，追根究柢，對於一個堅強的男人，世界上最糟糕的事情，莫過於成為一個劣等人性的堡壘和支柱。最初，他會感受到壓力，因現實與他的預想和期望大相徑庭。但他逐漸就會適應，畢竟他的妻子既健康又可愛，令他不捨移目，看到她就是一種快樂。的確，如果能教會她管好自己的嘴巴，注意傾聽他人，而不是沒完沒了地嘮叨，學會用美麗的雙眼心領神會地微笑，關心別人的愛好和品味，而不再盡問些讓人難堪的問題，不再不管不顧地描述自己的花園和雞舍，那時，人們就會認為她是位討人愛看、令人迷戀的女人了。但恐怕，無論是他還是她，都未明智地意識到這一點。若處在他的境況中，我自己也不會羨慕我朋友，那只會讓我的劣性暴露無遺，因為我知道，他比我強很多，但我一直相信，他注定會成為幸福的人。

少校

評論家

　　有些作家，有幽默感，有洞察力，能力出眾，智力超群，又博聞強記，語言犀利，實在令人欽羨，屬於真正生活在思想世界裡的人；然而，他們的作品，卻讓人感覺無比失望，如同在闃寂無聲的城裡到處遊走的小販發出的叫賣聲那樣大煞風景。小販做的是誠信買賣，為人節省了不少麻煩，他賣的也肯定是健康而廉價的商品。但他若能轉過街角，讓他那粗啞的叫賣聲漸漸消失，我會不勝欣喜；當然，若他沒了蹤影，聲音也不再聽到，我更會欣喜若狂。這種感受，在這些作家身上，也同樣適用。每每拾起他們的作品瀏覽，無論其中的語句多麼真實出彩，我都會感到惋惜，他們濫用了我所敬佩和珍愛的寶貝，如同拙劣的拍賣師，在大庭廣眾之下叫賣精美的雕塑，對著那些無法發聲的可憐的藝術品指指點點。

　　我想到了一位作家，也是一位著名的文人、評論家、散文家和傳記作家。因情形所迫，我有時必須要拜讀他的一些作品，可每當這時，總會不自覺地產生一種煩躁和牴觸情緒。他或許具有極其敏銳的嗅覺和炙熱的情感，文章充滿理性，觀點精闢而銳利；可是，通篇卻透露著令人生厭的傲慢自大，其中隱含的潛臺詞就是：只要有人與他的觀點不同，哪怕是微小的差異，那個人一定是個蠢人。他認為，他對書的精華瞭若指掌，遵循他的意圖閱讀總能或多或少地獲得啟示。這種想法經常是對的，但這才是悲劇所在。他缺乏一種儒雅之氣，常帶著一種居高臨下的傲慢態度，這是作家最致命的弱點 —— 這也的確對他的聲望給予了毀滅性的打擊。他把書籍和人物玩弄於股掌之中，以純熟大師般的手法進行剖析，卻最終讓人感覺他是位解剖學家。他把一切都清清楚楚地展現在你的眼前，解剖了動物

身體的每個纖維組織，把每個器官加以分類，追蹤每塊肌肉和神經，讓人不得不對他的權威性佩服得五體投地，感嘆他高深的造詣和淵博的知識。然而，所有一切中最精華的內容，那個活生生的靈魂，卻離他而去。

這位作家，還有一項更令人不屑的短板：他也受到了某種學術惡習的戕害，一旦對某位歷史人物或作家產生敬意，就再不能批評這個人了，只會想盡辦法讚美這個人，為這個人辯護，抹黑這個人的對手，就是說，用骯髒的字眼玷汙任何威脅到這個人的權威的人物。他對自己偶像所犯的過失只有寬恕，乃至讚揚，那些他不喜歡之人身上的該死的缺點，放在偶像身上馬上變成了出色得不能再出色的美德。他譴責史威夫特的粗糙，卻讚揚詹森的直率；他譴責羅伯特·布朗的晦澀，卻表揚喬治·梅瑞狄斯[096]的繁瑣。他永遠也不明白，勝利伴隨著人物崇拜。一旦你欣賞某位他所憎惡的人物，他就認為你取向變態，品味低劣。所以，每當他侮辱我所喜歡的人物時，我都感到心痛不已；每當他譴責我所憎惡的人物時，我又會羞愧難當。我總情不自禁地認為，我一定是對他抱有很大的成見，甚至當他帶著狂喜、以煩人的腔調對我仰慕的人物大加褒獎時，我都感覺自己的仰慕受到了玷汙。

我想，他所缺乏的一種特質，就是對美所應擁有的純潔、細膩而崇高的感受，這也是詩歌中最微妙的細胞。我的這位恃強凌弱的朋友為情感細膩取錯了名字，因此，他往往佩服不良品格，甚至誇獎他所欽佩之人身上所謂的感情用事。這種對美的蔑視態度，是建立在理性基礎之上，而不是建立在靈魂之上，是生活中最可怕、最邪惡之事。這種態度在科學研究中難能可貴，在政治抗爭中可以為人保駕護航，因為許多人尚未成熟，喜歡看到別人受到責難；在生意場上，它還能助人一臂之力，帶來財富、地位

096　喬治·梅瑞狄斯 (George Meredith, 1828-1909)，英國小說家、詩人。

和影響，但它永遠也不會激發信任和真情。在人生的舞臺上，這樣的人讓人既敬又畏，只有在他退出舞臺時，人們才會感覺如釋重負；而且，這種如釋重負的感覺人人皆有，恒久不變。

闡釋者

「聖靈的果子，就是仁愛、喜樂、和平、溫柔、忍耐、良善[097]」。這是智慧使徒的說法，他清楚地知道，激烈的爭端所帶來的苦澀與愉快，絕不會像攪兌的牛奶一樣平淡無味；「這種果實，沒有一顆懸掛在我們的朋友那生機勃勃的枝椏上。相反，他像令人討厭的南洋杉，枝條上爬滿了蜘蛛，能讓每一隻溫柔的手受傷，沒有任何一位睿智的歌唱家願意接受它的邀請，在它那邪惡的枝杈上棲息、築巢」。

只有一種評論家於我有助，他兼具謙卑和敏銳，能溫柔地引導我走向他曾親自小心並且耐心踏足過的地方，從不試圖醜化或損壞他不曾探索的區域。這個人將向我揭示我自己從未覺察過的關聯，指給我通向思想的祕密路徑，教會我如何開闊視野，從已知悄然走向未知；這個人告訴我星星和鮮花是能發出聲音的，寂靜的流水蘊藏著獨特的性格；他將為我揭開生活在這個陌生的人類世界中的希冀和恐懼以及那熱烈而繁雜的激情；這激情既把人類連接在一起，也把人類生生分離，如若受到狹隘的人生之籠的束縛，這種激情會變得莫名其妙、不可理喻 —— 它將穿越漫長而複雜的征途，誕生於令人驚詫的電光火石之間，它的容量如此龐大，它的加速度如此迅捷 —— 這才是我所歡迎的闡釋者和嚮導，哪怕他的知識與我不相上下；然而，如果我的嚮導永無過失，永遠藐視一切，如果他否認未見的事實，嘲笑未曾感受過的情感，那麼，我就會認為，總有一個對手蜷縮在

097 《聖經‧迦拉太書》5:22。

評論家

那裡，讓我腹背受敵。

現代年輕人

今天的經歷，令我感到愧疚不已。一位年輕的學者，剛剛認識的，過來看我並留下過夜。他個頭矮小，身材勻稱，面色蒼白，眼睛很大，嘴唇常愛翕動，表情豐富，也很聰明。坦白講，我本以為他是位害羞而溫順的年輕人，雖現在默默無聞，但遲早會出人頭地的。他沒有寫過什麼特別的東西，而我已經是這方面的老手了。

我們暢談了一番，話題涉獵到各個領域，但主要是關於書籍的。談話中，我突然醒悟到，他絕不是那種害羞而溫順之人，他也是這麼看待自己的。他屬於現代派的年輕人，頭腦中充滿新鮮的想法，引領著當今的思想潮流。很快，我又發現，他覺得我是一名守舊者，並不指望從我這裡獲取同情和智慧。他談論了一些現代書籍，觀點非常尖銳，這讓我意識到，他不但不想了解我的想法，甚至根本就不想傾聽我的想法，於是我就對他提出了批評。他聽取批評時彬彬有禮，但像大人在聽取小孩的意見。看出了事情的端倪之後，我就心甘情願地放棄了表達自己思想的念頭，聽任這種情形發展下去。我也暗自揣度，也許這是一個好機會，讓我可以徹底了解這個聰明的年輕人，知道一些現代的新觀念和年輕一代的走向。那些我們兩個討論的書名，我就不在這裡提及了，否則會招致怨恨。許多他給予很高評價的書，我都沒有讀過；同樣，許多我認為最為重要而且內涵深刻的書，他也一無所知。他鍾愛傑出的印象主義文學風格，卻並不太在意印象主義對生活真諦的揭示。那些理想化的品格，對他而言，似乎就是一種雖誘人卻輕率的宣言。他絕非心胸狹隘之徒，他讀過許多古今書籍，但他把那些似是而非的品格放於首要地位，而那些像燒鍋下燃燒著的荊棘一樣的

書籍，在他看來卻是閃爍著火花的炙熱之心。這位年輕朋友的弱點在於，他不但低估了經驗，而且不相信經驗可以向他闡釋世界。年輕人敏銳的洞察力讓他認為一切都無關緊要，成長對他而言，只是偏見僵化和凝固的過程，他沒能欣賞到那些簡單、溫情而又令人懷念的事物。隨著年齡的增長，我能越發感覺到生活令人無限憐愛的魅力：它的韻味，它的傷悲，它的沉默，它的無限夢想，它那逐漸黯淡的地平線。可他對這所有的一切都心不在焉，只沉迷於靠自己力量獲取的歡愉中。他喜歡珠寶光芒閃爍的飾面，喜歡那令人眼花繚亂、時斷時續的光環，卻不在乎珠寶內在的光澤。有一個問題一直壓抑著我，讓我苦惱，我迫不及待地想問：「他說的一切都正確嗎？我說的錯了嗎？」當然，我習慣性地認為，人們的年輕時代也是藝術成就的鼎盛時期，他們的正義充滿激情，他們的輕率魅力十足，他們的嚴肅決斷而無情，他們還不知道如何學習妥協的藝術和掌握約束的威力。如同其他的中年作家一樣，我總以為自己的青春在神奇地延續，在耐心和視野中獲取的一切尚未在烈火裡湮滅。但他會認為，我已失去了炙熱的光芒，我所認為的那些溫情而美妙的經歷，無非意味著疲倦和衰老的降臨。我經常自我反思，成就的成長總伴隨著精神的日益順從。在我的思想中，作家最值得可憐的，就是那些當初的衝動已然衰落，而藝術的純熟度卻日益提升。但我這位年輕的朋友，只看重慷慨而美妙的活力，喜歡刀劍之舞勝過小步舞曲。

　　終於，我意識到，他對我的感覺，就像哈姆雷特看到約里克[098]的屍骨挖出來時的那種感覺；他可悲地嗅到了腐屍的臭味，對我腐爛的狀況憐憫不已，為我倖免於暴屍戶外而感慨萬千。第二天早上，在我家的花園裡散步時，我發現他帶著真切的憐愛審視著我這種卑微而平淡的生活，如同一

098　《哈姆雷特》（*Hamlet*）裡國王的弄人。

192

個人把生活從機智而歡愉的晚宴中偷到了安靜的臥室，將它放在了一大碗燕麥粥的對面。然而，奇怪的是，我對他這麼做卻毫無厭惡之心。我不羨慕他的青春和傲氣，如果仍處在他的年齡，我會慶幸自己已逃離了這些。對我而言，世界充滿了變化萬千的美好感受、溫柔的祕密、遙遠的地平線，而這一切，他都無法感知。我想，他真的鄙視我對藝術耐心而真實的理解。他認為，人不該過度沉迷於工作，應該不時爆發一下，變成嘶嘶作響、突然噴發的火焰，像火箭一樣在人群上方掉落，放射出暴雨般金色的火花。

當然，我也許會像一根燃盡的柴禾一樣跌落下來，而這正是我感到羞愧的地方，覺得自己彷彿騰空而起，飛入到了一個未知的世界；可也許，這最終只是一次愉悅的幻覺，一種溫情的補償，一次上帝對中年人慷慨的饋贈。

現代年輕人

循規蹈矩者

　　我最近接待了兩位訪客，他們的到來讓我反思我國一些奇怪的社會習俗。本來這次會面並無特別之處 —— 可以稱之為典型的會客。其中一人不請自來，來訪的理由很簡單，說我們有許多共同的朋友，他讀過我的書，非常希望與我結識。

　　他過來吃了午飯，並逗留了一個下午。他外表英俊，個頭高挑，衣著得體，舉止禮貌，看起來有些保守，但舉手投足之間顯示出十足的紳士風度。他很善社交，表現得輕鬆自然。一開始對我還是老套的恭維一番，說他發現我寫的書極令他仰慕，說我總能把情感付諸語言，同樣的情感他也有，但總難表達出來。然後，我們轉入正題，5 分鐘後正事就談完了。於是，就想法填補剩下的時間了。我們在花園裡散步，一起吃午飯，之後又去散步。下午茶吃得早，然後我陪他去了車站。本以為他會與我探討我書中的一些話題，可他似乎並沒有這個意思。他最近在鄉下選中了一座房子，他似乎想告訴我這事，而我也願意傾聽，我向來對人們的生活方式感興趣。但出乎意料的是，我發現這是他唯一喜歡談論的話題。他向我描繪了他的房子、花園、村莊、鄰居，還有他的生活習慣、聚會，他向別人講述過的話，甚至他拜訪他人時的經歷。我成了他無語的聽眾。如果我試圖參與到談話中來，他就變得不耐煩起來，於是，我索性隨了他的意願，任他沒完沒了地自言自語。必須承認，從這個夥伴那裡，我獲得了很多快樂，他眼光獨到，看事精準。我想，自己從未在這麼短的時間內能對一位陌生人了解到這麼多，甚至知道了他早餐食物和午餐飲料。在車站告別時，他說今天過得很愉快，對於這一點，我十分確信。他一再懇請我去看

他，說與我結識非常高興。我們鞠躬致敬，微笑著揮手告別，火車漸漸駛離車站。

但有件事他從未想過，他根本未與我結識，我這麼說他一定感到很吃驚。是的，他參觀了我的家，但我家的每個細節都讓他想起那個比我家更好的他自己的家。他當然允許我了解他，但那並不是他的來訪目的。如果我是訪客，想寫他的傳記，他說的話一定會讓我感激不盡。他大腦中從未有過這樣的想法：這次會面絕非成功。顯然，他的興趣就在其自言自語之中，幾個小時下來他一直在滔滔不絕地講著。當然，他很自我，雖然他談論的話題大部分是關於他人的，但所有的人只是他從他那自我的鏡子中看到的樣子。在他的夢裡，我暫時還算個人物，對此我毋庸諱言。他會以同樣細膩的方式描述我，讓那些等在餐桌旁滿臉不悅的客人傾聽他的心聲。隨便提一下，這時他總愛來點威士忌摻蘇打水喝。

我並不是說人人皆是如此，但在這個世界上，的確有比我預料中還要多的人喜歡講述，而不喜歡感知。奇怪的是，我朋友竟然認為以禮貌的形式作為開場白是必要的，而我認為那只應發生在禮拜儀式上，比如說「上帝與你同在」，就相當於幾天前一個法國人所說的：「你的存在就是你的價值。」

▎給予與索取

很難向這種人表達思想，事實上，根本就不可能與他們進行交流。幾天前，一位我熟悉的女士犀利地指出，「不要告訴別人你怎麼樣，他們根本就不想知道。」

我認為，那些真心想了解你的人，那些死纏爛打追問你的愛好和習慣的人，幾乎與那些純粹樂於講故事的人一樣令人厭煩，與他們結交會讓人

感覺患上了道德上的疑病症。完美的結合並不常見，那個人應該既想傾聽，也願意講述自己的經歷。還有一種更難說得清的人——他們早來晚走，卻只是貪戀娛樂，既不想了解他人也不想交流，常常是呆呆地坐在那裡，一言不發。這3種人都不討人喜歡，但其中最不令人討厭的，還是習慣性嘮叨的人，因為我們至少可以了解他們的想法。

像我這樣的人，總想參與到談話中去，與人正常地交談，但這種常規方式有時對我這類人會造成風險，一旦遇到不肯就範的，就會被牢牢地套在絞刑架上難以解脫。交談中，我喜歡保持適當的平等地位，想聆聽別人的觀點並進行比較。我不想撒謊，不想像商船接近海盜船時那樣，不時受到炮火攻擊，直到投降為止，更不想親自動手去攻擊別人。

奇怪的是，人們一如詩篇中的聖人，在榮耀中竟變得如此忘乎所以！他們似乎完全陶醉於自己的目標和方法，甚至根本就沒有懷疑自己會被放大或拔高。他們中的有些人想交流，有些人甚至不希望有人與他們談話，只有少數人樂意洗耳恭聽，但令人欣慰的是，仍有一小部分人既想傾聽也想分享。

客人非常盡興，我應該高興啊，但我仍情不自禁地想到，我的車夫也許會做得跟我一樣好——事實上，他會做得更好，因為他沉默寡言，不願發表任何悖逆的想法，因此也討人喜愛。

客人留給我的印象，就像花圃裡跳上窗臺的蚱蜢，牠停留在窗臺上，目光空洞，長長的馬臉毫無表情，不時捻動著長鬚，乾癟的手臂來回揮動，發出吱吱的聲響。觀察牠枯燥的動作，聽著牠冷漠而單調的叫聲，都會讓我感到焦躁。我的客人和蚱蜢都沒有歸屬到人類情感的範疇，我對他們只是有些好奇，乃至懷著一種娛樂的心理看待他們。他們之間唯一的區別在於，我拍手時蚱蜢會嚇得像飛魚一樣竄到空中，然後再掙扎著落在

月桂樹葉之間。然而我的客人，我越對他拍手，他願意停留的時間就會越長。

公立學校的校長

　　一兩天後，來了另外一位客人，與之前那位客人截然不同。他年輕、健康、富有朝氣，最近剛到一所大型的公立學校擔任校長。他是我一位老友的兒子，接到我的邀請才過來拜訪的。他和我待了一整天，給我留下了迥然有異的印象。他屬於越了解他就越尊重和喜歡他的那種人，身上沒有一絲偽善虛假，我能強烈地感受他的踏實、正直和忠誠。但是，初次見面時，除了表現出英國人固有的矜持之外，他還顯露了所有讓英國人在歐洲大陸受到鄙視的特質，這些特質誘使那些只對英國人有著膚淺了解的富有的外國人把我們當成野蠻民族。他是個有趣之人，既有羞澀的一面，又有自滿的一面；在矜持有禮的同時，還想展示出獨立性，兩者在他的身上苦苦糾纏。他行為拘謹，不太好接近，詼諧中帶些粗魯和低俗，但我確信他的本性並非如此，只是針對我認為他羞澀的這種想法表示出來的一種抗議。他很迫切地想要說明，他與我一樣是個好人。我當然是這麼認為的。他嘲笑鄉下的枯燥，打趣說這讓人都發霉了。他不明白，他不該把這些事情強加給我。事實上，現在這個階段他考慮的只是自己，雖然他不是放得開的人 —— 那些放得開的人首先都會對人一番恭維，然後再轉回到更令自己愜意的狀態裡。我的這位年輕朋友，一旦接觸到他，就知道他定會越來越善解人意，讓你覺得與他交往大有裨益。他的行為在公共休息室或排球場上才有，屬於那種古怪的英式幽默，雖無意粗魯，卻把飛鏢笨拙地投射到鎧甲的軟肋之上。正是這種幽默，使英國公立學校的生活紀律井然有序，因為幽默使人們能夠容忍批評，也不害怕嘲諷，可是一旦從學校畢

業，他們又忘記了如何去幽默。幽默中匱乏情感或禮貌都會讓人覺得有些生硬。

但當時，我並不喜歡他。他帶著輕蔑的笑容審視著我的家，說他不願意自己拾掇花園。在禽舍，他嘲笑跳蚤；在書房，他說沒時間翻書。我問他學校生活情況，他回答說很不錯，讓我放心，只要知道怎麼對待孩子，他們就會變得很乖。他向我講了一些有趣的事情，還提到了那些能力差的孩子。他說自己的大部分工作都是無意義的；但提到他學校有一個一流的排球場，還有一個很棒的職業隊。

其實，這個年輕人在古典文學上造詣很高，而且我知道，他是位受人尊敬的校長。他既聰明又睿智，工作效率很高，他讓孩子們學會了學習，而且心滿意足地學習，受到孩子們的歡迎和由衷的信賴。他從不做卑鄙下流的事情，是絕對的模範好男人，直率而可敬。我承認，有了這些特質，人在社交場合的一些瑕疵就不值一提了。然而，到底是什麼讓人有了這些出格的魯莽無禮，從而造成膚淺的假像：人人都是古怪、下流和不誠實的呢？這種人的幽默，屬於那種一旦在公共場所發現某人外表、行為和環境上的缺陷，就想當然地認為這個人別有用心，從而大聲號召人們去注意的那類幽默；我的意思不是說這個年輕人認為我古怪、虛偽，而是說他的這種幽默讓人們產生了這些遐想。如果他認為自己給我造成了痛苦，他會傷心不已，他本來只是打算把一種善意的幽默放置到當時的場景中；換到自己身上，如果受到同樣的嘲諷，他只會把它當成一種示好。

事實上，這的確是一種學校孩童式的幽默，只是它姍姍來遲，落到了這個青年人身上。在學校裡，孩子們會把嘲諷當成友好的表示，他們考慮的只是同伴娛樂的需要，從不考慮受害者的感受。但我確信，無論方式如何，延長孩子們的童真時光，已經成為了當前的趨勢。今天，學校中的每

件事都被安排得更為井井有條，和過去相比，年輕人把孩子的天性保持得更為長久。這個年輕人的成長環境從未改變過，即使在大學畢業時，他依然保持著孩子般的性情。畢業之後，他又回到了學校孩子們的世界裡，所以，他還沒有發育成熟，他犯的錯誤就是把自己當成了社會中的成年人。此外，我們的國民性格 —— 對直率、坦誠和直言不諱懷有偏愛，往往認為表現禮貌、情感和體貼從本質上講是不真誠的，所以人們根本不想克服自己的直率和坦誠。但若兩者能再與尊重和同情相結合，就能構成世上最令人怦然心動的高雅。雖然我認為態度的根基從不受外界事物的影響，並為此感到自豪，但實際上，態度卻是一種很容易受到影響的情緒，因為它的基礎是虛偽的羞恥之心。像我這位年輕朋友那樣的人，從不肯說出自己真實的想法，也幾乎不考慮他所說的話是否恰當。他是位情操高尚、聰慧理智之人，但他認為讓別人了解自己的真實想法是一種自負的表現，因此，他自己也因未意識到這一點而自負起來。自負的本質，就是一種自滿的態度，希望高人一等也是自負；這位年輕的朋友，在思想深處確定無疑地認為自己在禮貌、同情心和情感方面超越他人、高人一籌。

因此，我不特別喜歡他的來訪，因為與他相處讓我感覺不太自在，我無法真誠地表露自己的想法，只好選擇能調動他情緒的話題。

事實上，因為我們英國人的沉默寡言，已付出過高昂的代價。或許，我們讓一些愚蠢且過分熱情的人保持了秩序，抑制了情感的宣洩，抹平了虛情假意，但或許大量質樸而坦誠的人也因此閉上了嘴巴，失去了多姿多彩的性格，而思想也錯失了真誠交流的契機。

孤獨

　　世界上有些人，可以確定，生來就是孤獨的，他們從未想過拉近與他人的關係。他們並非一定是心懷不善之人 —— 實際上，他們有時表現出極大的友善，可一旦涉及構築更親密的關係，他們就因隨之而來的責任而感到驚慌失措、沮喪氣餒，於是關係變得不是親近了，而是冷淡起來，更為急迫地主張起他們的權利來。這些人，其實並不快樂，但他們避免了由親密關係衍生的壓力所帶來的痛苦，也沒有讓失落感和喪親之痛撕裂或摧毀他們的心靈。他們也許錯過了最真的快樂，但也不必因追逐情感而遭受懲罰。

　　我有位老校友，就屬於這種人。雖然他足夠和藹可親，也喜歡交際，可本質上講，他的精神是孤獨的。在這裡講述他的人生不會對他造成傷害，因為主角都已亡故多年。

　　他與我一起上大學，但隸屬不同的學院。也許兩人性情有些相似或相投之處，我們成為了最親密的朋友。雖然他總向我袒露自己的祕密，但我仍有種感覺，他的身後築有一道籬笆，我從未被允許走過。很可能因為我從未顯露過想了解更多的跡象，總是他告訴我多少就是多少，所以他才發覺與我相處很輕鬆自在。

　　他大學畢業一兩年後，我收到了他的消息，說他訂婚了，馬上就要結婚，這令我非常吃驚。我去城裡他的住處看他，他帶我見了未婚妻。她是我見過的最美麗迷人的女孩，他們兩人，如常言所說的那樣，的確是天作之合，愛情也如膠似漆。必須承認，從外表上看，我朋友也很出色，他有一種氣場，一種個人魅力；此外，他身上帶著些許的神祕感，這也平添了

他的魅力。他們婚後的一段時間，外人看來非常幸福。然後孩子出生了，是個女孩。我時常去看望他們，我感覺我朋友找到了他想要的一切：一位既美麗可愛而又聰慧的女人所給予的伴侶關係。

正是在孩子出生的那年，我意識到他們之間出了問題，有個陰影似乎已在他們頭上盤旋。在海邊的避暑房，我們一起待了幾天，這期間我了解到他的一切並非都那麼如意。我朋友看起來心事重重、煩躁不安。他妻子的深情和焦慮，也同樣令人同情不已。在行為舉止上，他沒有表現出任何的冷漠或粗暴，但在我看來，他的體貼和溫柔有些異乎尋常。一天早上，我們出來在懸崖上長久散步，留下他妻子在家裡陪伴一位過來看她的校友。他突然神情堅決地對我說，有一件事想徵求一下我的意見。我表示隨時願意提供幫助。我急切地想知道發生了什麼事，但他卻隨即陷入了沉默，過了很長時間 —— 我們就一直坐在綠草淒淒的海角之上，俯瞰著夏日裡廣闊而平靜的大海 —— 我想，他也許為自己的決定感到後悔了。終於他開口了，我不想重複他的話，但他帶著驚人的平靜對我說，他發現不再在乎自己的妻子了。他說得很平靜，這不是因為喜歡上了別人，而是因為他覺得自己的婚姻是個錯誤，他是一時衝動訂的婚，而這種衝動現在已經消失了。在熱戀期間，他能向妻子敞開心扉無所不談，而現在，他不再有這種想法了，不再想與她分享自己的思想了；他知道，妻子也意識到了這些。他說，看到她想方設法去找回他的信任，他感覺她非常可憐，自己也因此心煩意亂；他試圖與她無拘無束地交談，但他這種渴望並不真誠，這種努力也讓他極其痛苦。他說，一想到妻子竟然與他牽扯到一起，就感覺心情沮喪。他完全知道，妻子對他的深情並沒有任何改變，也不可能改變。他問我最好做些什麼？他是應該繼續抗爭自己的意願向她表達情感，還是應該竭力讓她默認這種變質的關係？是應該坦誠地告訴她發生的事

202

情，還是應該 —— 他承認自己更願意 —— 與她分開？「我感覺，」他說，「我失去了世界上我唯一關心的東西 —— 我的自由。」我所描述的情景，聽起來讓人覺得我朋友的行為似乎極其自私和冷酷；但坦白地講，情況完全不是這樣，當時他說這些話時，情緒低落而悲傷，就像一個犯了大錯的男人，感覺自己有愧於自己應該承擔的責任。談到妻子時，他帶著深深的憐愛，彷彿為自己的輕率傷害了她而感覺心痛不已。他毫無留情地痛斥自己，坦白說，他一直知道放任自己的激情隨波逐流是他犯下的大錯。「我希望，」他說，「這也許是我新生活的醒悟，是我邁入內心世界的開始；一直以來我都被排除在外。」他接著說，為了她的幸福，他可以做出任何犧牲 —— 他帶著奇怪的表情看著我，莊重地說，如果他的自我了斷可以帶給她幸福，他絕不會猶豫不決。「但只要活著，就要生活，」他說，「我不能自殺，我的人生已成為一部令人厭倦的連續劇，我不可能是我自己，而注定要扮演一個不真實的角色。」

我給了唯一可能的答案 —— 我認為他已經承擔了責任，他應義不容辭地完成它。我還說，他未來的心態取決於他能否順應形勢，哪怕成為烈士，也在所不惜。我說，如果我相信這是天意在指引人生，那麼這就是他生命攸關的時刻，能承擔這一崇高的角色是他的幸運。

「是的，」他面無表情地答道，「如果這單方的行動可以稱之為英雄行為的話，我想我可以做到。我所不能承受的，是把我漫長的人生粉飾了偽善的妝容；另外，這也不會成功 —— 我不希望一天天欺騙下去。」

「好吧，」我說，「這只是一種可能，但我想你應該嘗試一下。」

「謝謝，」他回答道，「你不介意我問你這個問題吧？我想這會讓事情更明白一些，我基本同意你的觀點。」之後，他又恢復了往日的平靜，開始談論其他事情。接下來的情形有些奇怪，我不知道他對妻子說了些什

麼，但在我與他們相處的幾天裡，空氣中有股異樣的氣氛。他想方設法安慰她，不管怎樣，她的焦慮似乎一度消失了。幾天後，我準備離開時，他們的孩子病了，不到一週就夭折了。這個打擊讓他妻子難以承受，不到一個月，她也步了孩子的後塵，撒手人寰，只留下我朋友孑然一身。在我看來，這似乎是以一種可怕的方式遂了他的意願。在他妻子的葬禮上，我一直陪伴著他。當重壓獲得解脫時，人身上表現出來的平靜也暗示著倦怠，這種說法令人感到恐怖嗎？但他的人生注定也是短暫的，大約兩年後，如他期望的那樣，他悄然離世。在此之前，我隔段時間就去看他，他從未再提及之前的話題，我也不願再提起。只有一次，他提起了妻子，「我感覺，」有一次他對我說，非常突然，「她們母女兩個正在某個地方等著我，她們知道，我也希望當擺脫這邪惡的身體時，我也許會脫胎換骨，值得她們去愛。雖然我沒弄清楚這是怎麼回事，但這種想法一直隱藏在我心中。別把我，」他轉過頭來對我說，「想成非常殘忍的人，我已經盡力了，但我想我還沒有能力容納真正的情感。」

▎局限性

這是一段令人唏噓感嘆的故事。我的感受是，雖然我們總能認知身體和智力上的局限，卻沒能充分認知人道德和情感上的束縛。我們認為意志主宰生活，這是一種一旦選擇就可以利用的東西，卻忘記了意志與其他所有的官能一樣，是有嚴格的約束條件的。

劍橋講師

　　在劍橋，我有個熟人，叫約翰‧梅里克，他每隔一段時間就來看我，當然，他也是我願意接觸的人。他既是學院的講師，還是研究生，是靠助學金從一所小學調上來的。他工作努力，性情溫和，在船隊擔任槳手。他朋友不多，因他處事淡然，直率而博學，所以很受人尊敬。他不愛出頭，可一旦需要他做什麼，他會自信滿滿地認真做好。他很有生意頭腦，在不少學院擔任文祕或會計。以優異的成績獲得學位後，他當選為研究員。利用這一機會，他去德國學習了一年，回來時已是一流的德國專家了，對德國的教育方法爛熟於心。之後不久，他就獲得了講師職位，我認為他是現任講師中最優秀的，他熟悉自己的課程並走在了前沿。他的講座思路清晰，簡練有力。不僅學術上出類拔萃，他還非常講究實際，他手下的人也做得不錯。一次業務交往中，我認識了他，他留給我友好親和的印象。因為平時幾乎沒有時間鍛鍊，他就在星期天獨自長時間地散步。我邀請他過來看我，他就在一天清晨從劍橋一路走來看我，到我家時已是午飯時間。下午，我陪他往回走了一段路。從那時起，他一般一兩個星期過來看我一次。我不知道他這麼做的目的，因為我總以為，他對我的生活方式和思維模式在尊敬中帶著輕視，但那也成了我們長時間散步的緣由。此外，他還喜歡了解不同類型的人。

　　他 45 歲左右，瘦小精悍，給人一種受過某種一流訓練的印象。他的臉是橢圓形的，肌肉緊實，帶著某種剛毅和自信，看上去有些與眾不同。頭髮又黑又密，蓄著修剪整潔的短鬚，其中夾雜些灰髭。他雙手醜陋，但很有力，步伐踏實。衣著雖不時尚，卻很整潔，黑色西服相當筆挺，領結

也是黑色的，戴著淺黑色的帽子，穿著鬆緊帶便鞋。如果在路上遇見他，會以為他是某個寄宿學校的校長。

他非常體貼，有禮貌，總是提前幾天通知我要來，這樣如果我碰巧不在家，可以讓他寄明信片。如果下雨或有事來不了，他會從未例外地打電報通知我。他的大腦是我所知道的最充實、最管用的，雖然忙於各種業務 —— 他是三個董事會的文祕 —— 他卻總能及時掌握任何情況，並馬上就知道如何處理它們。他之所以如此遊刃有餘，完全得益於他能夠有條不紊地利用時間。他每天早早就起床處理信件，只要有來信，他就盡可能當天回覆。之後就是看報，然後一上午的時間講課和輔導。下午開會，然後又是輔導，直至晚飯。晚飯後，他在房間裡讀書到半夜。他似乎有著用不盡的精力和體力，從沒人知道他疏忽或拖延過什麼。實際上，他是個有能力、會辦事、受人尊敬的人。他尊重每個人，對任何人都一視同仁，包括學生和同事，哪怕面對學術前輩，他也表現不出害羞或慌亂。有一天，在我這裡遇到了一位難得一見的貴客 —— 這個人政治上很有成就，來我這裡就是為了過一個安靜的週日，順便討論一下安排我寫的一篇重要文章 —— 即使面對這樣的人物，梅里克的行為也無可挑剔，既不唐突也不失恭敬，仍然是那個充滿自信、不受外界干擾的梅里克。

我願意時常見到梅里克，雖然他不是那種典型的大學老師，但卻是那種在今天容易被推選為代表的人物。那些大學老師總是帶著眼鏡，頭髮蓬亂，不拘小節，心不在焉，過著如貓頭鷹一般的生活。這樣的日子已一去不復返了，取而代之的是生機勃勃的職業人，他們喜歡忙碌而有序的生活，雖不是特別了解世界，卻是世界有趣的變體，他們的社交群體狹小而固定，憑藉認識某一階層的人，掌握某一領域的「專門知識」，獲得了榮譽並享受著尊敬。

然而，假如與梅里克相處一段時間，我就會感覺非常壓抑。首先，我與他的文學觀點完全相左。他頭腦中有個體系，他按照這個體系把作家歸類，除了他認為重要的作家之外，其他人都不會受到他的青睞和尊敬，無論何種作家，他都不屑一顧。他可以把作家準確地安排在英語發展史上的某個位置，卻從未懷揣敬意深入接觸過他們，並以此探究某個或神祕或神聖的奧祕。相反，他只對技術環節上的成就充滿敬意。事實上，他從作家身上獲取的愉悅感，只是從認識了這位作家並對他加以分類獲得的。他檢驗新書價值時的表現，就像馬販子驗馬時的表現一樣，先觀察馬的動作，再衡量牠的優劣，最後如做買賣一般評估其價值。

　　與人相處，也是如此。他對人性格的判斷狡黠而刻薄，對人的弱點敬而遠之。在信念上，他態度激進，強烈擁護權利平等，認為社會主義不切實際；他對運動總是很感興趣，對人卻興趣寡然。

　　但他很少，可以說從不，讓人揣測他對人的看法。如果尊重某人，他就會坦誠地表露出來；但對不贊許的人，他會隻字不提。只在僅有的幾個場合，我才得以窺視到他思想的深處，我吃驚地發現，他情感強烈，而且這情感還會階段性的爆發出來。顯然，他蔑視所謂的上流社會，認為上流社會的優越感非常虛偽，認為他們只是擁有權位，卻完全缺乏道德目標和理想。我談論過一些出身高貴的人，認為他們彬彬有禮，有親和力和同情心，他卻明確表態，這些人是一種成本高昂卻不切實際的產物。我發現，對底層社會他也存在蔑視，但完全不同於對上流社會的蔑視，他認為底層社會的人不知節儉，不思進取。實際上，職業中產階級，在他看來，似乎獨享所有的美德：知書達理，質樸真誠，令人尊敬。

　　對兩件事，藝術和音樂，他毫無欣賞之心，認為它們只是無害而高雅的擺設，但令我憂慮的，恐怕還是他對待這些事情上所表現出來的冷

漠 —— 清醒而理智的冷漠。他從未對藝術和音樂表示過反對，只是把它們當成可有可無之事。這不全緣於自滿，因為他身上沒有一絲的虛榮和自以為是，然而他的態度卻無法讓人對他進行駁斥，因他沒有絲毫偽裝出來的優越感。他執意認為自己是正確的，卻沒有興趣勸說他人；當人們知道得更多，當人們拋棄情感上的偏見時，他確信，那時，人們的感受就會與他不謀而合了。

與人討論時，他絕不教條，對於提出的異議，總是坦率地曉之以理，甚至刻意引用先例為對手打圓場。他受過良好的教育，沒有絲毫的矯揉造作，這些品格讓他在任何場合都成為座上賓。他可以坐在商人旁邊，與之把手言歡；如果命運使然，也可以陪伴國王，與他推心置腹。

這個人的行為方式和交往方式都值得欽佩，很難說就是這個人不時激勵著我，讓我對他產生既氣惱又敬畏的複雜情緒。我氣惱，因為我認為他從不把世界上最美好的事物放在心上；我敬畏，因為他的堅強與完美如此與眾不同。要是給予他絕對的霸權，他會公正而平等地運行政府，他唯一能行使的暴政，就是遵循常識；他唯一能挑剔的事情，就是發現任何形式的違理之處。我自己很喜歡講道理，認為這是一種美妙而優秀的品格，很可能贏得世上所有最偉大的勝利，但我仍渴望世上還存有某種額外的驅動力。對我而言，梅里克只是代表了一種超級強大的管理權力，沒有他時，服從和管理變得順理成章；但他出現時，又感覺自由被莫名其妙地剝奪了。對於與他為伴，我從未抱有幻想並任意揮霍。他禮貌地大笑，也許是一種讓人洩氣的反駁，他會認為我的奢侈是一場愉快交談中的花絮，但他認為我不適合在理事會工作。我想這不是他對我有意識地評判或責備，反而認為這是他下意識所為，於是心中充滿了無名之火。

寫這番話時，是在星期天晚上，在與他一起度過一兩個小時之後。我

在通往劍橋狹長而筆直的路上與他告別，他的面容清晰可見。「請回吧，好嗎？我必須走了，謝謝您的午餐，再見！」他的笑容很生動 —— 在這種場合，他從不握手告別。我站在那裡看著他慢慢走開，靴子有節奏地抬起、放下，拐杖也是有規律地落下。他未再回頭，但無疑他已陷入沉思之中。對於離開我後他該做些什麼，他早已心中有數。

就這樣，這個瘦小、精幹的男人，像維護法律、禮儀和秩序的精靈，拖著沉重的腳步一路走了下去，前面是縱橫交錯的田野，遠處有密密麻麻的叢林。在我看來，他是理性和文明的化身，對自己的思想瞭若指掌；他是人性的教官，帶著強烈的責任感，對所有懶懶散散、沉迷幻想、猶猶豫豫之人毫不留情。他與人為善，品行高尚，能力出眾，是多麼令人尊重啊！他是多麼出色的嚮導、導師和守護神啊！然而，令我感到無奈的是，他卻沒有擁護者，他自己也從不嚮往世界上的可愛與美好。有些作家，尤其是一些牧師作家，經常使用「精神」一詞，令我非常反感，因為這個詞經常意味著，對於需要他們親自提供的行為動機缺乏整體的了解。但是，當我把目光落在梅里克身上的那一刻，我明白這個詞意味著什麼了；雖然梅里克有著各式各樣的優點和美德，精神卻是他唯一欠缺的優秀品格。我不清楚這種品格的含義所在，但我確確實實地知道他沒有這種品格。在梅里克乾枯的思想映襯下，我寬恕了所有渾渾噩噩、猶猶豫豫之人的罪過和愚蠢，寬恕了他們變本加厲的無能以及一無是處的現實，因為我知道，不知不覺中，他們竟以拙劣的方式掌握了兩條偉大的真理：「末期還沒有到來[099]」和「將來如何，還未顯現[100]」；他們甚至沒有看到那模糊的目標 —— 在那裡，藤蔓滋生的懸崖峭壁包圍著山谷，那裡的世界白雪皚

---

099 《聖經·馬太福音》24:6。
100 《聖經·約翰福音》3:2。

皚，雲霧茫茫。但對梅里克而言，他確切地知道我們是什麼：關於人生的歸宿，世界之路通向的是一幢乾淨整潔、布滿石柱和山牆的古典建築，即人們常說的理智與常識的殿堂。

我不了解梅里克的宗教觀，學院教堂禮拜時，他總是表現得莊重肅穆，但我想，他是位不願多言的不可知論者，絲毫不在意個性的承受力，他所期望的，是可以列成表格的發展狀況，犯罪率下降的統計數字以及可以確診的疾病，我相信，這也是他對天國的理解。

教區牧師

　　一直和朋友住在約克郡的一處偏僻地方。在那裡，經常可以看見一位可憐兮兮的教區牧師。這種類型的人越來越常見了，這一現象讓我對英國國教的未來有些憂慮，因為他們根本無法適應今日社會的需要。他是小縣城律師的兒子，曾在當地的一所文法學校讀書，然後上了一所劍橋學院，並在那裡獲得了學位；之後，上了神學院，是那種相當高級的高教會派的神學院。雖然接受過所謂的古典文學教育，但他對任何學術研究都沒有特別興趣；他的努力剛好讓他獲得了學士學位。他不愛運動，在劍橋的讀書時光裡他的交際圈也乏善可陳。此外，他對讀書、遊戲，政治、藝術甚至農業都不感興趣，只是在思想稍微活泛時去了神學院，接受了崇高的基督教思想的教導，樹立了自己的職業高人一等的人生觀。他沒有審視自己信念基礎的衝動，只是溫順地吸取傳統的理論和主張，比如神權傳遞、實體企業教堂、聖餐儀式上的獻祭理論等等。他崇信懺悔，卻小心翼翼地說，這不是反覆灌輸產生的想法，只是受到了指點，再根據自己的實際經驗獲得的。他也接納了禮拜儀式的慣常做法。曾有一段時間，他擔任鄉下的教區牧師；期間，娶了一位牧師的女兒，而神學院恰好給了他維持生存的方式，也算是一次及時的祝福吧。他有了自己的謀生之道，過得也還算滋潤。順便說一下，他心地善良，如果認為是自己應行使的職責，就會盡心恪守。星期天，他要主持許多分布在不同地方的禮拜儀式。他每天都在教堂裡做晨禱和晚禱，在宗教節日還要布道，但他似乎完全不清楚其教區居民的想法和行為，也沒有特殊的欲望想去了解。他很勤勉，經常拜訪教區居民，舉辦講座，傳播教義，但他為人沒有一點幽默感可言。他所把持的

宗教體系，對他來說，再顯而易見不過，沒有任何可以質疑的地方，所以從未想過人們是否會持有不同的宗教觀點。我經常上教堂聽他傳道，他的布道要麼是闡述崇高的理論，要麼是被指為帶有女性化的傾向，對道德觀論述得過於瑣碎細膩。布道的內容有關於教堂禮拜的責任，對聖經語言的褻瀆行為、快樂的聖化儀式、家庭禱告的可取性、宗教冥想、聖人的案例分析、虔誠祈禱練習的益處、生命的獻祭、聖餐儀式和天使的神職等等。但這些內容似乎與日常生活相距甚遠，只有閒得無聊的人才可能被成功地培養為宗教信徒。我並不是說，這些都不具有高雅之美，但我確實感覺，通常情況下，農民和工人並非位於這種思想可以傳播並獲得熱烈歡迎的舞臺上。我見過他主持兒童禮拜儀式，那些洗漱一新的嬰兒和滿臉笑容的女孩簇擁在他周圍，而他則表現出了無比的滿足，坐在聖壇臺階的椅子裡，以一種慈父般的姿態，引導孩子們冥想聖母瑪利亞的童年。每當描述到聖經中的一個情節時 —— 他喜歡這麼做 —— 總像在描述一扇彩色玻璃窗。他所鍾愛的品格，就是溫順、謙恭、敬業和虔誠，他往往引用使徒的故事闡述他的教理；而這些使徒，我們往往只知道他們特別謙恭，但對他們其他的事情知道得真是少之又少。不管怎樣，現實情況是，當今社會已無他的棲身之所，雖不能說他生活在中世紀，因為他對中世紀知之甚少，但他應只活躍在天堂之中，裡面棲身著隱世的童貞女和溫柔的聖人。他所宣揚的美德，無非是信仰；理性反抗得越多，信仰上帝獲得的勝利就越偉大，而這些對上帝的信仰，也包含了對上帝信仰不容置疑的接受。

所以，女孩子喜歡他，男孩子嘲笑他，女人敬佩他，男人則認為他娘娘腔。為教堂多添置些家當，是他的一個目標，為此他不遺餘力地籌集善款。他對外國的傳教機構興趣索然，也不相信科學，對於社會問題，他更是坦率地表達了不屑。談到失業問題，他帶著堅定的神情說：「不管怎

樣，必須記住，要解決這些令人不快的困境，唯一可行的辦法就是依靠精神的作用。」

　　他最可憐的地方就在於，總是一副自得意滿的樣子，完全未意識到自己的錯誤。他不明白，人們要信仰宗教，必須也只能依賴哄勸，必須有人引導他們對自己的性格和生活產生興趣。他的想法卻是，教堂就在那裡，一個神聖而令人敬仰的地方，不容置疑地就可獲得人們的擁戴和忠誠。在他看來，禮拜是人的第一職責，也是對人的一種優待，若他發現教區居民中有人認為禮拜儀式單調枯燥、晦澀難懂、討人厭煩，他會把這個人看成令人憤怒、墮落而不敬的子孫。牧師有一個機會可以獲取教區居民的信任，那是在為孩子們實施堅信禮時。教區牧師要接見這些孩子，每週不斷地單獨接見，讓他們學習有形教會的理論和日常懺悔的益處。然而，我必須可悲地坦承，這些根本不像基督教，沒有了耶穌基督關於日常生活與付出的那些精采、質樸、溫情而理智的教誨，沒有了善良、純潔和無私的職責，取而代之的是他精心描繪的儀式和禮節，都附帶上神祕的精神力量，而這些在普通勞動者孩子們的生活中實在沒有發揮任何作用。若他想了解馬的一些特徵，而不是天使的一些特徵；若他想研究農作物的輪作，而不是復活節季的輪迴，那麼，他會發現自己更為人性一面。若他整日忙忙碌碌都是為了替教區的孩子們搶占先機，他定會很快在教區居民心中贏得一席之地。而他所做的一切，無非是給了一個離家去附近農場工作的耕童一本帶有醜陋而傷感插畫的入教指南，並要求這孩子日日夜夜地誦讀它。

　　他妻子也屬於這種類型，呆板正經，一潭死水，對丈夫信任有加，願奉獻一切去促進丈夫事業的發展。他們有 3 個同樣循規蹈矩的孩子，對他們最大的懲罰就是不允許他們到主日學校上學。

　　假如一個人畢生都致力於他認為是正確的事情，我們不忍心嘲笑他，

但牧師似乎無法掌控現實，無法利用想像力或同情心投身於人們所需的事業之中。他不相信世俗教育，認為世俗教育使人們變得貪得無厭，失去信仰。他很慷慨，從不吝惜把錢財投入教堂建設，但他不崇尚他所謂的不加選擇的慈善。他會向你講述他在管理教堂期間最令他感動的一件事：一位貧苦的老嫗在臨死之前託付她丈夫花費幾先令買下了一件祭壇前的飾物。他每年都舉辦主日學校晚宴，剛開始往往是唱讚美詩和聖歌，「張開你的手」，他用渾厚的聲音說道，然後孩子們齊聲開唱：「使有生氣的都隨願飽足。[101]」每天一個小時的禮拜儀式結束後，他都感覺十分愜意，但因為他堅持要用合唱的形式完成整個禮拜過程，所以禮拜本身也變成了一件枯燥之事。矮小的男孩穿著短袍，下面套著筒襪，在簡陋的風琴響亮的伴奏聲中，高唱著聖歌或吟誦著枯燥的禱詞。按照他所謂的虔誠方式，他選讀了《聖經》原文，包括背誦所有的段落，「底波拉[102]之歌」或者「基甸[103]的勝利」，彷彿這些都能勾起他那悲傷而可憐的回憶。他喜歡「葛利果聖歌」和「額我略聖歌」，他的合唱隊成員包括一名淋巴結核患者、他的花匠和車夫，還有一個破產的木匠 —— 愛好酗酒並沒完沒了地懺悔。他總是小心翼翼地說自己並不建議引入合唱儀式，「這是在一些熱誠而虔敬地給予過幫助的人們強烈建議下，才不得已而為之」。

事實上，如孩子們所言，這個人是個真正的傻瓜，他身上既沒有陽剛之氣，也沒有理性和生命的活力。他有時悲嘆教區居民對所謂真正牧師精神的冷漠，但從未想過把自己的理性與《福音書》或現實社會的真實狀況進行過對比，他似乎陷入困惑之中無法自拔。他會像那些有德之人或愚鈍之人一樣固執，堅持認為自己所極力主張的宗教體系是對基督精神一種精

---

101 《舊約·詩篇》104:28。
102 Deborah，伯來女先知，曾幫助以色列人戰勝迦南人。
103 Gideon，又名叫耶路巴力猶太勇士，曾擊敗過米甸人。

準而審慎的延展。聽他傳道，你會認為天堂的唯一快樂就是來自一個謠言：另一個宗教即將添加到有晨禱的聖所名單之中。他最無可救藥之處在於，他認為自己的宗教體系無比純潔而完美，以任何方式對它修改都是一種對世俗可悲的妥協，違背他崇高的事業。他滿懷信心地期待有一天，英格蘭人變成虔誠而溫順的教眾，每日蜂擁到鄉村教堂祈禱，然後帶著喜樂和榮耀回家，因為從他們身上、在他們莊重的笑容裡和虔誠的禱告聲中，天堂的奧祕正光芒四射地傳播開來。

　　而這一切，在我看來，卻是另一種極度悲哀。沒有人能阻止牧師按照他的方式崇拜上帝，因為他認為這樣就可以接近神聖的上帝，但其目的只為了讓屈指可數的少數人從這種特殊的宗教中獲得滿足。另外，我並非不願意看見這種人越來越少，這種形式的宗教充其量是一種狹隘、保守、脫離現實的宗教，遠離了流暢而清新的空氣，幾乎沒意識到簡單純樸、陽剛之氣、幽默、快樂和勇氣的存在。我所憎惡的，是這個體系自以為是的一本正經，冠冕堂皇地宣稱自己為人類的最終歸宿，是上帝為人類設定的天機。我無權說這不是上帝的旨意，但這終究讓我難以信服。不管怎樣，我只是感到，假如這種宗教繼續傳播 —— 我想會的，假如更傑出、更率直、更有智慧和陽剛之氣的人們開始疏遠神職工作，這種宗教最終會讓人們對國家和宗教徹底冷漠。我想，其錯誤在很大程度上歸咎於神學院，他們設立如此怪異的標準，扭曲了教會的基調，只有那些怯懦、愚鈍、謹慎而傷感之人，才會從事這一要許下諸多承諾的職業，這樣的人絕對為數不多。

教區牧師

哲學家

　　這是一個清新、怡人的秋日，哲學家心情很好，下午與我一起出來散步了。他脾氣向來不錯，但單就脾氣而言，好脾氣也可以分成幾種類型。他屬於那種斯斯文文、和藹可親的類型，但有時會來點冷嘲熱諷，讓所有嚴肅的努力都付之東流。然而今天，他又和善又健談，我不自覺地融入他廣闊的思想之中，就像跳水者從跳板上縱身躍入碧波。我先描述一下這位哲學家吧。他不是人們常說的那種社會哲學家，那些人都是些矯揉造作的享樂主義者，好誇誇其談、自吹自擂。我就認識一位這樣的哲學家，他的一個好客的女僕曾偷偷告訴我，在她眼中主人就是歌德，只不過沒有了那種令人厭惡的不道德行為。他也不是位學究型的哲學家，面色蒼白，帶副眼鏡，說話既枯燥乏味又含糊不清，經常不知所云，還終日忙碌，風塵僕僕地穿行於基本原理之中。不，我的這位哲學家精明、幹練，對社會傳統一絲不苟，如「大無畏[104]」一樣勇猛無敵，對孱弱的朝聖者充滿柔情。今天，他心情挺好，認真地解釋了一些術語給我聽，還讓我隨便發問。我感覺就像個孩子，在聖人的懷抱裡嬉戲，隨意撫弄他的鬍鬚，任意向他的手錶吹氣直至把錶蓋打開。「不，」他說，「在你這個年齡，我建議你不要學習哲學，它需要相當特殊的大腦，你需要剔除詞語中詩一般的意境和模糊的含義，從數學的角度體會詞語的價值。如果你真想的話，我會盡我所能告訴你。另外，」他補充道，「大部分當代哲學是對方法論的批評，已變得不太正常了，就如同高深的文學家，大多數人已偏離了原有的視線，

104　Mr. Greatheart，英國著名小說家和散文家約翰‧班揚的作品《天路歷程》（*The Pilgrim's Progress*）中的人物。

轉向尋求那些對普通人來說沒有直接意義的問題。我們需要具有文學表現力的哲學家，能夠嘗試把研究成果變成大眾語言。」「為什麼您不做呢？」我問道。「噢，」他回答說，「這不是我的專長！這種哲學需要一種傳教士精神，我對這件事也感興趣，但不敢保證能把它研究清楚 —— 另外，我也認為這麼做沒有意義。我們還沒有決定做不做，但普通人最好按直覺行事，而不是按理智行事。有許多資料丟失了，也許科學研究人員會在將來給我們提供一些資料，但他們的進展並不順利。」

接下來我們深入探討了這一話題，我無意再重複一遍原話，因為我記的不是很清楚，肯定會誤解我導師的意思，但他的話的確讓我茅塞頓開。

比如幾天前，我住在山間縣城裡時，有一次外出散步。我的一個夥伴，像我一樣厭倦了久坐，便和我一起出去爬山。幾個小時裡，我們都走在雲霧之中，在眼花繚亂的霧環中行進，除了指路的界標和腳下突兀的草地之外，周圍霧氣茫茫。我們不時跨越冰冷的溪水，小溪先是冒著水泡流入黯淡的霧環之中，然後在煩躁的瀑布中狂奔而去。有一次，路過一個幽深寂靜的山中小湖，鉛色的波浪拍打著灘石。還有一兩次，烏雲突然捲起下擺，露出了黑黝黝的岩石和城堡，一直延伸到山谷，谷底遍布著紅色的蕨類植物，羊在牧場中吃著草，牧場周圍到處是岩石，還有一個很小的農場。

那天與今天一樣，是一次思想之旅。在我朋友思想的深處，天氣冷峻，迷霧重重。有時，我認出一些熟悉的東西，但都奇怪地放大了、變形了。還有一兩次，整個霧紗掀起，展露出一個熟悉的場景，讓我感覺與這淒冷而霧氣昭昭的高地有了某種莫名的連繫，但卻無法辨識這到底是什麼。那次直到下山時，山頂還籠罩在望不到盡頭的迷霧之中。

一次，我的一個問題讓這位哲學家朋友實足嘲諷了一陣。當時，我提

到了一個宗教上老生常談的話題：人心的欲望確保了身分的連續性，從而證明，這種欲望必須獲得滿足。「黃粱美夢，」他評價道，「莫不如說對財富和健康的共同願望證明了所有人最終都會獲得財富和健康。」

　　雖然不甚明白，記住的也不多，但不知為何，能面對面地與他討論這些嚴肅的問題，的確令我受益匪淺。他拔掉了我身上那些舒適的直覺，讓我可以獨自行進，這令我精神振奮。能夠探尋隱藏在歷史、宗教和科學後面迷霧重重的世界，真是一種難以名狀的激勵；在這個世界上，人們對任何事物都無法保證，要說能保證的，只有人的意識，然而也不敢百分百地確定。我所說的精神振奮，來源於世界的貧瘠和危險以及它那實足的不安全感。即使回落到地面，我也不氣餒、不沮喪，只會比以往更加清楚地意識到現實問題的急迫性並看到生活的現實。所以，就像我說的那樣，從基本的因果和概念中氣喘吁吁趕來的我，帶著熱忱，懷著一種解脫的心情回到這個世界，如同剛才提到的那位跳水者，他的目光在旋轉，前一時刻看到的還是變得越來越暗、越來越綠的溪水，下一時刻卻感受到了身上的陽光，看見了柳枝和堤岸。我回來了，帶著對美好未來的憧憬，比以往任何時候都更加確信：一定不要再無所事事，不再傷心欲絕，只需邁著迅捷而耐心的步伐，互相攙扶，一路前行。我不但感到自己對同伴的責任更加清晰，還感到自己幫助他人的欲望以及自己的無足輕重，但我仍要坦然地堅持下去。從自我意識的世界走出來，回到現實，我更加相信世間存在著數不勝數與我同樣的靈魂，雖然這些靈魂盲目而柔弱，卻十分真實可愛。在這些霧氣繚繞的山巔，我如迷路的羔羊一樣，也曾走失；但此時我突然萌生一種感覺：牧羊人正走進我 —— 真正的牧羊人！哲學家雖是天使，卻是稍遜一籌的天使 —— 手中拿著甘露的天使。我心中充滿了幸福感，因為牧羊人在尋找著我，引導著我，鞭策著我，讓我加入歡迎的隊伍。我希

望,我的哲學家可以與我一起在山頂漫步,僅僅因為我對這翠綠的山谷懷有摯愛。看見寬寬的溪水默默穿行,從一個清澈的池塘流向另一個清澈的池塘,池塘邊布滿了花楸樹和被陽光晒得暖暖的山石,我不禁欣喜地想到,我曾在山勢收攏拔起的峰頂走過,聽到過小溪沙啞的喃喃細語;而小溪,則夾在荒涼而滴水的山石中,透露出寒冷與孤單。

有品味的人

　　幾天前，剛從鎮裡回來；又一次回到這些寂寞朋友平淡而寧靜的生活中，心情自然十分高興。我並不是不感激所受到的熱情款待，但一想起自己當時處境，總禁不住產生一絲後怕。

　　和我待在一起的朋友雖沒有固定職業，卻非常富有，一心想探尋文化。他娶了位既迷人又家底殷實的妻子，他們沒有孩子，可以把所有精力都投入在書籍、藝術和社交上。每稍隔一段時間，我朋友就會出版一部印刷精美、包裝考究的書來，贈送給他的朋友們。去年，因為參加某個新奇的宗教儀式，他順路來到了布列塔尼 [105]。我敢保證我說錯了，但在我看來，作為一種古老習俗和傳統，這些荒誕離奇的宗教藝術所具有的唯一魅力，就是可以讓鄉下人安靜而祕密地進行禱告。自從我這位受過良好教育的朋友參與到這些儀式中去的那一刻起，從哲學和心理學的角度就已說明，儀式的重要意義已然消失殆盡。我根本不在意這些儀式是什麼，它們歷史悠久，有傳奇色彩，執行儀式的人都是伴隨著儀式長大的，從孩提時代起就親眼目睹過這些儀式，並順理成章地實踐起來。這些儀式包含著某種和諧之美，但莊重地把它們寫入書中印刷出來，我看不過是從孩子們野蠻而又傻氣的遊戲裡照搬過來的舶來品。

　　有一年，在乘游艇出海時他發現了一些芬蘭的傳奇故事書，這位朋友就立刻用蹩腳的英語把它們翻譯出來。這些故事毫無價值可言，從頭到尾沒有一點浪漫的火花，只是代表了一個 —— 容我冒昧地說 —— 被遠遠拋

105　Brittany，法國西北部一地區。

棄 Brittany，法國西北部一地區。的時代，感謝上帝。

今天，他又迷上了巴利亞利音樂 [106]，給我放了一些曲子，都很單調枯燥，但他說這些很有代表性。如果它們很有代表性，我無理由質疑他的說法，但那只能證明島上居民缺乏音樂品味，或者他們的音樂本能出現了異常。

在城裡時，朋友們竭盡地主之誼，為了讓我高興，就邀請一些性情隨和的文人過來一起吃午飯，喝下午茶，共進晚餐。我們聽了音樂，觀賞了一兩部話劇，還欣賞了一些繪畫作品，但必須承認，我的心情日益鬱悶，倦怠不堪，因為所有的一切都安排得一絲不苟，讓我有種是在做生意的不爽感覺。我們準確地知道要去尋找什麼，而不是以一種自由而充滿期待的方式去尋找，或許會有所發現，或許會看到、聽到某種意料之外的美麗，但是，我們是以一種極其挑剔的方式審查那些畫家和音樂家的作品是否偏離了慣常的軌道。毋庸諱言，我們探尋的不是原創性和個性的印記，而是搜尋某些——羅列出來的品格。還有一樣東西令我不快 —— 也許我不應該這麼說，就是那些表達批評時的行業術語。成功的批評似乎應是針對他人創造的藝術效果的，而且要用與藝術相對應的術語來表達；因此，在繪畫上，我們搜尋的詞語是色彩和光線、氣氛和曲線；在音樂中，我們尋找的詞語是和諧、韻律和音質。我本不介意使用這些詞語之人有何深意，但這些批評家對專用術語的鍾愛遠勝於對藝術效果的鍾愛；更有甚者，他們根本不去探索嶄新的藝術形式，只是按照他人的指點搜尋他們所期望的東西。

對待文學態度也是如此。不再有樸實無華的淨土，一切都已淪為使用籌碼的遊戲，因此，我們迫在眉睫的任務，就是要盡可能果敢地創新一套

106　Balearic music，位於西地中海的巴利亞利群島上一種音樂形式。

文學批評用語。我從未聽到過有人能對一本書敦厚地品評，相反，聽到的往往先是對作家的八卦，然後是膚淺而且我想也是帶有學究氣的評判，認為作者缺乏活力或想像力。假如在討論一部令人稱道的作品，在我看來，即使作者本人卑鄙、齷齪到令人不齒的程度，我也會告訴大家要尋找他作品中那些有益的現實主義風格和男子漢的陽剛之氣。每當我一次又一次地被告知某某藝術家根本不在乎什麼倫理道德時，我都會感覺，這是多麼令人悲哀啊！如果我堅持認為藝術家關心的應該是影響人性的動機，就會有人嘲笑我，說我正以保育員的方式對待藝術。此外，如果我認為一本書非常虛假，也會有人提醒我，說這本書很有代表性，它談論的是精神層面的問題，藝術家的視野不應該受到經歷的局限，而且這位藝術家利用敏銳的洞察力和天才般的推理能力，已經恰如其分地俘獲了讀者。

▎ 文化

我認為，這林林總總的一切，都是缺乏自由精神、鑑賞力以及領悟力的表現。我不是說朋友們所欣賞的都不合適，他們無論在藝術上還是在音樂上，都能充分領悟大師們的作品；但我感覺，他們是把大師們不帶任何歧視地整個生吞活剝下去，所以，一切都變成了傳統、規則、規範和權威，沒有了熱切而淡然的欣賞；一切都已自成體系、循規蹈矩，沒有了任何個人的偏愛。有識之人的目標，是能夠合理地評判什麼才是良好的品味，然後用精準的語言表達自己的意見。大多數的聚會都屬於同一類型，但這無關乎他們是穿著古怪、形容枯槁、裝腔作勢的女人，還是長髮披肩、矯揉造作、行為怪異的男人。我曾經參加過這樣一個小圈子聚會，他們互相吹捧，手勢奇怪而誇張，不時發出尖厲的叫聲，身體也不停地扭動著。這是文人酸腐的表現，令人難以忍受。但在我朋友家裡，雖然沒有酸

腐之氣，也只是未被同化而已。朋友用整潔的紙張呈現著精心包裝的文化，就像一位賣奶糖的人小心翼翼地把奶糖遞給他的客人。來到這裡的人，衣著整齊、和藹可親、彬彬有禮；可惜的是，他們要是不這麼教養良好，也許會讓人提不起興致來。在這裡，文化一塊塊地被堆積起來，四處鋪放，卻從未被吸收，所以，我根本無法理解這些友善親切之人，與他們交談，如同面對一堆文化，如我所言，都是一塊一塊的，既不是一個體系，也不是一種態度；即使費盡心思把它們拼湊到一起，卻還是與剛發現時一樣，沒有經過任何思考。

　　此外，我感覺一切都過於舒適了 —— 舒適已成為所有這一切的根基。家裡擺滿了漂亮的物件，晚餐美味而悠長，酒也是精心挑選的。我不會假裝說我不喜歡舒適，但我不喜歡奢侈，而這一切就是奢侈。我不想晚餐過於奢華漫長，它應該像賀拉斯[107]所言：「樸素而雅致。」繪畫和家具若不如此之多，就會更加驚豔迷人。在這個暖意融融、香氣襲人的房子裡，每個房間的牆上都擁擠了琳琅滿目的飾品，人們的各種欲望都得到了厲足，餐桌上鮮花爭奇鬥豔，擺滿了銀色的餐具和已經「放在水晶玻璃裡的東方美酒」，無數的賞心悅目把人們擠壓得透不過氣來。而我，卻渴望更為簡樸的房間、更為簡單的食物、更為自由而真誠的交談。所有的一切，讓我感覺社交的目的是為了獲得滿足感，而不是單純的美感；是為了得到保護和憐愛，而不是為了獲取生機和安寧。

▌奧林帕斯山與帕那索斯山

　　我早已厭倦了這裡的美酒、佳餚、談話、音樂和藝術，於是，一天晚餐前，我百無聊賴地站在客廳裡，看著客人們魚貫而入。衣著光鮮的人

107　賀拉斯（Quintus Horatius Flaccus, 西元前 65- 西元前 8），古羅馬著名詩人。

中才俊紛紛如約而至；香氣襲人的美女嬌娘，也珠光寶氣地閃亮登場。突然，闊步走進一個人，是我的一位老友 —— 一個文壇才子，他英俊瀟灑、衣著筆挺，身上的那種粗獷和活力，讓他格外惹人注意。但他臉上帶著些許憔悴，就像一個在藝術上辛勤耕耘之人，雖不斷努力，卻仍未捕捉到自己無法言說的希望，總是難以實現自己神聖的夢想。在一個孤獨的角落，他微笑著走近我，「你好，我的朋友，」他說，「誰會想到在艾尤島[108]艾尤島遇見你？」

「我也在想同樣的問題呢！」我回答道。「但也許我心中有種神草，叫『百花黑根草』，就是那個『難看的小樹根』，能夠抵禦魔咒保護我。」

「葉子上有刺？」他笑著說，「我的朋友都沒有刺。」

當然，這只是兩個人的口頭打趣，不是真正的交談。之後，我們聊了5分鐘，我不一一述說了，否則就洩露了祕密。祕密，處於未切割之前的粗糙狀態時，是藝術的瑰寶；但被呈送到大家眼前時，必須得精雕細刻。那幾分鐘裡我所獲得的，要遠遠超出我作客期間的所得。

不久，我們去吃晚餐，晚餐之後表演開始。我們的東家，將調動情緒和穿針引線工作做得多麼遊刃有餘啊！他把氣氛拿捏得恰到好處，客人們也相當配合，把起承轉合做得同樣是風情萬種，人群時聚時散，交談時疏時密。但這都是些膚淺的溪流，既沒有熱情，更沒有激情，矯飾做作、輕浮老套，就像一個費盡心機的遊戲，只有身在其中的那些人才能為參加這個精采的遊戲而興奮不已。教育、宗教、藝術、詩歌、音樂 —— 都是數不完的談資，然而我卻感到這裡沒有任何人可以啟迪我的思想。一位身分

108　Circe，塞西，也叫喀耳刻，荷馬史詩《奧德賽》中的美麗仙女，精通魔咒，她曾被流放的荒島叫做艾尤島。

高貴的女士跟我談了她對英語散文寫作的觀點，帶著一種居高臨下的神情，好像剛從奧林帕斯山[109]上降臨，那座山據說比帕那索斯山[110]還要高。晚會上，我捕捉到了那位才子朋友的目光，他就在我的對面，送了一絲苦笑給我，我當然心領神會。女士們離開餐桌後，主人就像一個不偏不倚的男人帶著決絕的表情，聊了起來，可結果卻變成一場低俗露骨的鬧劇。這場鬧劇暴露的不是人性，也不帶有拉伯雷[111]的風格，而是帶有伏爾泰[112]的風格，而我卻對兩者都不喜歡。再後來，我們坐在豪華的高椅中，與那些迷人的女士俯首低談，屋中播放著優雅的音樂，純淨、甜美，似乎令所有的奢華盛會都黯然失色。曾記否，屋外的雨水沖洗著街道，狂風漫無目的地刮著，勞苦大眾在辛苦地勞作，是他們付出了枯燥、骯髒的勞動，才讓這一切快樂得以實現，才能讓我們坐在這裡悠然漫談。整個聚會似乎都是刻意人為的，乏味、忙亂、虛假，讓人情不自禁想到財主與拉撒路的故事，雖然是個荒誕的寓言故事，卻有著嚴肅的道德寓意。「如今他在這裡得安慰，你倒受痛苦[113]」。這並不意味著，惡行受懲罰，美德獲回報；只是意味著，財富受懲罰，貧困獲補償。

▎ 藝術精神

　　唉，這真是一個偉大的奧祕。我那文靜的東家和他優雅的妻子從未懷疑過世事的合理性。第二天早上，我告辭離開，東家熱情好客，催促我早點上路，但我所受到的關注卻讓人心情有些沉重，我不知道該如何向朋友

109　Olympus，古臘神話中的神山，統治世界、主宰人類的諸神就居住在這座高山上。
110　Parnassus，希臘中部的山，比喻為詩壇。
111　弗朗索瓦・拉伯雷（François Rabelais, 1494-1553），歐洲文藝復興時期法國重要的人文主義作家之一。
112　伏爾泰（Voltaire, 1694-1778），法國啟蒙思想家、作家、哲學家。
113　《聖經・路加福音》16:25。

表達自己的感受，因為無論如何解釋，他們都不會理解。他們會認為我是個脾氣古怪的鄉下人，喜歡孤獨的生活；他們還會下意識地感覺，讓我參與如此有品味的圈子，是他們給予我的優待 —— 沒有任何施捨之意，純粹出於真誠和友善。他們認為自己擁有更高尚、更美好的生活。無需置疑，我對他們的生活十分羨慕，並將之視為天堂；如果富有的話，我也會過同樣的生活。我完全不像我朋友那樣，生活中裝點著文化，與他們的財富或經歷相比，我自慚形愧，對此我完全認可；但我絕對確信，雖然我不完美，有些粗心和無知，我卻是神聖的藝術中人，就像我同樣確信，他們是局外人一樣。對我而言，美是一種神聖而令人迷惑的激情，是一位神聖的精靈，有時用雙手慷慨地施予我財富，有時卻拒絕給予我哪怕一絲一毫的恩澤。我的朋友把工匠技藝、成就和技巧都錯當成藝術的內在精神，從未感受過那渾身驚慄的狂喜以及那難以抑制的衝動。因此，在被迫參加了奢華的盛典之後，帶著疲倦和感激，我回到了自己寂寞的小屋中，回到了自己簡陋的房間，回到了鋼琴旁，回到了古書前，回到了寥廓的田野上，回到了光禿禿的樹下，彷彿一個獨自返鄉之人，來到安詳的神龕前俯身膜拜。

有品味的人

正派人

　　大約一年前的今天，一大早我就收到了一位名叫亨利·葛列格里的老朋友的來信，他告訴我，他現在離我住的地方不遠 —— 可以過來看我嗎？於是，我邀請他過來吃午餐。

　　不記得怎樣與他相識的，但有一次我幫助他找到了一些與法律相關的工作讓他做，從那以後，他就表現出一種不好的傾向，總是要求我為他做同樣的事情，甚至不惜向我洩露一些隱私。從本質上講，我不是很有能力的人，但軟弱和禮貌讓我難以回絕這種主動示好，可這種交往實在是弊大於利，因為無論如何我都幫不上忙，結果我們之間的談話往往就是圍繞著這樣的目的：如何把那個失望且惱火的他打發走，留下那個對他既厭煩又同情的我，而這種同情又毫無意義，只是一種病態的情緒。請在他和我之間評判一下吧！下面我就把整件事的來龍去脈講述一下。

　　葛列格里是一個挺有能力的人，他事業心強、頭腦清醒、思路清晰，出身於大戶人家，父親是位鄉村律師。最初上的是公立學校，之後到大學讀書，畢業後有了微薄的收入，每年大約 150 英鎊。他是無意間選擇律師行業的。我想，他一生中從未與任何人交過朋友 —— 從性情上而言，他無力維護自己的友誼。我曾經見過他與一兩個同樣沉悶無趣的傢伙待在一起，而他自己恰好又是其中最沉悶的那個。他雖然呆板沉悶，說話卻字斟句酌、絮絮叨叨。他沒有想像力，更沒有幽默感。雖然為人可靠，但僅局限於能夠給你提供大量詳實的資訊；任何觀點、題目，在他嘴裡都變得那麼索然無趣。見過他之後，每個人都需要一兩天的時間把他說過的話在頭腦中消化，直至遺忘。如果想貶低某人，就可以求教葛列格里，他可以讓

人徹徹底底斷了對這個人的興趣。在律師界，他一直鬱鬱不得志。他住在倫敦的出租屋裡，我一直不明白他是怎樣打發自己時間的。有時，我會去一個俱樂部（恐怕要不是葛列格里是會員的話，我會去得更勤些），在那裡，他像一個正在脫毛的禿鷹待在角落裡，再就是四處閒逛尋找可以發送資訊的接收器。剛才說過，我曾介紹過一份法律方面的工作給葛列格里，這份工作他做得很好，但我介紹給他的那位律師卻告訴我，他無法再僱傭葛列格里了。「我只是沒有時間，」他說，「我們兩個花費在討論上的時間比我預想的要多得多，任何一種意外情況，沒有他想不到的。」

這種情況一直持續到葛列格里 45 歲時，這本是人成熟的年齡，可他既沒工作又沒朋友，親戚們也忍受不了他。可他自己總是憤憤不平、鬱鬱寡歡。最糟糕的是，他自己從未想過：最該對這一切負責的就是他自己。他品行端正、公正不阿、勤勤懇懇，沒有任何不良習氣，可他不能接受自我批評。他本能地遵守老套的行為準則，也不必去懺悔禱告，因為他並沒有做過什麼錯事。然而，雖具有這麼多良好的品德和能力，他卻是一個失敗者，也沒有人想為他打抱不平；他可以沒有工作，絕對是個可有可無之人。有些職業本來挺適合他，他也可以做得非常出色，成為優秀的職員或者有能力的官員，但現在，他僅僅是個生意冷清的律師，沒有一個朋友。

他準時過來吃午飯。他瘦小，結實，大腦袋，禿頂，帶著眼鏡，衣服古板，顏色單調，彷彿是一隻沒有煮熟的雞。他總是一本正經的樣子，從筆挺的深灰色西裝到硬朗的大靴子，一切都給人一種感覺：他不但一直謹小慎微，而且還具有節儉的美德。當時，有兩個年輕人也在我家，他們本來表現得既彬彬有禮又輕鬆活躍，但沒用幾分鐘，葛列格里就讓他們很壓抑。其中一個年輕人問了他一個關於時事政治方面的問題，只見葛列格里面無表情地看著他說：「恐怕這個問題暴露了你對政治經濟因素有著非常

膚淺的了解，我想問你，在劍橋，你還會問這個問題嗎？」他隨即短促而沉悶地笑了幾聲。我知道，他正試圖開一個輕鬆的玩笑，卻一下子打消了我這個朋友的興致，可他仍不管不顧地繼續講了一些關於政治經濟因素以及大量因素外的事情。吃火腿的時候，他轉移了話題，可他又評論起英國火腿的不足來，講述西伐利亞[114]人是如何處理火腿的。令我們深感不幸的是，他真的親眼目睹了火腿處理的整個過程。談話就這樣繼續著，既不可能阻止他，也不可能轉移他的注意力。趁他停下喝水時，我插了一句關於天氣的話題，他馬上接著說：「是的，他們有一種包裝火腿的方法，據說可以讓火腿的鮮味保存得更為持久。想像一下，一條口袋布圍在兩塊有點像捲線器那樣的金屬物上旋轉。」談話就這樣又繼續了，而且談話的語氣也令人不快，我們這幾位痛苦不堪的聽眾不得不繼續煎熬著。午餐過後大家抽菸時，一位年輕人耐不住尷尬的氣氛，彈了幾首華格納的鋼琴曲，葛列格里像洶湧的瀑布一樣在樂曲的間歇階段爆發了，又開始滔滔不絕地談起了華格納的歌劇劇本。

　　之後，為了岔開這一話題，我就送兩位年輕朋友出外散步 —— 我們早就有此打算 —— 但剛剛走出家門，葛列格里就追到門口，堅持要與我一起散步，去看看鄉下的地質構造。於是，我只好與他一起出來。葛列格里說要談些正經事，從口袋裡掏出一張紙，上面列出了長長的一串要我去做的事情。

　　他要我把他介紹給編輯或議員，要推薦他到一個俱樂部，要為他找一些法律專業的學生，要替他讀一部手稿，然後再做出評價。我忐忑地提出了自己的異議。「你的理由很牽強啊，」葛列格里反駁道，「我不認為我的要求不合理，你非常了解我，應該說，我分配的工作都是我完全熟悉並

114　Westphalia，德國西北部一地區。

正派人

且能夠勝任的。」「是的，我知道，」我答道，「但是，這些事情不能強人所難啊。」「我沒有強人所難啊，」葛列格里說，「我只是讓你把我介紹給他們，真實的介紹就行。」也許，我該更堅決一些，但苦於找不到充分的理由拒絕他。我不能告訴他，阻止他成功最根本的、也是最恰如其分的理由就是他自己。在談到評價他的手稿時，我鼓足勇氣告訴他，這麼做有些偏頗，因為我們的文學立場不同，建議他把手稿寄給其他編輯，他們一定會非常欣喜。「不，」葛列格里說，「有一個不確定因素於我不利，我已經聯絡過一些編輯，他們都毫無例外地把我的稿件退了回來。我大膽地說，我想你也不會反對，我的稿件都是完整、積極、精美的作品，每天登出來的東西都沒有我的作品靠譜，我想要的就是與一兩個編輯有些私人接觸。當然，如果你不願幫我，我就另謀出路，但我必須承認，我會很失望。」他倚著手杖，悒悒地看著我。我本以為他不知道我們走到了哪裡，也沒空欣賞路上的風景，但此時他卻突然注意到籬笆上的一朵小花，立刻充滿柔情地看著它。「啊，那是香椿，」他叫道，「真是難得啊！原諒我打擾你，但植物學也是我喜歡的科目。你也許會有興趣聽……」，然後就插了幾分鐘植物學內容，在短暫的停頓之後，他說：「現在言歸正傳。」他的下巴抽動了一下，那是打算微笑的意思，然後就把前因後果講了一遍，突然談到了「心靈的哭聲」，這讓我非常心痛，這也許是世界上最悲慘之事了。他彈了彈袖上的灰塵，這一動作不禁讓我對他產生了不該有的同情。他轉向我說：「如果你有能力，請幫助我，我已盡了全力，可仍找不到工作。我不得志，我不明白為什麼，我到底哪裡有問題？」我當然答應盡己所能去幫助他。葛列格里遞給我一張與自己手中一樣的紙條，這是他特地為我準備的，上面列滿了他的要求。

我們來到路邊的車站，他要在那裡坐火車。這是一個風和日麗的夏

天，遼闊蒼翠的沼澤在夏日裡安靜地沉睡，遠處低垂的青山在霧色中若隱若現。葛列格里，正沉溺於苦澀的冥思中。在這悶熱的天氣裡，他仍穿著陳舊的外衣，對自己的處境感到絕望而困惑。雖然他品正行端，知識淵博，不乞憐憫，不較感情，只想工作，只想獲得恰如其分的認可，可到頭來卻變成了大自然中的一記污漬。他所有的付出和堅持，似乎只是一次醜陋而無情的交易，救贖他已不可想像。火車來了，握手告別後他疲倦地走上車去，然後又面無表情地埋頭讀書，不再言語，也未再揮手作別，沒有任何纏綿的離愁，他為了交易而來，離開時也應公事公辦。

當然，一切終無結果。我寫了幾封推薦信，也讀了他的幾部手稿，為了抹去令人不快的苦澀記憶，不得不採取夏洛克·福爾摩斯的手法。寄出的信沒有任何回應，除了一封來自葛列格里本人的信；在信中他措辭嚴厲，不但責怪我一無是處，還說我兩面三刀。

有人會問，為什麼我會冒如此之大不韙描述這樣一個令人討厭的人，要知道他也許會讀到這些並認出自己來啊！不幸之中的萬幸，他不會讀到了。但細想起來，我不清楚這是他的不幸還是他的幸運。一個月後，葛列格里在自己的住所裡猝亡，他的人生帷幕就此悄然落下。這是令人憂鬱的喜劇也好，抑或是令人嘆息的悲劇也罷，請讀者憑藉自己的喜好做出評判。唯一令人困惑的地方在於，為何這種悲切的慘劇經常上演，而且又恣意地上演了這麼長時間？浪子[115]接受了深刻而邪惡的教訓，時間也為他留下了希望，於是，他一路爬向家中，聲稱他有權獲得他曾鄙視的真愛；但對哥哥而言，雖是無怨無悔地盡責，心卻是冰冷的，時間又為他留下了什麼希望呢？他必須用溫暖的話語 —— 也許絕非是淺薄的賜福 —— 安慰自己：「兒啊！你常和我在一起，我一切所有的，不都是你的麼？」

---

115 《聖經·路加福音》15:11-24。

正派人

老年人

最近幾天，一直與一位可愛的老人待在一起，他快 80 歲了，是那種所有老人都會有的樣子 —— 人老的時候按說都會變成他這個樣子，這也是人們渴望成為的樣子。通常說來，看到老年人，並不是所有人都會感覺心情舒暢的。人老了，生命雖存，但活力已悄然隱退，看到這情景，就會感覺人生是一件相當可悲之事，只希望永遠不要遭受耄耋之痛。有時，老年人愛耍小性，總感覺自己渾身不舒服，認為自己的人生備受煎熬，更嚴重的，甚至會精神崩潰；即使他們勇敢地承受了痛苦，也會令人不勝唏噓。這也許就是大自然的可憎之處，當人們倦怠、怯懦、只希望平靜休憩時，反而要承受如此之多的苦難。當苦難不再索然無趣時，當從與苦難的抗爭中獲得喜悅時，人們會認為，人類在中青年時所承受的苦難也是上帝的一種安排。而當分身乏術、只能乖乖地聽任痛苦折磨卻無任何減輕痛苦的希望之時，當本性如熄滅的火焰消失殆盡、人性似乎無助地捲入自私、只貪圖一點點的安慰並帶著孩童般的奢求享受少得可憐的快樂之時，這種種人生場景難道不令人感到陣陣心酸嗎？我想起一位老嫗，和兒子住在一個小教區，教區裡到處是吵鬧的孩子。居民對老嫗很好，可她卻可悲地成為了累贅。她本人對生活幾乎完全失去興趣，她失聰、體弱、脾氣暴躁，只能吃最簡單的食物。我過去常看見她抿著嘴嚼著麵包，帶著惡毒而嫉妒的神情看著孩子們大口地嚼著蛋糕。人們無法給她快樂，她也不想取悅任何人。很難明白，這種令人壓抑有如煉獄般的生活對淨化人類的靈魂有何意義。在人們眼中，這種折磨並未使她獲得昇華，反而讓她日益變得冷漠和惡毒。她唯一的快樂，就是在家人都出來談論花匠工作不盡心或女僕摘

草莓的事情時，坐在花園裡假寐。然而誰能想到，她曾經是位善良而精明的主婦，對孩子們教導有方，要是早十幾年去世，家人們也許就會淚水漣漣地為她真心哀悼了。可現在，每個人心中都在暗自盤算著她的死期，她活得已不再受人待見，只不過是苟延殘喘罷了。她曾一度病入膏肓，可不久居然痊癒了。病癒後，在家庭聚會時我再次看見她，只是敷衍般說了些見到您身體這麼好很高興的客套話，「是的，」她回道，帶著勝利者幸災樂禍的表情，「他們還除不掉我 —— 我知道，他們就是這麼想的，但我病好了，他們還會假裝高興的。」

　　還有另一種老年生活，就不那麼痛苦。這種老年人屬於那種職業家長型的，好自以為是和賣弄文采，談起話來絮絮叨叨，還總裝成神祕兮兮的樣子，令人難以直視。他們充分利用所謂的老年人特權，喜歡發號施令。他們鶴髮童顏，神清目朗，就好像一部製作精良的機器。只要身體允許，他們會一直堅持工作，直至身心衰竭而亡。我認識一個這種類型的老人，他堅持一切事情都以自己方便為要旨。他自己很晚才吃早飯，就不允許任何人比他早些吃飯，說等待對年輕人有好處；他經常早飯前工作，理由是沒有任何事情能比空腹更讓大腦保持清醒了。在他下樓吃飯前，報紙不能翻開。早飯後，他會花費大把的時間讀報紙、做摘抄，經常一句話讀到一半時就停下，因為另一段文字吸引了他的目光。他總好以一種駭人的方式問：「猜猜，我們的 X 位朋友發生了什麼事？每個老朋友，我讓你猜 10次。」他會堅持讓人把每種可能性都猜個遍，自己卻從這些荒唐的猜測中暗自偷笑。同齡人去世時，他毫不掩飾自己的愉快；晚輩人早亡時，他更是樂不可支。他讓長期遭受病痛折磨的女兒替自己寫信，而他自己只做些口授的工作；口授時，他淨說些冗長而又錯誤百出的句子，卻不允許有任何塗改的痕跡，於是信一封封地被撕掉，再一封封地重寫。午飯前，他要

求所有人陪他散步，按照他的步伐，一步一步地挪動，每天如此。下午，他會花大部分時間睡覺或看帳本。他說話總是圍繞著自己，或關於他的美德，或關於他那令人稱羨的身體，還有他那敏銳的頭腦。他經常以傲慢的態度給不太熟悉的人大講特講什麼是責任。他認為，牧師和醫生的妻子都是負擔。他雖然是個奢侈又好安逸的老傢伙，可他最鍾愛的課本卻是關於斯巴達人簡樸持家的。如果哪道菜不合他胃口，他就不允許任何人品嘗，讓人把菜端走，然後尖酸地抱怨連這點簡單的願望都得不到滿足。即使因為身體大不如前得自己獨自用餐時，他也會給家裡其他人定功能表，絕不允許有任何未經他允許的菜譜出現。過去，所有的人都不得晚於他入睡，他還會在家人上床後到房間裡查看他們是否在床上看書。一切都事關美德和理智，所以沒有人願意計較。過去，我常有一種不好的念頭，總想在他向陪伴他的人大肆宣揚如何步入老年生活時，把椅子從他身下抽走。很難明白這個不快樂的老人的人生目標是什麼，也許是本性和命運促使他自我欺騙、累積財富以實現更高層次的幻想；也許是精力和品行讓他因為自己的頑固不化而自滿得意。若親戚來看他，他就教訓他們，說他們辦事沒有效率。若親戚疏遠他，他就責備他們沒有親情。他把自己包裹在自我滿足的甲冑中，所以絕不可能與他講明任何道理。

但我開篇談到的那位老年朋友，與這些老年人完全不同。他身體虛弱，卻沒有病態；他彬彬有禮，舉止優雅，對任何微小的幫助都抱感恩之心，從不願添麻煩給任何人。我家的僕人由衷地敬佩他，總像歡迎天使一樣歡迎他的到來，而送他走時又淚光漣漣的難捨難分。他認識我所有的僕人，記住每個僕人家裡的細節。他從不談論自己，但對他人又有著真誠而毫無矯飾的興趣。他總是一如既往地性情溫和、寬厚容忍，不時會拋出一句令人警醒的名言 —— 陽光普照下最成熟的果實。在他面前，人們會感

知到，拋卻急躁和自私才是人生的真正意義。他最美好的品格，就是性情溫和。談到那些早逝的朋友時，他似乎面無表情，可我卻可以看見淚水在他的眼中打轉，很快就溢滿了雙眼。他個人似乎沒有任何遺憾或希望，而是把這些都寄託在他人身上。他牢記朋友，不是出於一種職業責任，而真是一心一意地為他們著想。他不上班，很少寫信，唯讀過一點點的書，有時會笑著責備自己的懶惰，然而他的形象以及那自然而然流露出來的和藹可親，永遠是我見過的最能感染人的力量。他能讓焦慮不安、大驚小怪、暴跳如雷這些情緒顯得那麼愚蠢和荒唐。他幽默、精明，不懼展示人性的弱點，但從不會被任何事所嚇倒，也不為任何人感到愧疚。他願意人們追求自己的喜好，希望人們以自己的方式做事。此外，他也從不會成為他人的絆腳石，他喜歡與孩子們待在一起，能設身處地地與孩子們交談。在他面前，你不會覺得教義和正義會很刻板，只感覺世上最美好也最易踐行的品德就是行為端正、與人為善。他並不總是很快樂，性情有時也會急躁，甚至相當憂鬱，他曾笑著對我說過下面這句話：

> 「這世界上沒有一種快樂
> 能與人們所為之付出的相比 [116]」

根據他的經驗，大錯而特錯。他還說，他的老年生活就像一段愉快的假期。

回想一下，很是奇怪，為何擁有這種優雅晚年之人很少在書中呈現出來呢？我想不出一個這樣的例子。在狄更斯的書中，老年人要麼惡毒，要麼虛偽，再就是白痴。在薩克萊 [117] 的書中，老年人不是多愁善感，就是邪惡的童話人物，是人生不可抵禦的調味品。在莎士比亞的作品中，老年人

116 　選自拜倫的〈樂章〉（*Stanzas for Music*）。
117 　威廉・梅克比斯・薩克萊（William Makepeace Thackeray, 1811-1863），英國小說家，代表作《浮華世界》（*Vanity Fair: A Novel without a Hero*）。

如重重陰影，不時閃現；在華茲華斯的作品中，老年人會竭盡所能地占盡別人的便宜。而人們渴望看到的老人形象是，他總能收穫溫柔與容忍，卻不喪失精明與睿智；他一如既往興趣盎然地觀賞比賽，卻不欽羨一展身手。這種事情在現實生活中發生時，是那麼的完美無瑕，人們卻很難明白，它為何總難以表現出來。

老年人

食鵰猿

　　記得最近在動物園看見一隻陌生而憂鬱的大鳥，牠外表如龜殼，嘴的上下牙床搭在一起，從籠中悲苦地凝視著外面，標籤上寫著：「食猿鵰」。食物放在地上，一動未動。毫無疑問，這不是牠的錯 —— 這個可憐的傢伙，對白白胖胖哀叫著的狒狒的喜歡程度，遠遠勝過對那些索然無味的排骨。

　　牠的名字讓我陷入遐想，想到了另外一種生物，最近常常讓我感到苦不堪言的「食鵰猿」 —— 那些作家，他們總好編撰以名人為題材的濫書。我常常暗想，我寧願讀一本雖內容膚淺、卻有真人真事的作品，也不願讀一本雖構思巧妙、卻滿篇虛構的作品，至少我之前是這麼想的。我讀了大量的回憶錄和傳記，這些書都圍繞著名人，這些書的作者中，有些雖愚蠢，卻能煞費苦心地創作；有些雖聰明，卻令人惱怒不已。

　　愚蠢的書籍令人無比厭倦，讀完之後只會給你一種感覺：在每個無聊的章節之後，雖然都隱藏著一個真實的人，可你卻永遠無法觸及，就像屏風後那個攪動人心之人在不停地咳嗽，或者更像一個蒙在被子裡的人凸顯出身形，可以推斷出哪裡是頭，哪裡是腳，可身上卻鋪蓋著由空洞的語言編織而成的厚厚的毛毯。諸如此類的傳記作者不是食猿鵰，而是猴子，只要這些猴子能抓到活鷹，就會立即生吞了它們；如果能找到死鷹，也定會讓它們死無全屍。令人感到神奇的是，雖然手中掌握著素材，有時可以向名人的朋友詢問，有時甚至認識名人本人，這些人本可以有諸多方法告訴人們這位名人的奇聞趣事。可唯一打動他們的，卻是這些名人與其他人的相似之處，而非不同之處。他們想告訴你一次與名人有趣的談話，可卻說

任何語言都無法描述他談話的魅力；或者，他們想告訴你某個偉人關於自由貿易或濟貧法的觀點，卻從他的演講和報告中引用大量的章節，而且從不揭示幕後的故事，這要麼因為他們未身臨其境，要麼因為他們雖身臨其境卻不知道詳情。更糟糕的，他們會說，他們認為破壞家庭圈的隱私不厚道，於是作品中出現的人物就像公園裡政治家的塑像，穿著古銅色的大衣和褲子，手中握著一卷報紙，在向世界發表著演說，雨水順著他的鼻子和上衣的後擺向下滴落。

這種傳記內容低劣，其最可憎之處在於，傳記只是緣於對美德和真實的一種膚淺的認知，認為偉人活著時，一定討厭登載自己喜歡的菜譜和個人的娛樂素材，所以，偉人死後，也會同樣憎惡別人對自己的生活進行真實的描述。這種想法根深蒂固於人們貧瘠的想像力，認為死亡把所有人都轉化為天使一般的人物，把天堂想像為教堂，那些名人的精神被當成標杆永恆地寄存在這裡。這種傳記是低劣的，因為它不真實，雖強調了美德，卻忽略了瑕疵；更可悲的，它刪掉了偉人具有代表性的特徵。

▌傳記

但這種傳記還不是最低劣的。真正的食鷹類傳記作家，他們的快樂正如丁尼生毫不留情地所描述的那樣：把人像豬一樣撕裂開來，他們觸犯的不是隱私而是文雅，把令人作嘔的奇聞野史胡亂地拼湊到一起，記錄的都是弱點、卑鄙和蠢行，即使主角自己看到這些內容，也必會深惡痛絕，想盡可能地把它們刪得一乾二淨。這種傳記給人一種感覺：作家在下水道裡跳水，在糞堆裡挖掘，在櫥櫃中窺探，在角落裡偷視。這種傳記彷彿是出乎意料地給予主角致命一擊，在他毫無防備的情況下將他束手就縛，所以與坦率和真誠格格不入。記得有一位這樣的食屍鬼，他當時正在寫一位有

點古怪的政治家的傳記，他寫信給我，讓我替他查看一個資料。我把他的信轉交到了那位政治家的親屬手中，他們的回信讓我感到吃驚，這位傳記作家非但沒有獲得他們的授權，而且他們早已給他寫過信，抗議他這種蓄意侵權的行為，請求他馬上住手。我附上我的評價，把這封信轉給了他。我以為唯一可能的結果就是，他回信給政治家的親屬，對他們的抗議表示遺憾，認為公眾人物是公共財產，他有責任繼續對這位政治家進行研究。可事實是，後來傳記還是出版了，是一部粗鄙不堪的碎布袋子，就像一個私人偵探，根據他手下的回憶撰寫出一個人的生平故事。最令人難以忍受的，就是這部拼湊之作竟然給作者帶來了豐厚的利潤，因為有許多人想在糞土上踩上一腳。食屍鬼是人類最難以感化之人，因為他們自詡為現實主義者，總認為自己是在毫無偏見地追尋真理。這種現實主義之所以是糟糕的藝術，不在於它的不真實，而在於它失衡的比例。傳記不可能講述一切，除非準備寫一部關於主角每週生活的鴻篇巨作。傳記的技巧在於選擇突出而典型的內容進行描述，往往忽略瑣碎又異常的素材。傳記作家的目標，就是透過巧妙的描寫展現一幅生動的畫像，即使主角禿頂，滿臉皺紋，也要如實地燒錄在畫上。除非理由充分合理，否則，他不得無端地描繪主角的腳趾甲，更不能毫無道理地把主角無限放大，以至於主角的畫像應了諺語所言：「見爪子知其為獅子」；它必須遵守的準則就是科學，而不是藝術。

▍傳記作家

　　有時，人們不禁好奇，傳記的未來將會如何呢？隨著圖書館日漸充盈，資料記載的逐步增加，怎麼只可以撰寫傑出人物的生平呢？我想，如採取某種極其簡單且顯而易見的方式，困難自然會迎刃而解；但其障礙在

於，隨著讀書日漸普及，只注意褲子、腳趾甲和其他瑣碎之事的老百姓圈子自然也會擴展。另外，除了正在創作的屈指可數的傳記外，有越來越多的人似乎更依賴晦澀難懂的長篇幅書籍來紀念。此外，選材不能屈服於權威，因為人們想要的生活不是枯燥的大人物的生活，而是那些有趣的小人物的生活，生活本身就賦予了談話、書信和複雜的社會關係以新鮮感和原創力。站在臺上演講的人，在開放的市場上高聲咆哮的人，他們的生活我們都不想要。他們已發過言了，我們早已聽夠了他們的觀點，但我想還有很多的人，他們的談話和作品都沒有任何的記載，他們的生活，如果可以描繪出來的話，會比任何小說更有趣，比任何布道更激勵人。他們不自以為是，他們自有主張，每天說的話都很精闢、幽默，充滿溫情，給人啟發；他們熱愛生活勝過熱愛規矩，熱愛思想勝過熱愛成功；他們豐富了世界的血液，卻沒有把世界玷汙；他們給予夥伴熱情、快樂、清楚的記憶和真摯的情感，但整個過程卻又如此隨意自然，如此輕鬆愜意，如此妙不可言，很難用沉重的語言再次捕捉其中的魅力。只有決心去刻劃這些令人愉悅之人的生活，決心不再把早已到處氾濫的無聊的浪漫填入沒完沒了的溪流之中，才能留給世界優秀的遺產，但這意味著要費盡周折，要培養博斯韋爾般的記憶 —— 因為這種傳記大部分記錄的都是談話 —— 但是，如果能夠一遍遍地閱讀到這種傳記，將是多麼令人充滿期待和怦然心動啊！

　　但有一個問題，對於一個有認知力的人來說 —— 只那些具有強大的認知力的人才能做到，事實上，他們就是食鷹之鷹 —— 上述的行為似乎意味著殘忍和叛逆。他會感覺自己是個採訪者或一個間諜，必須在保密的條件下以一種高尚且克己忘我的狀態工作，日復一日地記錄和累積，且不可讓主角懷疑他所正在從事的工作，否則可愛可親的自我感覺就會消失殆盡。我所描述的這種生活和談話，其精華在於，它們完全是主角在不假思

索情況下的坦率直言，一旦對正在做筆記的聽眾有所顧忌，就會立刻讓其光芒四射的形象蒙上陰影。

　　總有一項任務在等待著那些有耐心、無野心而且具有強大認知力的人！他必須是一個快樂之人，他的壽命必須長於主角，必須能隨時承受失望所帶來的風險，必須願意犧牲其他所有獲取藝術創造力的機遇，這樣，也許才會寫出一部世界經典，在繆斯山[118]之巔牢牢地占據一席之地。

118　Muses' Hill，希臘傳說中繆斯女神的居住地，女神司掌藝術和音樂。

食鵰猿

雪萊

　　最近一直在讀有些年頭的雪萊系列作品，有霍格[119]、特里勞尼[120]、梅德溫[121]和雪萊夫人[122]著的，還有那部糟糕的作品《真實的雪萊》。霍格寫的《雪萊傳》雖是一部未竟之作，但我仍毫不猶豫地把它歸類於一流傳記之列。當然，它只是一個片段，而且大部分章節都慷慨地奉獻給了霍格本人的言與行，但這並不令其黯然失色。首先，它極具幽默感，記錄了大量精采的事件以及華麗而狂妄的言行，比如那段描寫霍格待在都柏林的日子，在那裡他為安全起見把臥室的門鎖上了，那個男孩瞞著他從門板爬進屋裡去取靴子，男孩推開了地板塊，只是為了與他交談，可實際上與男孩交談的人並不是霍格，而是霍格樓上的鄰居。還有那個小銀行家的趣事。他確信華茲華斯是位詩人，因為如果華茲華斯半夜醒來有了靈感，就會在黑暗中創作。還有舍瓦利耶・達爾布萊[123]的故事，以及他去法國時的告別場景；還有對雪萊信件的描述，在信中雪萊說，幾年來自己傷心苦惱、悲痛不已，因為不得不與妻子分居兩地，然而卻找不到任何理由留在她身邊。整部書風格清新，語言凝練，帶著罕有的激情，透過對話的形式把一個厚顏無恥、難以自持、卻帶給人快樂的人表現得淋漓盡致，完美地把對

119　托馬斯・傑佛遜・霍格（Thomas Jefferson Hogg, 1792-1862），雪萊大學時代唯一的朋友，著有《雪萊傳》（*The Life of Percy Bysshe Shelley*）等。

120　愛德華・約翰・特里勞尼（Edward John Trelawny, 1792-1881），英國小說家、傳記作家，雪萊的一位朋友。

121　湯瑪斯・梅德溫（Thomas Medwin, 1788-1869），英國詩人、翻譯家、傳記作家，雪萊表兄。

122　瑪麗・雪萊（Mary Shelley, 1797-1851），英國著名小說家、短篇作家、劇作家、隨筆家、傳記作家和旅遊作家，因其1818年創作的《科學怪人》（*The Modern Prometheus*）而被譽為「科幻小說之母」。

123　Chevalier D'Arblay，一位法國流亡將軍。

雪萊優秀品格的瘋狂沉迷和對他荒唐行為的尖銳感知結合在一起。書中有雪萊在牛津的畫像，他坐在爐火旁沉睡，炙熱的火光烘烤著他的捲髮，也許他當時正借著火光讀《伊利亞德》；這情景比任何關於詩人的描述都更真實地貼近詩人。不明白為什麼這部書無法家喻戶曉，我認為這本書是英語文學中最令人眼前一亮的傳記。

特里勞尼的回憶錄也很有趣，記錄了雪萊遺體的火化情景，既莊嚴肅穆又令人懷念 —— 是我所知的最生動而又難忘的描述了。利・亨特[124]的《自傳》中記錄了雪萊的幾個章節，也許有點神經兮兮的，但是真實的，而且非常有趣，把質樸、慷慨的雪萊與生身卑微、矯揉造作、自私自利、不擇手段的拜倫進行了形象化的對比。梅德溫的《傳記》和雪萊夫人的《回憶錄》都不值一提，因為兩者都想把詩人理想化和神化。再就是《真實的雪萊》了，它像一個枯燥的庭審，一個精明而活力旺盛的律師在詢問一個想像力豐富卻又敏感的文人。很難編寫一部中規中矩的雪萊傳記，因為雪萊的想像力如天馬行空，豐富而又模糊，還沒有長性。文字資料中記載的內容經常自相矛盾，原因很簡單：無法用準確的概念對雪萊進行界定。我確信，雪萊從未刻意編造出不真實，但他思維活躍，有能力把毫不起眼的想法擴展成複雜的理論。他記憶力差，雖然能構建出一系列形象的畫面，卻往往又與事實格格不入。顯然，因鴉片在各個時期對他的影響都不同，他的夢想與幻想，在鴉片的作用下以一種客觀事實的形象呈現在他面前。儘管如此，對這個人形成一個真實的印象卻也根本不難。他是那種生性古怪、情緒不穩的傢伙，永遠不會成熟，在其短暫的一生中，一直是個孩子。一旦腦海中迸發出想法，就會傾盡全力投身其中，容不得半刻延緩，從不考慮謹慎和常理有可能會阻礙他的行為。如若無法滿足他的

124　利・亨特 (Leigh Hunt, 1784-1859)，英國評論家、詩人、散文家、作家。

異想天開，他的生活就會變得慘不忍睹。他拋棄第一任妻子與瑪麗‧戈德溫私奔，就是典型的例證。在與瑪麗私奔後，他居然明目張膽地邀請前妻以朋友的名義參加聚會，還有比這更荒唐的事情嗎？他有著孩子的天性，每當遭遇挫折或不快，就會不假思索地脫口說出那些似乎是解決問題的辦法。孩子們不會刻意編造錯誤，只會說出最快解開繩結的辦法，卻從不考慮實際情況如何。若牢記雪萊身上孩子般的天性和本能，就會對他的善變和糾結管中窺豹了。大多數人成年後，能清楚地了解複雜的社會關係，再根據具體情況安排自己的生活，使之與傳統和理想保持一致。他們明白，如毫無節制地滿足嗜好，就會付出沉重代價。總之，人們意識到了社會的局限性：在狹小封閉的環境中盡可能獲取快樂更為容易。但雪萊從不明白這一事實，他認為只要簡單地追尋本能和衝動，人生中的挫折和磨難都會消融殆盡。他從未真正認識人類。他的一生是一系列對人類奢華的豔羨，隨之而來的還有毫不遜色的幻想。當然，環境孕育了這些傾向。雖然常陷入財政困境，但他知道，身後總有錢在；的確，在蘇塞克斯 [125] 時，他常常對外炫耀，宣稱要繼承一大筆遺產。人們不禁好奇，若雪萊像濟慈一樣生於無名，若他不得不自食其力，他的生活又會如何呢？人們更好奇，若他真的活到繼承準男爵的爵位和房產，他會變成何種樣子呢？他如此期盼繼承遺產，也許早已發現自己身無分文了；但另一方面，他的才氣在如日中天。他也許是一個特別糟糕的人，讓人難以應付，因為你永遠不知道他下一步要做什麼。唯一可以確定的是，無論目標是什麼，他都會用不屈不撓的意志實現它。人們也會好奇地想，他與妻子的關係會怎樣呢？雪萊夫人是位傳統女人，信奉社會的尊卑禮儀，在義大利時常去參加英國國教的禮拜儀式，她很有可能 —— 如果可能的話 —— 抱有一種病態的渴望，想要

125　Sussex，位於英國南部布萊頓小郡。

彌補年輕時的過錯。很難相信雪萊會與妻子長久地廝守下去，即使他自由
戀愛的說法也前後不一，因為恪守自由戀愛的要旨會讓雙方同時厭倦這種
生活。雪萊似乎認為，每當自己有了厭倦傾向時，就有權利終止關係。可
是，若他的伴侶為了另一個愛人堅決棄他而去，而他自己的激情仍未消退
時，他會如何對待這個問題呢？對此，我們還不清楚，但他一定會極盡所
能宣洩道德上的憤怒。

　　雖然雪萊有這樣那樣的缺點，但他的個性仍存在著無法言喻的魅力。
他的熱忱、慷慨、忠誠、溫柔都令人難以抵抗。人們會感覺，雪萊展現出
一種坦誠而質樸的光彩。為雪萊的良好品德作陪襯的是拜倫，除了一些個
性的優點之外，他的行為整體上令人作嘔。他矯揉造作、小氣吝嗇，如野
獸般粗俗，骨子裡就存有勢利傾向，因此恰好能把雪萊映襯得如光明天
使。雪萊似乎是唯一能讓拜倫由衷敬佩並一直敬佩的人。雪萊一開始以拜
倫為偶像，卻逐漸意識到拜倫性格中的醜陋與自私，但這反而勾起他深深
的同情與真情，一如在一個衝動、任性而可愛的孩子身上所找到的那種真
情實感，想要保護他，提建議給他，為他打理事務，更會在最後時刻原諒
他所有或幾乎所有的過錯。從本性上講，雪萊品格高尚，憎惡一切壓迫、
偏袒、傲慢、自私、粗鄙和殘酷，他所犯的錯誤就像孩童犯的錯誤一樣，
無關冷淡無情，也無關厚顏無恥，他只是為強烈的欲望所左右。這是一種
奇怪的現象，人們不得不認為，若他與耶穌基督同屬一個時代並產生了連
繫，他一定會成為基督熱切的追隨者和信徒，人們會滿懷真情地去熱愛
他、敬仰他，他的罪過會很快得到寬恕。我並無貶低他的意思，但他的確
忘恩負義，行為不一，驕矜任性。他利用了第一任妻子，而這也成為了他
人性上的汙點。但是，雖然他拋棄了第一任妻子，拐騙了瑪麗·戈德溫，
但無論如何，從本質上講，他還算清白無辜的；這些醜事描黑了他的事

業，是有可能的；但若說他樹立了一個激勵後人的榜樣，卻絕不可能。他的這種性格，屬於社會注定要提防的那種性格，對社會道德漠不關心，忽視真理，漠對商業誠信；但即便如此，人們仍期待能創造出更多雪萊式的人物。所以，我們必須千萬小心，切莫因他詩歌上的天賦而放縱他的過錯。但即使他從未創作出如此精采絕倫的詩歌，我還不得不認為，假如人們認識他，也同樣會對他充滿由衷的敬意。人們無法用理性去理解一種性格，但真相終會水落石出。毋庸置疑，世上最令人感到壓抑、最給予人傷害、最令人憎惡的力量，就是來自陳規舊俗的力量，它會使人判斷人們的性格和行為時，不再依據美麗或德行，而是將之比照普通人看待世界的標準進行衡量。這種無聊枯燥的環境，茫茫無涯，無法忍耐，像黑色的濃霧滲透進我們的生活，只允許我們看到咫尺之遙。這種力量仇視原創性，它給予的尊重令人難以承受，它支配著我們的時間、職業、娛樂、情感和宗教，是世上最為殘酷和暴虐之物。雪萊曾拚盡全力與之抗爭，但可悲的是，他犯下了致命的錯誤，因對這種力量恨得咬牙切齒，所以看不見其中的可貴之處與良好品行：善良、誠實、慎思和穩重。他為錯誤付出了昂貴的代價，感受到了在重壓之下顫抖的靈魂以及靈魂之上的蔑視和惡名，但仍毫無遲疑地熱愛真理、美麗和純潔。一旦了解雪萊真正的性格，就不會再對他存有任何質疑，就會正確地看待他的錯誤，看待他放縱的行為，荒唐的政治理論以及情緒的反覆無常。

雪萊

拜倫

　　西元 1822 年，利‧亨特為拜倫畫了一張像，世上幾乎再沒有一張畫像比這張更令人心情不爽了。這幅畫像極大地傷害了拜倫的朋友們，他們堅持認為拜倫品行高尚、慷慨無私，這是利‧亨特的惡意報復，因為拜倫對待他的方式曾經令他顏面掃地，因而他懷恨在心。在某些方面，利‧亨特的確是叫人討厭的傢伙，他從不介意把自己的手伸到朋友的口袋裡，總是無可救藥地恣意利用朋友的善良本性，以一種毫無尊嚴的方式接受他人的施捨，完全就是狄更斯所描述的那副嘴臉，徹頭徹尾地是《荒涼山莊》(*Bleak House*) 中的另一個哈樂德‧斯金波[126]。但即使這樣，他仍是一個性情真摯、為人坦誠而又溫和之人。誠然，他為拜倫蒙上了更加黑暗的陰影，放大了拜倫身上不受人喜歡的品格，但若認為他對拜倫的描繪不真實可信，卻毫無道理可言。此外，若想為拜倫恢復名譽，重新獲得人們的敬佩，就需要為其現有的負面形象附上高尚的理由。

　　拜倫曾經邀請利‧亨特來義大利，想借助他的幫助創立文學月刊《書評》。於是，利‧亨特與妻子及家人一起來到了義大利，接受了拜倫提供的住宿。可拜倫早已厭倦了這種安排，對自己的慷慨行為感到後悔。利‧亨特證實，拜倫是本性貪婪之人，雖然偶然會因個人喜歡喜好慷慨投資，但那只是因為他對名聲的貪求勝過了金錢。

　　同樣情況下，雪萊的表現卻像天使。他真心實意地為亨特安排好住宿，為他的房間提供了必要的家具。雪萊對金錢滿不在乎，慷慨大方到令

126　Harold Skimpole，常來荒涼山莊的訪客，厚顏地利用主人的善心。

人吃驚的程度。雪萊最初對拜倫滿懷敬意，他的熱情是發自對英雄的崇拜，但經過親密接觸後，了解了拜倫令人反感生厭的一面。可以確定，若雪萊還活著的話，他會立即從拜倫的社交圈中抽身而退。雪萊關於道德的論調不合傳統，儘管他的真摯情感燃燒時炙熱如火，卻又那麼容易熄滅消退，他所犯的錯誤也是情感上的錯誤。而拜倫，據利‧亨特所言，則是個冷血的玩樂者，從不懂得真愛的含義，只有動物般的欲望，而且必須立即得到饜足。於是，令人尷尬的招待由此產生。拜倫住的是比薩的蘭弗朗契公館，他讓利‧亨特一家住在最底層，利‧亨特是這樣描述拜倫的：一天中有一半時間穿著土布上衣和帆布褲子四處閒逛，得意洋洋地哼著曲子，他的聲音「尖細而沙啞」，一副羅西尼[127]式誇張的深情。有時他會帶著手槍，騎馬牽狗外出，有時會伴著杜松子酒加水熬夜寫《唐璜》（*Don Juan*）。他與特蕾莎‧居齊奧里伯爵夫人住在一起，這位伯爵夫人曾與比她大 3 倍年齡的人結婚，分居後成了拜倫的情婦，現在與她的父親和兄弟同住。

亨特竟然願意把妻子和正在成長中的孩子一起帶來，但這並不能完全反映出拜倫的名聲，尤其當亨特發現自己不在時，拜倫竟肆無忌憚地對孩子們進行嘲諷，教一些戕害孩子們心靈的東西。利‧亨特夫人的態度則涇渭分明，從一開始就打心裡不喜歡拜倫。一次，拜倫告訴她，特里勞尼一直對自己的道德品行指手畫腳，利‧亨特夫人則尖厲地答道：她第一次聽到這種說法。

127　焦阿基諾‧安東尼奧‧羅西尼（Gioachino Antonio Rossini, 1792-1868），義大利歌劇作曲家。

▎利・亨特

利・亨特不久意識到，他和拜倫有著雲泥之別。拜倫不喜歡他隨和的態度，而他自己很快就發現拜倫簡直自以為是到病態的程度，對名利盲目虛榮，脾氣暴躁，嫉妒心強，粗俗無理，從不考慮他人，只知道喋喋不休地八卦隱私，此外還很卑鄙做作。但環繞在拜倫身上的名譽光環、圍繞著拜倫的浪漫傳奇以及拜倫的社會地位，都讓可憐的利・亨特格外小心，也令這位性情平和之人感受到什麼是無可奈何，這正是利・亨特當時的狀況──必須依附於拜倫並尋求他的庇護。他們創辦的刊物在鼓噪中閃亮登場，卻在無聲中黯然倒閉，這種不和諧的夥伴關係也隨之瓦解。

任何時候人們都不肯原諒利・亨特，他最初就不應該接受邀請，更不應該成為不甚體面的食客。他努力想保持自尊，於是與拜倫相處時採取了一種輕鬆隨意的方式，但這種方式卻讓主人大為光火。他本不應該撰寫那部回憶錄來記錄這段傷心的時期，儘管他自認為對拜倫沒有一絲愧疚。

然而，他對拜倫的描述仍然深刻而有趣，也很可能真實可信。令人心痛的是，拜倫非教養良好之人，他購買人生的彩票中了獎，又因天機巧緣獲得了爵位，讓他出人意料地功成名就，而這些都是許多志向遠大之人一生所追求的。但切不可忽視拜倫的天賦，雖然大家心知肚明，正是拜倫的天賦駕馭著他本性中的高貴和美好。除此之外，他的本性也重負累累，掛滿攀附藝術天性的醜陋和缺陷，可命運使然，這些卻讓拜倫的藝術天賦人為地得到鞏固和發展。關於天才的奧祕，長久不衰地延續著，伴隨而來的那些可以用華麗而炙熱的語言表達出來的情感，雖可想像卻難以感同身受。拜倫所做的一切都是為了嘩眾取寵，他的虛榮毫無底線，總難以滿足，連他的欣喜若狂也是一種舞臺表演，這就是利・亨特對拜倫的描述；

沒有理由對此懷疑。拜倫的憤怒與狂暴，完全是寵壞了的孩子發洩出來的那種憤怒與狂暴，因為他根本無法忍受背叛。此外，拜倫還刻意隱藏了自己性情憂鬱的真實原因，並為之貼上了高尚的標籤，把自己塑造成為哈姆雷特，而實際上他充其量只能算做泰門[128]。至於拜倫干涉希臘事務，我們該如何看待呢？將自己投身於革命運動，犧牲金錢和健康，遭受痛苦，英勇獻身，真的是拜倫熱情和真誠的展現嗎？利·亨特讓我們相信，這一切只是一次次的作秀；利·亨特讓我們相信，拜倫公開宣稱捐贈給希臘革命的一萬英鎊，最終縮減為 4 千英鎊；利·亨特讓我們相信，詩人主動出示的刻著家訓「誠信」的 3 個鍍金頭盔的故事，不過是拜倫本人為自己、特里勞尼和彼得羅·乾巴伯爵打造的物品。這些結論證據確鑿，而且整個事件中都融入了拜倫一心想揚名世界的無限虛榮。希臘遠征展現了騎士和浪漫的光芒，或許為他提供了興奮的動機；但利·亨特認為，拜倫無論從心理上講還是從身體上講都是懦夫。的確，根據認識拜倫的人所言，儘管對藝術的追求讓拜倫動搖過，但仍然很難相信他的熱情無私無欲，純粹是深深地受到愛國熱情的激勵。

有人會問，用慷慨的框架鞏固拜倫的行為，相信他本性中就具有高漲的熱情和狂暴的激情，而他不過是如指針般在兩者之間擺動而已，這難道不更能令人接受嗎？

但是，一切都取決於研究人的性格時研究者所帶有的情緒。必須坦白，我認為重要的並感興趣的一件事，就是知曉真相。在研究人的性格時，做出任何判斷都不可憑藉某一黨派或屈從於某種訴求，從而刻意地忽視缺點，放大優點。我個人認為，拜倫在本性上一無是處，是衝動的獵

128　Timon，莎士比亞悲劇時期的最後一部作品《雅典的泰門》（*The Life of Timon of Athens*）中的人物。

物、欲望的奴隸，並一心渴求出人頭地。只要看過關於他的演講和信件上所記載的內容，就不會再有其他看法了。他一生毫無節制地縱情聲色，從不尊重、更不渴望獲得柔情、自制和謙虛。我真切地感覺，雖然有些理論聲稱成為天才的前提是具備一顆偉大的心，但拜倫暴露了這一理論的虛假性。

拜倫

遺世英名

　　人們常說，詩人沒有傳記，只有自己的作品，這只說對了一半。世上最愜意的事情，莫過於追尋詩人的腳步，了解詩人在凡塵俗世中的所思所想，尋找自己熟悉的場景，目睹天上人間如何從簡單中迸發出火花。我經常住在北威爾斯的潭葉坳（Tan-yr-allt），雪萊曾經在這住過幾個月並有過一次奇特的遇險經歷：在半夜遭到襲擊 —— 這故事一直像謎一般未有滿意的結局。凝視著雪萊曾經喜愛的那些飽經風霜雪雨洗禮的奇峰異石，看上面掛滿了青藤枝葉，想到正穿行於他曾經穿行過的沼澤，徜徉於他曾經從容蹀躞的廣袤荒野，心中總是充滿無盡喜悅。這一過程帶來很多趣味和靈感，因為我親眼目睹了天才是如何把生活中觸手可及的單調轉化為豐富而新奇的思想。我也常常想到住在溫特沃斯的濟慈，他的寓所裡面有個小花園，花園裡有一棵梅樹。在一個倦怠的春日，濟慈一邊聆聽夜鶯的歌唱，一邊在半張草紙上潦草地寫下〈夜鶯頌〉（*Ode to a Nightingale*），根本沒想過它是否會留存下來。這種種場景都讓人更加清楚地看清了天才的本質，意識到每個地方都有天才的給養，同時也意識到，苛責環境不給人帶來靈感，這一說法根本就是不著調的怪談。我還情不自禁地想到，濟慈的社交圈非常粗俗，汙言穢語充斥其中，但卻比雪萊的社交圈更能打動人心，因為它更深刻地烙上了天才的印記。與雪萊接觸的人一般都是有趣的才俊名流，而濟慈的交往對象都令人不忍目視。

　　有一點讓我印象深刻，在反思濟慈和雪萊這樣的天才人物的身後榮耀時，總容易忘記他們一生中多舛的命運！濟慈生前一直默默無名，偶爾寫寫詩歌，交往著幾個信任他的朋友；但誰會想到在他逝世後，他會獲得如

此巨大的榮耀！雪萊的處境更為不妙，大家都認為他是個沒有宗教信仰、沒有道德觀念的魔鬼，他的想法一直受到鄙夷，他的生活方式更是聲名狼藉，德高望重的大法官甚至剝奪了他對孩子的監護權。大膽說一下，談到名利雙收，在世的英國作家中至少有百位以上要比這兩位詩人高出一籌。拜倫在雪萊的映襯下，總是給人一種頗為遺憾的形象，但至少他有意識地想成為極具浪漫情懷和神祕色彩之人，並藉此提升情感的溫度，促進世人脈搏跳動的頻率；雪萊和濟慈都是在低迷和無名中一路努力向前的。誠然，他們能對自己的作品有著恰如其分的評價，內心清楚其文字之間蘊藏著火一般的本色。但有多少詩人用同樣的希望在徒勞地填補人生，又有多少詩人認為自己懷才不遇、伯樂難求啊！幾乎沒有一位略通文墨之人不擁有同樣的夢想，不在陰翳艱難時刻面對這樣一種現實：自己很可能根本就無足輕重，機緣並不寵愛自己。就濟慈和雪萊而言，直到臨終的那一刻，他們記憶中都未曾縈繞過任何熱切的崇拜和慷慨的稱讚，想到這一點，他們的心情該是何等淒苦啊！評論家們的尖酸刻薄、冷嘲熱諷一而再、再而三地向雪萊襲來，他精神上的淒苦又有幾人能夠理解呢？彌留之際的濟慈面對死神之時，仍然在內心存有揮之不去的挫敗感，又有幾人能設身處地感同身受呢？當然可以說，作家不應一心只圖功名，應該對作品精益求精而不要在乎結果。這種哲學道理，值得肯定，但同時要知道，作家作品的精華，有一半要取決於作品的吸引力。作家也許帶著心酸感受到了世界的美麗，但他的作品也必須讓讀者產生共鳴，若沒有人關心他的聲音，他不可能不感到頹然沮喪。並不是他渴望獲得愚蠢而老套的表揚，因為這些表揚來自於那些見到他就鼓掌之人。他所渴望的，是表達一種親情、一種慷慨之心奉獻的熱忱，在性情相投之人的心靈間產生迴響。他可以渴望這些 —— 不，他必須渴望這些，才能實現自己的理想。在詩人的腦海中，

他期許成就，期許創新，他把時間、思想和努力都奉獻給創作；而檢驗創作品質和價值的標準，就是他的創作能否感動他人。若一個人對自己所做的工作沒有某種微茫的希望，他最好重新混跡於人群之中過普通人的日子，靠微薄的薪水為自己贏得一席之地。的確，他沒有任何理由去拒絕他本應承擔的責任，除非確信他終生所致力的工作比現在所做的更有價值。詩人心中總會糾纏著一個想法：懷疑自己是否只在取悅自我，玩著不痛不癢的文字遊戲；除非他相信，他在增添魅力與真實。詩人的視野模糊而微妙，堅定的信心似乎與他毫無關聯。相反，他的周圍充斥著喧囂而嘈雜的聲音，這些聲音告訴他，他正在躲避世界的責任，沒有為人性和世界的進步盡自己的綿薄之力。一些自我意識強的作家會說，人性和進步根本與藝術家無關；但另一方面，我們仍會在各個時代找到為數不多的偉大藝術家，他們從未被種種深切的渴望 —— 幫助他人的渴望、增添平和與快樂的渴望、闡釋世界的渴望，讓生活更豐富、比單調的苦工生活以及清除石子和塵土的耙路機的生活更加充實的渴望 —— 所驚擾。

▎詩人的希望

正因為得不到世人的認可，沒有獲取應有的名望，才使這兩位偉大詩人的生活極具美感。從未有過功成名就的偉大詩人，不會因為在某種程度上意識到自己的價值和影響而被寵壞。丁尼生、波普、拜倫、華茲華斯 —— 虛榮和自滿讓他們的生活遭受多麼大的傷害啊！即使是司各特，雖然在絕望和淚水中洗除了過錯，卻仍被奢華的生活弄得遍體鱗傷。因此，像濟慈這樣的詩人，因無法預知自己的偉大，所以仍保留著謙卑與平和。現在，他們已成為了榜樣，甜美而溫情的榜樣，謙卑地走在偉人的行列之中，卻從未想過自己是幸運之人。賦予濟慈和雪萊的天賦，是最偉大

的天賦，他們不知道自己的快樂，因為一生中從未為世界讚許的陰影所籠罩，也從未觸及過因自知偉大而衍生的自滿，而這些都已把凡夫俗子的精神毀得面目全非。

濟慈

　　今天一整天都在讀《濟慈書信選》，平時也讀些，但斷斷續續的。也許我下面要說的話聽起來有些矯情，但卻是百分百的真話，這本書對我有著特殊的影響。所謂影響，不是指思想上的，因為沒有更貼切的詞語表達，暫且稱之為精神上的影響吧。這本書點燃了我的靈魂，也點燃了我麻痺而懶惰的精神，讓自己感覺彷彿接近了一個如燈般炙熱燃燒的精靈。這一火苗如以往多次燃滅的火苗一樣，終將燃盡，但只要火光在我心中跳躍、閃爍，我就將努力牢記它給予我的感覺。我首先相信，只有鳳毛麟角的書籍才能真正代表作者的心聲。世上還有什麼書能夠像這本書一樣，把這位才華橫溢的天才詩人那青春勃發、熱情奔放的思想酣暢淋漓地表達出來呢？我想不出來。濟慈只在給弟弟妹妹以及親密至交的信中，才改變了慣有的冗長而含混的表達風格，把自己的真情實感以極其親暱的日記形式表現出來。在我的眼前，我彷彿目睹到他的驚世才華在上升、在奔騰、在燃燒，最後緩緩冷卻。不必贅述過多，只以他 1818 年 10 月寫給理查‧伍德豪斯的那封精采的書信為例。在信中，他闡釋了自己詩歌的特點，把自己的詩歌與他所指的那種「華茲華斯風格 —— 自以為是的崇高」截然區分開來。他說他沒有自己的身分，但他是一面敏感的鏡子，可以短暫地印下外部事物清楚的形象，只是這形象會很快消失。他說，與他人共處一室，對他是一種折磨，因為每個人的身分都如此持續地壓迫著他。他還得意洋洋地補充道：

　　「詩歌那模糊的念想即將產生，血液將不斷湧入額頭。」

濟慈

　　諸如此類的信件，讓人們觸碰到他卓越思想的最深處 —— 濟慈把自己和他人都看得如此透澈而清晰，這才是他自我表白的神奇之處。此外，我認為文學中沒有任何事情比一首不朽的詩歌更讓人敏銳地感知到天才為何物。比如〈無情的美女〉，這是從一封信中摘抄下來的，只是當時為了取悅收信人的隨手之作。

　　雖然上面是我對濟慈的看法，但我並沒有一直強調說他的性格令人欽佩甚至討人喜愛 —— 即使他經常流露出溫柔多情、體貼周到的真摯情感。濟慈的缺點顯而易見，他的品味經常令人質疑，他的幽默常常令人不堪。他常編造些笑話，並重複著這些笑話，總會讓人面紅耳赤、如坐針氈 —— 坦白說，他偶爾會粗俗，但絕不是那種骨子裡就有的粗俗，而是那種刻意表現出來的粗俗，這源於他生活在土氣的二流文人之中。人們會不時感到，濟慈的一些朋友令人不忍卒讀 —— 但很慶幸，他自己沒有這種感覺，所以他對他們仍然忠實慷慨。此外，連一些像馬修·阿諾德[129]那樣的偉大評論家都坦承，濟慈書信中的脂粉氣令人難以忍受。這似乎是不常有的判斷，但在我看來，卻是睿智的。如果生長於優雅的環境之中，就會養成某種生活方式，形成某些觀察事物的方法，這些都無可救藥地與粗俗產生摩擦；可是人生苦短，既無法克服這種摩擦，又難以從中擺脫。可能人們對濟慈知之甚少，認為他是位缺乏教養的年輕人，尤其當他與雪萊在一起時，他常常會因自己的社會地位而感到自卑，這時的他會表現得猶疑不安。「一個散漫、懈怠、衣冠不整的年輕人」。這是柯勒律治對濟慈的印象，他是在海格特[130]公墓的路上遇到濟慈的。但坦白地講，這種感覺很外在，又很膚淺。另外，身為情人，濟慈也無疑令人感到困惑不解。他

129　馬修·阿諾德（Matthew Arnold, 1822-1888），英國詩人、評論家。
130　Highgate，位於英國倫敦北郊。

264

的熱情、他那難以抑制、四處洋溢的激情，部分原因可能在於他身體不適、精神憂鬱，總是缺乏一種尊嚴。但身為朋友，濟慈的表現卻可圈可點。可以想像，只要進入他的圈子，獲得了他的尊重，就很難不把濟慈當成偶像。他似乎展示了他那獨有的坦誠而真摯的兄弟情誼，即使自己多愁善感也從未使得這種感情蒙羞，這也正是平等友誼的精髓所在。他把自己的真心、思想、夢想都慷慨地奉獻出來 —— 不像有些人那樣自私自利 —— 從不自我沉迷，也不吝惜同情，以一種忒奧克里托斯作品中漁夫的神態對同伴說：「來吧，像分享我的魚兒那樣分享我的夢想吧！」然後告訴朋友他的美好憧憬。濟慈從不匱乏惻隱之心，總為朋友傾其所有，哪怕在自己已然囊中羞澀、財務危機早已虎視眈眈，但這正是他最難能可貴的特質。有一封濟慈與古怪而自私的敗家子海頓的通信，信中說，雖然自己囊中羞澀，但仍在費盡周折為一位朋友籌款。海頓的傲慢無禮昭然若揭，暗示濟慈吝嗇小氣。即便如此，濟慈也未大發雷霆，只是輕描淡寫地講述了一下自己所處的困境，他所表現出來的耐心和脾性，彷彿自己就是那借債人。還有他寫給妹妹芬妮的那封暖人心脾的信。當時，芬妮還在寄宿學校讀書，濟慈自己也心神焦慮，但信中所顯露出來的，卻是一個真實而溫柔的男孩形象 —— 其實，當時他也剛剛成人。當然，有些書信，如蘭姆和菲茨傑拉德的，會讓人走進這些作者觀察他們的精神氣質；但他們與濟慈有一點區別：他們幾乎不能赤裸裸地坦白自己的內心想法，而濟慈對於最好的朋友卻從未有所保留。他把大多數人因擔心別人指責為矯情和做作而羞於啟口的想法都付諸筆端，顯露出了最為崇高的希望和志向，突顯出其高瞻遠矚的視野與宏偉的抱負，昇華了的精神世界與欣喜若狂的藝術追求。我並不是說，每個人都可以充分享有這一切，但對於處在鼎盛時期的濟慈，似乎時時刻刻，都能體會到個人經歷和洞察力所帶來的令人敬

畏的衝擊，這些是任何熱愛和崇拜藝術之人雖能間或感受、卻無法深刻體
會到的。有一幅濟慈的畫像，我想是他去世後由畫家塞文[131]所作，表現的
是濟慈坐在溫特沃斯的寓所裡小客廳中的場景。客廳的窗戶朝向果園，果
園裡有棵梅樹，他曾在那棵樹下寫過〈西風頌〉。濟慈坐在椅子上，胳膊
靠在另一把椅背上，手擱在頭上，帶著滿足的微笑讀著莎士比亞詩集。他
衣著整潔，腳上穿著輕便布鞋，上面打著蝴蝶結。這幅畫，就像那些書信
一樣，不知不覺間把濟慈融入了生活。我總是不禁遐想，塞文一定牢記濟
慈給妹妹芬妮的信中那段動人的情節，濟慈說他想擁有一所房子，頗寬大
的弓形窗，窗上嵌著彩色玻璃，透過窗子可以看到日內瓦湖[132]；他的左手
放一缸金魚，他會像畫中的紳士那樣坐在那裡，專心致志地整天讀書。
這幅畫栩栩如生，躍然紙上，猛然之間會以為濟慈重新復活，來到你的
面前。

那麼，從這一切中又能推斷出什麼呢？其一，濟慈具有無可比擬的絕
世才華；其二，他是位可以讓人真心熱愛之人；其三，當一個人有足夠的
運氣，可以擁有某種驚世駭俗的思想時，就不該再有羞澀之心。相比於把
思想自閉於內心、唯恐被人認為愚蠢的那種表現，莫不如坦誠地、毫無保
留地將之公之於眾，這一定會讓世人和自己都受益匪淺。

當然，縱觀濟慈的畢生事業，它為眾多難解之謎打開了一扇窗戶。若
造物主的目的就是為了教育世人，若他渴望借助於天才的記憶和語言點亮
人類精神，讓人類實現美妙宏遠的夢想並欣賞到所有的美麗，那麼，既然
他創造出像濟慈那樣如火似蜜的人物，又為何在濟慈如日中天之時令其遭
受種種不幸和疾病的無情打擊、讓其事業在巔峰之刻黯然收場呢？真是讓

131　約瑟夫‧塞文（Joseph Severn, 1793-1879），英國肖像畫畫家，濟慈的朋友。
132　Lake of Geneva，又名萊蒙湖，位於瑞士日內瓦近郊，與法國東部接壤。

人百思不得其解啊！環顧寰宇，種種人性赫然在目 —— 有宗教的、藝術的、哲學的，還有商業的、平凡的、獸性的、自私的。但是，高尚的人物卻門可羅雀，數量也難有成長趨勢；所以，要想人性更加純潔、高尚和友善，這在很大程度上取決於那些具有崇高境界的天才人物。但切不可以偏概全，錯誤地認為正是這些罕見的天才，才維繫、活躍和豐富了這個世界。可嘆的是，這些罕見的天才似乎並未受到造物主特別的垂青，他們都必須要與難以逾越的挫折進行抗爭。那種折磨人的無奈，成為了他們精神中最為敏感之處。那些秉性 —— 自私、世故、刻薄、殘忍，似乎都毫無例外地在世上恣意妄為；高貴和殘忍，都是無可否認的事實；崇高、無私和純潔，也如邪惡與欲望一樣，真實地存在。我們在此都犯下了可悲的錯誤嗎？上帝之心厭棄卑鄙和邪惡，更偏愛高貴、純潔和熱情，難道這些只是宗教狂的妄想嗎？如果一個開化的民族與一個蒙昧的民族陷入戰爭，雙方的愛國者都會帶著同樣的熱忱和希望祈禱上帝保護所謂的正義嗎？難道雙方不都希望並相信上帝會支援自己戰勝對方嗎？

這些都是難解之謎，但即使在理性的冷光下爭辯，也不敢妄稱上帝在戰爭中會有所偏袒。上帝讓詩人沉默，將傳教者重擊在地，而與此同時又去維繫著財富與舒適，尊重那些野心勃勃之人。詩篇的作者說，他曾見惡人像一棵青翠樹一樣生髮，而且還高興地發現，不久惡人就不見了，那個地方就消失了[133]。但假如他再仔細查看，也許會看見正直的人受到壓迫，並隨即與惡人一道被無情地滅絕。在濟慈身上，人們看不到正義和仁慈，他生來就是為了奏響思想純潔而優美的樂章，振奮和激勵吶喊的靈魂，但他自己卻在才華的峰巔被無情地席捲而去；若再想到他的生命因為一心一意照顧患肺病的弟弟而白白犧牲，就更加令人噓唏不已！

---

133 《聖經‧詩篇》37:35。

　　也許總有一些無果的幻想！而我們又很難加以拒絕。唯一的出路，就是堅守信仰，追尋純潔與美麗，感謝像濟慈這樣的靈魂有機會如星光般劃過黑暗的天穹，在宇宙間一個天際線一個天際線地吶喊。我們相信，這光芒、這熱情、這願望，傳遞給靈魂的是真實 —— 這是上帝旨意不可或缺的部分，無論它在上帝與其無所不能的意志之間起著多麼微茫的作用。

先知的墓塚

今天早上在報紙上讀到一封信，讓我感到既好笑又羞愧。這封信有一串長長的署名，都是學生們所稱的「學究」，他們提出倡議，要民眾站出來購買濟慈在羅馬去世時的故居，把它改建成博物館，以紀念濟慈和雪萊。這個建議愚笨之極，讓我不禁啞然失笑。首先，在所有故居中挑選羅馬作為紀念兩位偉大詩人的聖所，是最讓人感到不可思議的。濟慈入駐羅馬故居時已生不如死，在身心備受摧殘中熬過了 4 個月。在給朋友的一封信中，他寫道：「我有種習慣性的感覺，似乎我真正的生命已經過去，似乎我現在過的是死後的日子。[134]」選擇這樣的地方作為故居，還有比這更不合時宜的嗎？可以毫不過分地說，事實上，在這座人們選中紀念濟慈的故居，英年早逝的濟慈度過了一生中最為不堪回首的歲月。假如故居在溫特沃斯或漢普斯特德[135]，要是有人購買的話 —— 濟慈在這些地方正瀕於災難和屈辱的邊緣，度過了一段短暫而癲狂的日子 —— 也許還有點意義，但莫不如購買他在鄧弗里斯[136]旅店裡的故居，濟慈也曾在那裡住過幾夜，也許可以建一所濟慈 - 伯恩斯[137]博物館，真可謂一舉兩得 —— 這會跟購買羅馬故居的效果一樣，因為把雪萊和濟慈透過羅馬故居連繫在一起，同樣也是一樁善意的蠢事。雪萊和濟慈兩人熟識的程度真的不值一提，雖然雪萊曾出於善良大方地把濟慈當成病人接入家中，也對濟慈充滿

---

134 1820 年 11 月 30 日，25 歲、只剩下 . 個月時間的濟慈，在羅馬寫信給英國的朋友查爾斯・布朗時如是說。
135 它們最近都已獲批成為濟慈故居。
136 Dumfries，英國蘇格蘭地區的 32 個一級行政區之一。
137 勞勃・伯恩斯 (Robert Burns, 1759-1796)，蘇格蘭著名詩人。

先知的墓塚

由衷的敬佩之情，就像在〈阿童尼〉（*Adonais*）[138] 中所見證的那樣；但濟慈並不喜歡雪萊，總是疑心自己正受到施捨，因此從未與雪萊像其他朋友那樣真心相對。實際上，雪萊同樣對濟慈知之甚少，認為他性格與本人實際差別過大，認為外界嚴厲的批評削弱了他的快樂與健康。身為年輕而無名的詩人，濟慈雖然受到諸多批評，但他仍表現得足夠恭敬有禮。他的信件說明，他對外界的批評的確毫不在意。濟慈說 —— 沒有理由懷疑這話的可信度，許多最為坦誠而親密的信件也驗證了同樣的說法 —— 意識到自己詩歌中的問題帶給他的痛苦，要遠遠超過批評家的吹毛求疵所帶來的痛苦。雖然兩位詩人恰好都在義大利辭世，但這並不代表義大利就是建造詩人故居的最佳場所。

把兩位詩人一併在義大利加以紀念，既不合適，也欠考慮，但卻是可以原諒的，這是一種真誠而善意的祭奠方式。相比之下，更讓人難以接受的卻是整個過程中表現出來的勢利和故弄玄虛。在信上簽名的名人還包括一些像伊頓校長這樣的文人，只因為雪萊曾經在伊頓上過學。但凡記得雪萊在伊頓所處的境遇以及他對此積蘊的情緒，就會不禁想起那些關於先知墓塚建造者們的詩句，這些人的祖輩曾向這些先知投擲石子進行攻擊。同樣令人難以置信的事情也發生在牛津。眾人皆知，雪萊曾在牛津讀過書。在那裡，他過著特立獨行的生活，每天進行化學實驗，長時間地在戶外散步，在霍格的陪同下練習射擊和放紙船。雖然他對人們的關心反應熱切，卻沒有人願意與之交往或者給他提出建議。他曾在小冊子上發表過一些無神論觀點，只是因為一個聰明、孤僻而且好空想的青年一時興起，這卻讓當局感到震怒，於是把他趕出城外。現在，雪萊成為了家喻戶曉的偉大詩人，他們居然為了紀念他而塑造了一位渾身赤裸、溺水而亡的青年才俊的

138　雪萊的長詩。

塑像——雪萊的屍體在海灘上被發現時，他是穿著衣服的，口袋裡還有一捆濟慈和索福克里斯[139]的書籍。這座塑像位於一處孤獨的墓地，在圓形穹頂掩映下，總讓人感覺既像賓館的游泳池，又像賓館的吸菸室。人們可以說，唯一可做的事情就是為那些生前遭受欺侮和譏笑的偉人追加榮耀。在教育研究場所建立紀念碑，是一種激勵，鼓勵在此地接受教育的年輕人向先輩學習。但那些因把紀念碑建在牛津而獲得讚許的先生們，真的希望他們的學生效仿雪萊嗎？假如那些同樣放蕩不羈且目光敏銳的年輕人來到牛津，又會受到怎樣的待遇呢？現在，很可能有些正直而熱情的年輕導師，會認為自己對這些年輕人負有責任，於是努力去改造他們，懇求他們玩玩遊戲，聽聽報告，參加早禱儀式，恐怕還會竭盡全力遏制他們的創造力或自由的思想，想把他們變成恪守本分、循規蹈矩之人，阻止他們有任何異想天開的想法。這些受人尊敬的名人雅士把紀念兩位偉大詩人的必要性公之於眾，他們當中又有幾人在尋求濟慈和雪萊所展現的那種天賦呢？假如後世的青年詩人懶惰、叛逆、粗魯，喜歡空想，那麼又有哪位名人雅士願意鼓勵他們忠實於自己的思想、以自己的方式實現自我救贖呢？假如與兩位活生生的詩人相向面對，又有幾人會鼓勵濟慈成為濟慈、雪萊成為雪萊呢？他們難道不會竭盡所能灌輸自己那套更為溫馴的文化觀念和正義標準給這兩位詩人嗎？

世界與詩人

當然，令人難以忘懷的是，兩位天才詩人的遺世英名讓他們擁有了眾多的粉絲，就像德國傳說故事中的那些人，一旦觸動了年輕英雄緊緊握在手中的那柄帶有魔力的長矛，就再也不能撤出手來了，於是只好荒唐地尾

139　索福克里斯（Sophocles, 西元前 496- 西元前 405），希臘文明黃金時代的一位巨人、戲劇家。

先知的墓塚

隨在這個征服者後面一路快跑著穿過大街和鬧市。這種情景令人難過，人們感覺，雖然這些簽名的名人有令人欽佩之處，可他們並未從中吸取教訓，還會像他們的先祖一樣，隨時對創造性思想不遺餘力地進行恫嚇和侮辱，他們會把「濟慈們」說成自我放縱的敗家子，把「當代雪萊」說成缺少道德的共和黨人。實際上，這兩位詩人已悄然登上詩壇的峰巔，可迎來的仍是冷落與藐視，那些人本應對他們讚不絕口的啊！但是，這種現象並未讓那些隨時準備鼓掌的人思想開化，他們仍然還是在看到整個世界鼓掌時才會隨聲附和。當然，老師們也有難言之隱。學校裡總有些異想天開、冥頑不靈的年輕人，沉溺於違背常規的幻想中，可卻沒有濟慈和雪萊那種天賦的依託，只分享到了這兩位天才對世上所有習俗、屈從、粗俗的憎惡。毫無疑問，年輕人會努力把自己培養成彬彬有禮的居民，這是他們義不容辭的責任。有時，這一過程一帆風順；有時，卻是步履維艱。年輕人，生性叛逆，好高騖遠，經常受到誤解和規避，有些人甚至一生都一塌糊塗。他們的思想創新之路更是艱辛，遠遠超出那些逆行之人，因為天才付出的代價巨大得超出想像。成功時，全世界都會為你鼓掌喝采，權威們會對你稱讚不已，理想主義者會對你表達由衷的謝意；而失敗時，人們會對你嗤之以鼻，慨嘆天賦用錯了地方被白白地揮霍了。我們的國家之所以如此沒有理性，如此循規蹈矩，如此庸庸碌碌，其中的一個原因就是，我們對新想法漠不關心，對創新思想毫無敬意，不想被逼迫著去思考、去感受，我們所欽佩的僅是成功與榮耀。而理想主義者只會暗中崇拜美，若詩人強迫自己接受膽怯的理想主義者的關注，靠出售大量的作品而獲取豐厚的利潤，那麼，我們只會以榮譽和崇拜這種拙劣的方式回報他們了。若雪萊繼承了父親的爵位，他的作品銷量會飛速上升；若濟慈像拜倫一樣成為貴族，他會受累於乏味至極的稱讚。想到這些，就感覺十分後怕。至

今，我們仍道貌岸然地端坐於教育的高背椅中，可憐巴巴地緊抓住希臘研究不放，而每當希臘精神 —— 那種對美之印象的不懈追求，對思維活動的強烈渴望 —— 出現時，我們卻要麼震驚不已，要麼不屑一顧。從內心上講，我們是商業化的清教徒，厭惡獨立、嘗試和創新，相信物質回報 —— 財富、舒適和地位 —— 是唯一值得擁有的東西。我們稱自己為基督徒，卻把基督精神 —— 簡單和自由 —— 釘到了十字架上。請至少對我們的渴望做出判斷，不要試圖達成令人厭惡的妥協。而我們採取的方式卻是，迫害鮮活的天才，為死去的天才加冕。難道不能做出真誠的努力，辨別出藏身於我們中間的天才嗎？我們要尋找天才，鼓勵天才，而不是匹克威克[140]式的謹慎行事，假使有兩種群眾時，只跟著大多數人叫嚷。

140　Pickwick，狄更斯作品《匹克威克外傳》（*The Pickwick Papers*）中的主角。

先知的墓塚

蕭霍斯

　　最近一直在讀《蕭霍斯[141]回憶錄》，這本書令我愛不釋手。實際上，書中揭示的人生司空見慣，講述的是一位富有的製造者的故事 —— 辛辣文字與不和諧的製造者。蕭霍斯隸屬於城郊的文學圈，這片土地滋長的都是最枯燥的文學之花。他住在一座面積不大的別墅裡，早上上班工作，下午回家喝茶，晚上讀書朗誦。唯一與眾不同之處，就是癲癇病發作的恐懼時刻糾纏著他。此外，他還患有嚴重的口吃，這令他倍感痛苦，也讓他無法融入社會。我一生中只與蕭霍斯見過兩次面，而且短短一個晚上的遠距離接觸所產生的印象通常是不準確的，但我還是要把自己認為有價值的印象描述出來。第一次見面時，發現他是一位矮小精悍的男人，五官特徵突出，臉盤較大，像位牧師。我記得他的皮膚是青銅色的，鬍子又長又細，兩端翹起，就是過去通常所說的「長絡腮鬍」或者叫「哭喪鬍」，這讓他的臉上傳遞出一絲滑稽的表情。他當時剛成名，而我還是大學生，對《約翰‧英格爾桑特》（*John Inglesant*）瘋狂沉迷，對他充滿好奇和崇拜。但他本人看起來並不那麼令人崇拜，雖然給人一種彬彬有禮、質樸單純的印象，但口吃成為了障礙，讓他難以在眾人面前表現得輕鬆自然。大多數口吃的人從小到大往往會受到輔音的困擾，而蕭霍斯犯難的地方，是他要不斷重複發出「吐」音，才能克服口吃。為了發出這個音來，他不時拉著自己的鬍子，動作看起來像在擠奶。幾年後，第二次見到他，他看起來臉色更為蒼白和疲倦。之前，他是位只會給人留下些許印象之人，可現在卻已

141　約瑟夫‧蕭霍斯 (J. H. Shorthouse, 1834-1903)，英國小說家。

經格外惹人注目了。不記得他的口吃是否還那麼嚴重，但他變得更為自信和莊重，我想原因有二：其一，他已成為各路名流競相追逐的目標；其二，我發現名人與普通人的差異只在於名人更為有趣和簡單而已。我仍能清楚地感受到他的善意和禮貌，這種禮貌讓他分配得不偏不倚，恰到好處。

可是，他身上仍存在些許神祕。他的生平介紹說，他似乎是位普通人，受過教育，潛心研究過宗教，像忒勒瑪科斯[142]一樣，能「處理好那些需要謹慎應付的事務」。儘管如此，從本質上講，他的思想仍是狹隘的。他的書信中贅言甚多，陳腐無趣，有啟發的內容少得可憐，表達的只是對文學搖擺不定的興趣。他的散文集是重新創作的，為伯明罕文學會而寫，品質也大致如此，普通、乏味、嚴肅，有點說教成分。

然而，在所有的這一切背後，這位虔誠、敬業的生意人卻竭盡所能開創了一種精妙絕倫的寫作風格：簡潔、唯美、細膩、深刻。《約翰·英格爾桑特》，整體上講，藝術性並不強，它比重失衡，結構鬆散——中心不突出，故事戛然而止，不是因為作者寫完了，而是因為沒有什麼可寫了；各個章節也完全沒有安排好比例，這部書的缺點在任何拖拖踏踏、寫寫停停卻又沒有認真構思的作品中都可以發現，似乎是碰巧找到筆和紙隨興創作的。然而，書中的辭藻、節奏和韻律，卻是精妙無比，雖然他的其他作品也出現過漂亮的段落，但我認為他不會再達到這樣的高度了。只有一個例外，那是一篇對喬治·赫伯特[143]的一本書的簡介，寫得也相當精采。

在創造教會氣氛方面，蕭霍斯極具天賦。教堂掩映於春天的樹林之中，早晨清新的陽光穿過空隙鋪灑下來，空氣馥鬱，彌漫了一絲晨曦的清

142　Telemachus，丁尼生《尤利西斯》中的人物。
143　喬治·赫伯特（George Herbert, 1593-1633），威爾斯詩人、演說家、牧師、玄學派聖人。

涼，偷偷溜入，搖曳著點燃的燭火。清晨讓一切都變得鬼魅起來，如塵灰般朦朧。牧師，穿著莊重的教袍，躊躇滿志卻悄無聲息地走來，聖餐上的話語輕柔而精緻地落入耳畔，如同從一個正在分配任務之人的唇邊響起。這個人帶著無限的溫柔，為每日甦醒的聖潔獻祭。

這是蕭霍斯最為浪漫、最為光彩照人的時刻。他對宗教儀式充滿深深的眷戀，雖然他生性喜歡寂靜 —— 他是一個自由開放的教徒，屬於金斯萊派，不是普西[144]派。對他而言，宗教儀式是一件美麗的飾品，卻不是令他魂牽夢繞的象徵之物。

這本書吸引我之處還在於，為何這朵嬌柔而獨特的藝術之花竟然在這塊奇異的土地上盛開？就文學興趣而言，在這種環境下，人們所期望的，是一種含糊的樂觀主義，在羅勃特・白朗寧和卡萊爾的作品基礎上羞答答地呈現出來；可是，取而代之的卻是這種珍貴而獨特的風格，它繼承了《聖經》和約翰・班揚的衣缽，得益於清澈力量的滋潤，為現代英語增添了古老幽閉的韻味。

這代表，藝術會本能地發展，並不一定會受到環境和其他因素的影響。就蕭霍斯而言，對藝術的本能追求似乎純粹是一種自主的產物，他不追隨任何人，沒有任何專業批評可為自己所用，他唯一的評論家似乎就是他妻子；儘管蕭霍斯夫人在書頁中的形象是勇敢、忠實和敬業的，但在記載中卻可以清楚地看到，她沒有任何特殊的文學稟賦。

物以稀為貴。19 世紀能寫出精美散文的作家屈一手之指可數，如屈兩手之指，就可數得富富有餘了。雖然有表現力的散文作家數目寥寥，但能稱為藝術家的，就少之又少了。在此之前，英國散文一直作為一種直接灌輸和表現思想的手法，以純偶然的方式為人們所使用。而現在的文學巨匠

144　愛德華・布維萊・普西 (Edward Bouverie Pusey, 1800-1882)，英國神學家，發動了牛津運動。

們正轉向詩歌，只要看一下蕭霍斯的一兩部詩歌草稿，就會驚奇地發現，他的詩歌顯示的是對創作的無奈，對韻律、節拍和節奏幾乎沒有任何本能的反應 —— 屬於最低層次的業餘拼湊之作。

在蕭霍斯體會到書籍出版的愉悅和名聲鵲起的快樂之後，他就欲罷不能了，繼續在一根琴弦上單調地彈奏著。他嘗試加入幽默效果，卻不太成功，因為《約翰‧英格爾桑特》有趣的一點就是從頭到尾沒有一絲幽默，也許在狂歡節那場戲中，有一段悲喜交融的情節：一個人裝扮成死屍主持狂歡儀式；但即便如此，這種幽默也幾乎完全是一種令人毛骨悚然的幽默。

當然，雖然蕭霍斯的代表作很唯美，人們仍然不會在英國文學史上給予他很高的地位。但作家也許會有一種與作品價值不成比例的興趣，蕭霍斯的興趣系於一種珍稀的鮮花，它能在本不應該生長的地方神奇地盛開。他很可能無法掌控後人的思想，因為他的書中沒有任何連貫的思想體系。《約翰‧英格爾桑特》是一面禮貌的鏡子，為情感和環境所捕獲；在這面鏡子中，宗教情感的美麗音色被迷人地映射出來。對所有研究英國散文發展的人來說，蕭霍斯有其固有的價值，能在異地的土壤上自發而孤獨地展露出散文之花。他還是位與世隔絕的文學工作者，用自己孤僻而優雅的才華預示了新文學流派的崛起，彷彿植物的生長一樣，雖非一蹴而就，卻也指日可待，終有一天會誕生枝葉，綻放花朵，增添色彩，散發出芬芳。

威爾斯

　　幾天前，不經意間來到了威爾斯[145]。許多人告訴我應該看看這座小鎮，但因為這些人的品味和判斷力不敢恭維，所以一直刻意規避來到這裡。有著與大眾迥然有異的本能是珍貴的，也許會比其他本能獲得更多的人性，但沉溺其中，卻需格外當心。

　　在此背景之下，我抑制住了想從威爾斯抽身離開的本能。很高興，我這麼做了。許多人認為威爾斯非常漂亮，位於群秀之首的地位；而事實也證明，它的確受之無愧。就建築而言，威爾斯和牛津大氣，伯福德[146]和奇平卡姆登[147]小巧，據我的閱歷來看，這4座小鎮是英國最美麗的地方。雖然其他一些地方也有漂亮的建築，但這4個地方特有的和諧一致，卻是其他城鎮所缺少的而且也是令人耳目一新的。

　　毋庸諱言，威爾斯的美麗難以言表，威爾斯的浪漫令人稱奇。它幾乎是一座完美的中世紀小鎮，悠久的歷史令它鶴立雞群，而這一點恰是我們很容易遺忘的，因為當初建成時，它並不具有這一特徵。我認為，威爾斯初建時，絕不僅僅是個美麗之所。沒有外人的侵擾，沒有訪客的打擾，現在的小鎮已變古老，它的磚石因久經風雨而有些碎裂，但這也讓它更加韻味濃厚，成為世上最迷人的景點之一。

　　用語言描繪威爾斯，上帝都有些不容！我甚至不敢確定，人們最為仰慕的東西真的就值得人們仰慕嗎？比如，大教堂的兩個外立面，由於要修

145　Wells，英格蘭西南部一城鎮。
146　Burford，位於英國牛津郡附近的小鎮。
147　Chipping Campden，位於格洛斯特郡，是科茨沃爾德地區保存最完善的歷史小鎮之一。

復大理石柱子，暫時受些損壞。這些柱子，看起來像印度橡膠管，一段一段地插在那裡。教堂的唱詩班坐席，也令人不忍卒睹。石頭櫈子矮矮的，就像孩子們搭起的一排藤架；風琴簡陋，座椅卻舒適，呈現出一種驚人的伊拉斯圖派[148]氛圍，卻沒有一絲的魅力和神祕感而言。在這種地方祈禱，我根本無法想像。牧師內街，常常受到愚蠢的吹捧，經過修復，看起來更像溫泉勝地裡的一條小巷。

但主教行宮卻給我們呈現了另一番景象。護城河中天鵝游弋，凸窗和角樓巧奪天工，棱堡和塔樓枝蔓綿延，這一切都讓人無可救藥地渴望去擁有其美麗的奧妙，讓人在目瞪口呆、茫然失措中滿懷渴望和熱情的信念，臣服於能創造出這美侖美央之景的力量，無論這種力量生為何物。

在一位教會朋友的幫助下，我有幸在這美輪美奐的天堂之國悠然漫步。行宮位於教堂的東面，很難想像它的主人是誰，它又與周圍的建築產生怎樣的關聯。行宮裡面的水池與小溪水色清澈，縱橫交錯。這裡有一塊已開墾的土地，種滿了日常蔬菜；那裡屹立著一座神祕的古建築，細察之下，裡面竟空曠無物，只是一口水流噴湧的泉井。還有這裡，有一塊草坪，精緻的鵝卵石道兩旁盛開著玫瑰；距離幾步遠的地方，是一塊無人踏足的草叢，到處蔓生著灌木、接骨木和桂樹，中間有一塊天然形成的草場；而那邊的景色也讓我僕膝臣服：在古城牆旁邊，在教堂塔樓和山牆莊重的俯視之下，一口大型噴泉從地面噴薄而出 —— 有一個祕密管道連接著四周水草茂盛的池塘 —— 然後再順著水流滿載而走，不，這不是一口噴泉，是三口噴泉，它們令人驚嘆地融入這狹小的雜草與灌木交織的空地上。

148　Erastian，近代國家主義的一個早期理論，否定教會代表著一個靈魂的或思想的國度，主張國家享有絕對主權，國王擁有對教會的最高控制權。

這才是真正的威爾斯，羅馬人口中的「太陽泉」，從山中隱祕的水道獲取給養，再不舍晝夜地噴灑而出，去取悅和振奮人們。真希望中世紀的建造者沒把宏偉的教堂建在這些泉井旁邊，而是建在泉井之上，讓泉水在專門設計的祈禱堂中噴湧出來，這樣，教堂裡就會蕩漾起音樂之聲，泉水會從房間的門中流走，一如「以西結」所看見的那樣：水從神殿的門檻下流出，一直向東，去滋潤土地。[149]

我輕步踏足在深色的樹林之中，來到了緊鎖眉頭的塔樓下的護城河邊，看見一隻翠鳥立於枝頭，鳥的後背如同披滿了藍寶石一般，鳥的前胸是紅色的，腦袋機警地向旁豎起，注視著溪水。突然，牠俯衝而下，瞬間無影無蹤；可一眨眼，又飛了回來，渾身閃閃發光，像亞瑟王的神劍一樣，口中銜著牠的獵物。

整整一上午，我都在悠然漫步之中度過，小鎮的美景令我目不暇接、流連忘返，我一路驚嘆，一路遐想。

我突然產生一個奇怪的念頭：這個如夢似幻般美麗的地方應受控於一些單純的教會人士手中。這座小鎮幾乎就是一個村莊，雖然世紀更迭，但它一直過著安靜、幽僻而瑣碎的生活。據我所知，這裡從未出過偉人。但它空氣甜柔，氣候溼潤，陽光和煦，可以遮風避雨，適宜過一種悠長、愜意而懶散的生活。小鎮之美似乎對當地人沒有任何特別的影響，從未成為思想或運動的中心。人們忍不住會想，它本應誕生某種詩一般的氣質，哪怕不是具有創造精神的那種，而是懶散的享樂類型的也好啊。但是，行人的耳語聲產生不了任何美麗 —— 空中充滿了耳語呱噪 —— 美麗似乎已消融在以此為傲的當地人臉上。我不知道，此地的優雅美景對當地人有何影響，也許只是知道眾多陌生人竟然來到自己的家鄉時擁有的那種淡淡的喜

---

149 《聖經・以西結書》，47:10。

悅吧。我不應嫉妒陌生人欣賞這美麗的景致，站在難以涉足的迷人山谷時就該有這種想法的。但我卻很難明瞭，這美麗到底為誰而存在？它似乎是一個有著自己如夢般欣喜和情感的地方，一個文人雅士在寧靜、快樂和熱情中生活的地方，一個不會有任何讓當地人聯想到醜惡或粗俗、進步或數字的地方，一個容納入選靈魂[150]和英雄才俊的地方。

　　人們不想在諸如此類的白日夢中過於異想天開地荒誕下去，但還有些生靈散落在簡陋的城鎮之中，也許正埋身於骯髒的房子裡，他們本可以住在像威爾斯這樣的地方，享受著綿長的快樂，不時陶醉於美景之中。而大多數真正的居民幾乎是偶然來此定居的，他們似乎並未意識到自己的好運和福氣，也未感受到環境的影響。想到這些，我就感到一陣心酸。統治世界的力量竟然在這群山環抱的狹小之地聚集了價值連城的美景，卻漠不關心這美景是否為心靈相通之人所感受和辨別，這真是一種令人無奈的浪費。

　　在這個地方，我願意見到的牧師應該對藝術和音樂極具感覺，並充滿強烈而神祕的好奇與渴望。他也許喜歡空想，即人們常說的不切實際，但他相信，與其說宗教是一種行為，莫不如說它是一種情緒，行為聽從情緒，如溪水順勢而行。我不是說這是宗教最重要的形式，它的精神不符路德宗，也不合衛斯理宗，它更多地生活在希望之中，而不是在定數之中；它渴望看見上帝，卻不願稱頌上帝的憤怒。這樣一個人，對所有的人都溫文爾雅，有理智和耐心，他的希望與悲傷交織，生活在令人振奮的祈禱氛圍之中，聽見了泉水的淙淙聲，聽見了樹叢中小鳥的歌聲，在聖樂聲中他內心因狂喜而飛揚，並在莊重激越的風琴聲中得以昇華。有時，他也會傾

150　即成為「上帝的選民」。基督教所說的「上帝的選民」，是指凡是信仰上帝的就是「上帝的選民」。

盡真心談及上帝的祕密。這樣的人所過的生活會受到上帝的庇護，會受到安歇之水、正義之路的引領，庭宴早已為他們擺好。今天，這種生活或許會被那些所謂的陽剛之人嗤之以鼻，會讓那些講究實際的慈善家不屑一顧，但正是這種精神創造了《詩篇》、《約伯記》和《啟示錄》。這種宗教形式，如果受到那些把信仰建立在開放的《聖經》之上的人的鄙視和責備，那麼，他們的《聖經》就不是開放的，而已被無知和蒙昧塵封。生活應該充滿能量、充滿信仰，純潔無比，雖不必在屋頂大聲吶喊，也應向那些在密室中有意傾聽之人述說。這個愚蠢而虛偽的年代，錯把金錢當成財富，把刺激當成愉悅，把干涉當成影響，把名望當成智慧，把速度當成進步，把浮誇當成雄辯，這種生活如若不能加以譴責，也應受到鄙視。

然而，在綠草萋萋之地，在鳥聲嚶嚶之中，在宛轉悠揚的鐘聲裡，甚至在清泉噴湧之時，這種生活也許會破土而出。在現在忙忙碌碌的日子裡，我們想當然地認為，流水沒有任何工作可言，只是在轉動磨輪，為城市發電，運載貨物，把汙穢沖向大海。我們忘記了，流水會穿越樹林，滋養青草和綠樹，滋潤飢渴的鳥獸，在陽光下燦燦放光，在夕陽下倦怠地透出光輝，掩映蒼白的天空。噢，扭曲而健忘的一代人，雖然應該比上帝更清楚我們朝聖的目標所在，卻不願傾聽上帝的諄諄教誨，不願見到上帝刻在牆上的耐心寄語！我們在教誨中忘記了學習，在預言中不屑於回顧往昔！正是我們，藐視了生命，藐視了美麗，藐視了上帝；正是我們，刻下難以磨滅的印記，崇拜上了火焰，以至於失去了陽光；我們每日祈禱和平，可當珍珠放在我們的手中時，我們卻把珍珠扔進了泥土。

我們雖然傾盡綿薄之力去保護生活，遠離塵囂，卻仍有重負要承擔。這些斑駁的屋牆、高聳的塔樓、汨汨的水聲，若沒有給予我們任何其他的啟迪，那麼，它們就是在教誨我們：平和和美麗與上帝之心咫尺之遙、珍

貴無比，上帝把它們置於應處之地，依靠我們去感知、去熱愛。若生命是一次學習，那麼，所學的內容是偉大的，可卻又是模糊的，但不管怎樣，至少它甜美的印象，如我們所追求的幻影那樣，總會一直支撐和安慰著我們。

朝聖之旅

　　有時，對文人墨客生活過、想念過和描寫過的居所進行一次朝聖之旅，我相信一定既是愉快的又會讓人受到啟迪，有助於人們意識到「他們如我們一樣都是凡人」，但這種意識是快樂的，也是感恩的。參觀的過程中會有種感覺：某種思想、某種語言，並非人類無法獲知，我們可以在自己的房間內、花園裡和田野中感知到，在與他人一樣的椅子上和書桌旁創作出來。有一次，丁尼生到歌德在威瑪[151]的家中做客，令他感到吃驚的是，歌德房間裡除了舊靴子和藥瓶之外，幾乎看不見任何其他東西。在亞博斯福[152]博物館的玻璃櫥裡，就精心保管著華特爵士[153]的舊帽子、大衣和憨笨的綁帶鞋。當然，像許多遊客一樣，人們尋找舊靴子和瓶子時，想到的一定是它們的主人。首先，人們必須熟悉偉人生活的每個細節，讀過他的信件和傳記，看過關於他的書信；如果可能，還看過他的日記以及他所有的書籍。人們一定是逐漸崇拜上他的，乃至有了想一睹真容的念頭；一想到墳墓把偉人與自己陰陽相隔，心中就充滿遺恨。直到有一天，人們意識到，這個偉人曾經食宿過、走過、談論過或寫過的地方，一如路斯[154]石礫遍布的荒野，連接天地的雲梯已然搭起，在寒冷中入睡的雅各瑟瑟發抖。突然如夢幻一般，他看見天梯瞬間放下，神的使者走下天梯，從雲霧繚繞的頭頂帶來明亮的思想和神祕的慰藉[155]。

151　Weimar，德國城市。
152　Abbotsford，蘇格蘭城市。
153　指華特‧司各特爵士（Sir Walter Scott, 1771-1832），英國著名作家。
154　Luz，指《聖經》裡迦南地的路斯，即伯特利。
155　《聖經‧啟示錄》27:45，雅各在逃亡的途中，夜宿荒郊野地，於昏睡中夢見天梯、遇見上帝。

　　所以，每個人只有幾種地方值得他進行朝聖。其一，事情發生的不應過於古老或遙遠，到森林中去目睹偉人遺留的殘垣斷壁幾乎毫無意義，這種場合根本不會令人回憶起眼中英雄的所見所依。必須有人的氣息縈繞其中，必須能看到偉人曾走過的花園小徑或用過的家具，才能在某種程度上意識到偉人眼中的老屋樣子。其二，這個地方必須在作家的靈魂和精神方面產生某種個人的關聯或者本能的情感。他要在這寫過一些名著，而且是可以給養心靈的名著，其中的喃喃細語透露出甜美的希望，讓人震撼並產生溫情的共鳴 —— 這個作家必須是從未謀面、卻真心熱愛之人。此外，膜拜這位作家的天賦，熟稔其偉大之處還不夠，他還應有親切感，參觀他的故居如同拜謁父兄的墓地，總是滿懷愛意，感受到他離去的失落，體會到精神上的紐帶銜接，彷彿在參觀某一熟悉的地方，可以輕鬆地說：「是的，這就是他喜歡的樹，他在作品中寫過。書桌旁的那扇窗戶他也談過，這能讓他一覽湖光山色。在這個牆邊，他喜歡在冬夜裡觀察爐火吐出的火舌。」

　　這些舊居竟然可以讓人如此希望去親身拜訪，假如認真考慮過舊居的意義，人們就會有種奇怪的想法：這些故居中，有多少在成為詩人的家後，又變成了小說家的故居？正是個人情結、想像力和創造力，才編織出這個魔咒。無論多麼聞名遐邇，我也不想讓人們千里迢迢去拜訪歷史學家或哲學家的故居，我本人更不願意去參觀將軍、政治家或慈善家的舊地。我寧願拜訪萊德爾村[156]，也不願在斯特拉特菲爾德薩伊大樓[157]體驗心靈的昇華；我寧願欣賞丁尼生曾寫過的〈拍岸曲〉（*Break, Break, Break*）中的那條小巷，也不願觀賞位於哈登的格萊斯頓圖書館[158]。這並不是說，將軍

156　英國著名湖畔派詩人威廉‧華茲華斯的山莊。
157　英國威靈頓公爵打敗拿破崙之後獲得的封賞。
158　以4次出任英國首相的政治家威廉‧尤爾特‧格萊斯頓命名。

和政治家的故居沒有趣味,與他們為鄰而居,我並不會厭煩去拜訪他們,但那只是大腦的愉悅,而非精神的樂趣。駐留在那些地方,我就忍不住去問些問題,而無法在無言和肅穆中沉思。這麼說有些感情用事,但我希望去參觀布蘭特伍德[159]和薩默比教區[160],在那裡,我會滿含淚水和虔誠,默唸禱告,如同在某個古老而摯愛的老屋中那樣,因為這些地方給我留下了甜蜜的回憶和幸福的歲月。

▊ 英雄

在隨後的日子裡,我發現有所遺憾的 —— 我是帶著遺憾這麼說的 —— 就是在當今作家的故居當中,竟沒有一個能讓我心懷敬畏和渴望、帶著神聖感想去拜訪的。有些作家,我非常尊重和欽佩,他們的作品我也悉心拜讀過,但沒有一位能讓我迫不及待地想聽從召喚,懷著莊嚴、虔誠和期待的心情去一睹真容。這也許是我自己的問題,也許是年齡增長的原因;但從另一方面看,沒有一位作家的作品一宣布上市,我就急切地想去訂購,並真心期盼它早日到手。有些作品出版時,我會決定去讀,但沒有一本書會讓我確信有著無可辯駁的真理和美麗。這真是一種巨大的落差。曾記得,當丁尼生從西敏寺的迪恩巷闊步走出時,我激動得幾乎窒息 —— 他皮膚黝黑,蓄著長髮,衣著古怪而不合身,眼睛寬大,目光卻黯淡而深邃;曾記得,當看見羅勃特・白朗寧時我的那種忐忑與期盼,以及與他見面後的失望 —— 他的友好平平淡淡,談話輕率無趣;曾記得,身為一名大學生,在不斷請求下才獲准去見馬修・阿諾德 —— 當時,他穿著猩紅色的長袍,正在參加一個露天的學術聚會 —— 我永遠也不會忘

159　英國詩人和畫家約翰・羅斯金的故居。
160　英國蘭開斯特郡的一個村莊,許多成功的商人曾在此居住。

記他接見我時那種與生俱來的優雅與和藹。在我們中間行走和呼吸的,該是何等高瞻遠矚的預言家,該是何等口吐蓮花的代言人啊,才能具有化腐朽為神奇的力量,喚醒精神與上天的共鳴?所以,我們目前的生活狀態,只會培養出大批工作有效率、有成績的人,卻無法培養出具有毋容置疑的權威地位、孤獨而高貴的天才。

也許,熱切的年輕人一直渴望親眼目睹名人的真容,想聆聽他們的教誨,就像我渴望見到「青春之神」一樣。但現在,海洋和深淵都異口同聲地說:「這裡不在乎我[161]。」

但我並未停止希望。我不在乎我的英雄年長年少,但希望他年輕一些,假如我聽說某個正在冉冉升起的青年才華橫溢、激情滿懷,就會專程與他見面,無論是長途跋涉、漂洋過海,還是淒風苦雨、風餐露宿,只為了把花環親手放在他腳下,接受他的祝福。

---

161 《聖經‧啟示錄》41:16。

彼得波羅

　　幾天前，我來到彼得波羅[162]，不經意間走到一條小巷，它位於一扇雖有些斑駁卻很精巧的黑色拱門下，我突然感覺自己來到了一個浪漫世界，到處是莊嚴肅穆、遠古祥和。在壁龕之中，放著精緻的雕塑，有點破損，但如弗拉克斯曼[163]所言，它凝聚了中世紀的藝術之美。安靜的牧師休息區給人一種優雅、虔敬的感覺，這裡棲息著離群索居的生命，禮拜之貴和神聖之美都讓這些牧師心境怡然。然後，我走到通往鄉下長長的新開路上，寬闊的交叉路口布滿了密密麻麻的信號牌，快運貨車呼嘯著駛進駛出，龐大的貨運列車咣噹咣噹地南北雙向魚貫而出。街道上，矗立著排排的法國梧桐，教堂由大塊的石磚壘砌而成，住宅舒適而溫馨，有軌電車在縱橫交錯的電線下一路滑行而去 —— 好一幅新民主生活的嶄新畫面！這種生活德行樸實、富足輕鬆，雖品味不足，卻不乏快樂；它沒有浪漫，卻不虧欠幸福。只要生活一帆風順，人們就感覺心滿意足。毋庸置疑，這些家庭滿足於一日三餐，滿足於明亮而醜陋的家具，也滿足於友好的閒談和嶄新的衣裝。他們的娛樂僅限於腳踏車、留聲機以及互相傳看的小說。這裡有富足而美好的真情和友誼，有地方味十足的親密的嬉笑戲謔，有所有英國繁榮的外在跡象和內在底蘊。市民的驕傲一覽無餘地展現在古老的建築上，展現在來往如織的遊客中，展現在美國人的嫉妒羨慕中。乍看之下，新舊的對比何等強烈啊！舊的，代表了一些富有的權威階層、牧師和貴族，還有那些備受摧殘、過著牛馬不如的生活的窮人；新的，代表了只會一心追

162　Peterborough，英國東部城市。
163　約翰‧弗拉克斯曼（John Flaxman, 1755-1826），英國雕刻家、素描畫家。

求享樂的少數富有階層，大多數生活忙碌而舒適的中產階級，還有整體而言體面而富裕的工薪階層。從人類幸福的角度審視之後就會發現，相比於舊秩序，新秩序在幸福感、舒適度和滿足感上更為充盈。

然而，我們又多麼容易陷入這樣的迷思，認為古老建築上所懸掛的悠久而成熟的優雅是屬於中世紀的專利啊！讓我們收回思緒吧。彼得波羅大教堂恢宏的正面，全是嶄新的灰色，有如林的塔樓和尖頂，三個巨大的入口，沒有鷹架式的構造，卻神奇地吻合了諾曼式建築的特徵。可以想像，即使在當時，熱愛古樸和幽靜的人們也會把它當成現代的喧囂之作，並為能使之成真的時代進步而感嘆不已。

仔細查看帶有三個巨大拱門的灰色前臉，我幾乎可以確信，它的設計十分粗劣，只考慮了正面，未裝飾背面，而且上面盡是驕奢浮華的雕飾。比如說山牆上的玫瑰窗，陽光照射進來時只能照到屋頂的木椽，除此之外，沒有任何作用。顯然，設計師擔心因沒有裝飾而顯得過於簡單，只好用雕飾填滿每一寸表面。不用說，如果沒有看到修復後的西側立面，那些殷勤誇讚教堂圓潤柔和的行家們，也定會連連指責。

無論正面如何，那些高聳的塔樓，也許對我們有所啟示，它們代表了繁忙和熱切的行動。人們渴望想去了解的，也許真正重要的，就是是否促使人們採取行動的這種精神與構建今日中產階級如意生活的那種精神相比，更為神聖、更為純潔、更為優雅呢？它真的意味著對藝術的熱忱，意味著要為了某美妙的想法、某個光芒四射的希望而犧牲安逸和財富嗎？建造大教堂的修道士和貴族，真的飽含謙卑、熱切和熱愛之情嗎？抑或只是出於一種炫耀心理，認為教堂應該有一個嶄新而華麗的外表，如〈讚美詩〉中所哼唱的那樣：

　　「我們敬獻給主的一切，都會得到千倍的回報。」

還是說，這是一種增加他們精神財富的投資？很難說得清楚。早期從事傳教活動的修道士們，信念堅定，熱情高漲，這一點毋庸置疑。但當修道院的發展處於鼎盛時期，當修道士成為擁有廣闊土地的地主，當修道院長在議會中擁有一席之地，當寺院生活變成野心勃勃之人的畢生事業時，教堂精神還那麼純粹和神聖嗎？讓自己完全服從於循規蹈矩的禮拜儀式，並不能說明很多問題，畢竟人們容易調整自己，以便適應傳統的繁文縟節。

　　因此，全盛時期所展現出來的修道士精神，與敦促鐵路發展的那種精神，與建造裝飾華美的火車站大樓的那種精神，有著天壤之別。可對於這一點，人們仍半信半疑。

　　所以，當看到繁榮四處繁衍、豪華別墅開始簇擁古老的建築時，切莫匆忙地得出這樣的結論：新興財富已然淹沒古老的理想。很可能無論是修道士，還是鐵路官員，富有階層的理想並非發生顯著的變化。沒落時期的修道士們，並未以美德和節儉而聲名遠揚，人們認為他們迷失於追求上帝的榮耀和聖潔人性的崇高理想之中。但事實情況是否真的如此，並沒有證據能夠說明。

　　我不想為了放大今日中產階級的理想而去公開指責修道士們的理想，我從未虛偽地認為我們的全民理想非常高尚；我希望自己可以相信我們的全民理想非常高尚，但我們並沒有對宗教、教育、藝術、文學或浪漫表現出獨特的興趣。我們的愛國主義，有商業化的味道；我們相信自己的誠實，但恐怕它的基礎並不牢靠；我們聲稱是無所不言的樸實之人，但這經常只意味著為了不惹麻煩而表現得彬彬有禮。應該承認，我們尊重自由，但這只意味著不受到打擾，可以我行我素。雖然我們富有，我們成功，並從中獲得了良好的心態，但我認為，我們並不是一個高尚的民族，當然，

我們也不是一個自私的民族。

對我而言，彼得波羅永遠是寓意悠長的英國傳說，它象徵著某種古老的驕傲以及對宗教精神的善意輕視 —— 雖然這些教堂得到了良好的保護，但沒有人會覺得教堂對我們的國民生活有著深刻的影響。彼得波羅還象徵了我們全心全意所信奉的東西 —— 井然有序的物質繁榮 —— 迷惑了像我這樣的夢想者，似乎這是給予我們國家的禮物和指南，雖然一直以來我都渴望去認為，上帝給予我們的啟示是另一種截然不同的希望，一種更為祥和而簡單的理想，上帝會賜福於貧困、簡樸和溫柔的人，而對此我們簡直是一無所知啊！上帝說了許多情感真摯的話語，告訴我們財富的危險性，我們卻只當成了他給予個人的忠告，這種想法多麼輕率隨意啊！平日裡，我們所得到的最深刻的忠告莫過於：走自己的路，為自己的權利奮鬥，盡可能擠入前列 —— 但這與基督精神謬之千里。耶穌基督認為，人應該慷慨地將自己奉獻給他人，放棄那個貧瘠的世界！

我再次把目光投向影影綽綽、燈光昏暗的宏偉教堂，映入眼簾的是那單一的色彩、交織縱橫的拱門和變化多端的圖案，還有那一簇簇的人影，身著白袍的牧師站在唱詩班席上，不禁令人起敬，還有那禮拜者三三兩兩，怡然自得。風琴響起，如林般的音管中湧出甜美的音樂，請聽，人們正伴著優美的旋律一起吟唱：「他叫有權柄的失位，叫卑賤的高升；叫飢餓的得飽美食，叫富足的空手而去[164]。」

這些音符，穿越藝術的殿堂，響徹於殿外歡快的人群之上，伴隨著轟鳴而過的火車，傳遞了多麼令人震撼的訊息啊！它到底為誰奏響？那顆卑微的虔敬之心，身著華麗的盛裝，把一切都置之度外，正坐在那裡激動得渾身顫抖。然而，這裡，如任何地方一樣，一顆顆寧靜的心知曉這所有的

---

164 《新約‧路加福音》1:52。

奧祕，他們是耐心的女人、善良的父親、可愛的孩子；如若有人告訴他們，他們的頭頂縈繞著聖人的光環，他們會認為這很荒謬古怪。我們能做什麼？我們在朝聖的路上踟躕掙扎，盤旋的幻覺、財富與奢華的精靈，都在不斷地糾纏我們、誤導我們，我們雙眼迷惑，看不清「小路[165]」。我們只能毅然決然地變得簡單起來，堅守信仰，保持純潔，篤守真愛，毫無保留地把自己託付給天父，正是他創造了我們，救贖了我們，他比我們自己還愛我們。

---

165 「通向死亡的門是寬的，路是大的，進去的人也多；引向永生的門是窄的，路是小的，找著的人也少。」《新約・馬太福音》7:13-14。

彼得波羅

貝拉西斯莊園

　　兩個星期以來，這裡的天氣一直完美無瑕 —— 氣象學者卻用了一個醜陋恐怖的名字稱呼它，叫「反氣旋」，意思與「氣旋」相左，暗示了詩篇作者所說的：

> 「他要向惡人密布網羅，
> 有烈火、硫磺、熱風
> 作他們杯中的份 [166]。」

　　我經常好奇，在密布網羅之後，大地將變成怎樣！「氣旋」這個詞，本身暗示著高空蒸汽的恐怖漩渦，加上「反」字後，整個看起來更有敵意。但在春季，「反氣旋」卻意味著開啟了天堂之門。日復一日，在靜謐的陽光之下，大地平靜如水，微風徐徐；日復一日，從山巒綿延到平原，我盡情縱覽著茫茫的沼澤；日復一日，我慢慢駛過廣袤的平原，輕步踏足於遙遠的農場，穿過片片的黑色耕地，馬拖拉著扒犁，我穿梭在馬蹄揚起的飛塵裡。我一次次地穿行於大壩之中，看見小溪靜靜地流淌在翠堤的掩護之下，如一道紅寶石帶子，似直線一般筆直地流向天際。遠處，可以瞥見漂亮的山村、舒適的黃磚房以及陽光下那灰濛濛的教堂。在一個特別值得紀念的日子，我發現了貝拉西斯莊園 [167]，它位於沼澤中的一個小山村裡。想像一下，那是沿著公路一順排的紅磚高牆，中間有一對高大的門柱，門柱頂部雕刻著巨大的石鑄雙足龍 [168]。莊園中，小巧的花園裡古樹林

166　《聖經·詩篇》11:6。
167　亨利·貝拉西斯爵士官邸，Henry Bellasize，他曾擔任愛爾蘭高威郡的長官。
168　wyverns，常出現在英格蘭國家徽章上，有兩足兩翼，長得很類似龍。

立、青草茵茵，點綴著金黃色的金鳳花。花園中四分之一英里處，有一座紅磚建築，美得難以想像。有座角樓，上面是無數紅磚砌成的煙囪、山牆、直櫺窗和凸窗，角樓從高大林立的黃楊樹和紫衫樹中探出頭，高聳入雲。幸運之極，在我駐足凝視時，年輕的紳士正要出門，他友善地問我是否願意四處看看。於是，他就引領著我穿過門房，走進大廳，廳門由巨大的橡木製成，鑲嵌著石板。「這是我們家最大的醜聞了。」他指著石板說道。我不敢妄加猜測我的所見，但有一個地方，上面看起來像一塊烏黑的血跡滲透出來，仔細查看，是一塊潮溼而模糊的輪廓，粗略看像人體的形狀，雙臂張開，彷彿溫暖的屍體置放在冰冷的石板之上。「就在那裡，年輕的繼承人被他父親殺害了，」紳士說，「他的血流淌到這裡 —— 他的背部被刺 —— 他跟蹌了一兩步，然後摔倒了。血跡乾了之後，怎麼也刮不掉。」「你一定讓這搞的心神不寧吧！」我說。他笑了，「是啊，糟透了。我只在夏天住這裡，我另外有個小房子，離這不遠，冬天更方便些。但冬天總找不到照看房子的人 —— 幸運的是，即使我把門窗打開，也沒人敢進來！」他帶我穿過一個個鑲有嵌板的房間，內嵌的，帶凸窗的 —— 每個方位都有樓梯、閣樓和走廊。我想，這所大房子裡一定有差不多 50 個房間，也許只有 6 個房間有人居住。其中一個房間，他讓我透過小窗戶向外望，我看到下面是一個小庭院，左邊有座古老的禮拜堂，窗戶已然被磚砌上了。不知為何，庭院中散發出一股邪惡的味道。紳士告訴我，在鋪設下水管道時，他們挖出了 10 多具骷髏，就把它們都埋在附近的教堂墓地了。房子的後院比前面迷人得多，環繞著高大的磚牆，蜿蜒向外伸展。有一塊綠草茵茵的花園，兩旁栽種著高大的黃楊樹，中間有許多古老的蘋果樹，樹上果實累累，花園裡點綴著恣意盛開的鮮花。後面，幾塊大大的池塘裡長滿苔蘚，一些凌亂的山丘上覆蓋著黑荊棘。有一塊小樹林，開滿紅

色的花骨朵，棲息著小鳥；樹林有個甜美的名字，叫做「上帝之林」；巨大的草坪向四周延伸，有數里之遠。

此地最獨特的魅力，在於這裡從未被整體修繕過，只在需要的邊邊角角進行過修補。我從未見過任何一個地方，從頭至尾散發著如此的魅力，野性賦予它優雅，而修茸只會給它造成深深的傷害。在池塘邊遠眺片刻，可望見長長的屋頂和簇擁在一起的煙囪高聳於白花盛開的花園之上，啄木鳥在洞中發出叫聲。也許，在 11 月疾風驟雨的日子裡，這座位於孤單牧場上的莊園會令人感到一絲淒涼，但在春天裡，暖暖的陽光照射在磚砌的房屋之上，巧奪天工的莊園散發著無與倫比的魅力。古老的房屋硬生生地拔地而起，如巨石峭壁一般，年代愈久遠，愈見其敦厚結實。大自然，包攬了餘下的工作，耐心地奉獻出風雨和陽光，讓護牆上的景天[169] 低垂下頭，給護牆裝飾上金魚草和桂竹香，也給古舊的房屋點綴上橙灰相間的地衣。我不會告訴任何人莊園的所在，每個夏天我都會一次次地去拜訪這座莊園，它就是我要珍藏起來的寶貝。

這幾日堪稱完美，生活豐富而新鮮，極盡春日的可愛，卻不帶一絲的倦怠，讓我產生莫名的幸福感，勝於任何充滿哲理的慰藉。空氣、微風、飛逝的時光，都蕩漾著愉悅，散發著馥鬱的芬芳和美妙。遠遠望去，平原斑駁，孤獨的堤壩旁河水碧綠，位於穀倉和雜物倉之間的古老農舍快樂地眨著眼睛，高高的教堂塔樓從幾英里以外就可一覽無餘，村莊的樹林裡，烏鴉繁忙地聒噪著。你所見到的人都一臉和善，面帶微笑，他們是緩步回家的老人，是皮膚柔嫩、興高采烈的耕童，正騎著高頭大馬達達地走下公路。你所看見的，就是一個真實的世界。人們在戶外自由地生活，在廣闊的田間勞作，這似乎就是他們快樂的命運。深色的池塘中，游魚泰然自若

169　一種藥用草本植物。

地浮游在水面上，人們在堤壩旁茂盛的草叢中品嘗著美食，彷彿在享用祥和的聖餐。時光一分分地飛逝，日出日落，你盡可以不知疲倦、自由自在地徜徉，思緒化為一股股涓涓細流，溫情地感知著一切，像清澈的溪水一般喃喃向前。回到家中，看見那扇熟悉的門，是另外一種快樂。當靜謐、孤獨的夜晚來臨時，你可以恣意地回想著那些美妙的場景。而在幾個小時的沉睡後，再次醒來，又會看見明亮的世界，畫眉鳥在樹叢中婉轉歌唱，清晨的陽光已灑滿房間。

夏洛特的女子

　　正是由於所謂的「機遇」，昨天早上 —— 真正的夏日初始之時 —— 我來到了伊利[170]。實際上，是因為我開始意識到：動力能帶來最為微妙卻最為美麗的驚喜。陽光明媚，似金塵播撒，新栽的植物都在夜裡長了一大截，爭先恐後地舒展著皺著的枝葉。興奮之下，我漫無目的地來到河邊，走上船塢，找到了一艘停泊在那裡的汽艇，汽艇可以租借一天。像夏洛特的女子[171]夏洛特的女子一樣，我上了船，但我沒有把名字刻在船頭，因某個愚蠢且不知趣的傢伙早已刻上了名字。快艇駕駛員溫和而寡言，沒讓快艇有一絲耽擱，突突地駛進了溪流之中。

　　那真是無比甜美的一天，真希望可以把那甜美的經歷描述下來，我願意與大家分享自己珍藏的甜蜜，但對於所發生的一切，我卻真的是無法付諸楮墨。整個過程宛如夏洛特的女子的故事情節，但有一點點的不同：命運的陰影並沒有籠罩著我。我感覺自己更像神話中的王子，正要進行一次冒險，溪水的盡頭就是城堡，那裡有花園和長廊，也許會有人從埋身的草坪中向我們揮手；草坪位於水邊，上面有一處幽僻的房屋。這裡沒有憂傷的聖誕之歌，但我的心裡早已奏起了安靜祥和的曲調。

▎亞瑟王的宮殿

　　本以為自己會喜歡相對傳統的交通工具，可後來才發現，這種想法多麼愚蠢啊！毫無疑問，夏洛特的女子的小舟一定裝飾得時尚而明亮，正好

170　Ely，英格蘭中東部一地區。
171　Shalott，丁尼生的詩作〈夏洛特的女子〉（*The Lady of Shalott*）中的主角。

迎合她赴約時的場景，儘管當時的她已昏昏欲睡。現在，雖然可以用鋁材
把快艇裝扮成雪茄狀，但說到古色古香，終難媲美幾百年之前的船隻。可
坐在汽艇裡的我，帶著古怪的帽子，穿著奇怪的灰大衣，看起來卻古味十
足。不管怎樣，汽艇已悄然啟動，船頭蕩起了漣漪，船尾處水花飛舞。船
開得很快，轉頭回望，高大的塔樓在迷霧中越發模糊起來。我們快速地駛
過綠色的堤岸，上面開滿絢麗多彩的金鳳花，岸肩處遍布著白色的歐芹、
紫草和水酸模。我聽見水蒲葦鶯在柳樹叢中蕭蕭鳴叫，夜鶯在繁茂的灌木
叢中甜美地歌唱。頭頂是湛藍的碧空，前方有紅寶石玉帶鋪灑水面，而兩
邊堤岸上，則充溢著濃濃的綠意。這一切，怎能不讓人心馳神往！我也曾
受過一次驚嚇。一對磯鷂飛快地從小山坳中飛出，盤旋在我們頭頂，露出
白森森的凶相，尖尖的雙翼對準了我們。在一次次的驅趕後，它們終於厭
倦了追逐，繞個大圈飛回到出發地。有一隻布穀鳥，棲息在一棵高大的楊
樹上，在我們駛過時莊重而又韻味十足地叫了一聲。大部分的世界都隱藏
起來，但教堂的塔樓卻不時越過河岸投來肅穆的目光，從我們身旁劃過；
時而奶牛輕柔的哼叫聲也會從牧場上傳來，孩子們雖然難覓蹤影，但他們
的歡笑聲依然會從農場的院落裡飄至耳畔。有一兩次，在駛過水閘之後，
我們來到了更為歡快的世界。在這裡，可以聽見槳架的撞擊聲，馬蹄踏上
河岸的噠噠聲。一群快樂的年輕人，飛快地從我們身邊閃過，舵手高聲喊
著號子，剎那間讓我彷彿回到了 30 年前！30 年了！依稀發生在昨天，我
沒感覺到變老，也沒感覺變聰明，但感謝上帝，我變得更快樂了。雖然戀
戀不捨，但仍得繼續向前行進，駛向未知的下一站。經過一座村莊時，帶
著白色山牆的排排茅屋從茂盛的果園裡拔地而起，聳立在我們眼前。那就
是小山之上的迪頓村 [172]。然後我們經過了一座古老的鐵橋，伴隨著駛過的

172　Ditton，劍橋河東岸一村莊。

列車發出哐噹哐噹的聲響，鐵橋咯吱咯吱的碾磨聲也不絕於耳。接著，我們看見了巴恩韋爾[173]那寒酸的房屋，我們的汽艇從房後駛過，穿行到聖·約翰橋下，再從三一橋柳枝依依的步行街旁經過，從克雷爾橋那爬滿青藤的院牆和修剪整齊的花園旁駛過，從國王橋那高大的宮殿旁駛過，從女王橋的磚牆和凸窗下經過，終於來到了紐納姆[174]的磨坊池。不知為何，感覺這不像劍橋，倒像某個宮殿林立的魔法城鎮，但我不會戳穿這個魔咒。我們四處巡行，不做一刻停留；直到最後，轉過身來，慢慢地把整個景致又重新欣賞了一遍，度過了一個漫長而幽靜的下午。

古樸的劍橋生活就隱藏在這裡，雖然歲月交替更迭，它卻一如既往地充滿生機和歡笑。如同一位返鄉客，我走進其中，沒有憂傷，只有歡樂，生活就該這樣，到處蕩漾著陽光。我不想再回到過去，不想再置身其中，只想傻傻地快樂著，看著它，惦念著它。我認為自己就是個任性的孩子，滿腦子的美夢和期望，有些業已實現，有些等待完成，有些以出乎意料的方式來臨，有些仍神采奕奕地召喚著我。我甚至不想找同伴，不想與人交流思想和心情，難道是因我過於滿足而變得無趣、自樂和不思進取了嗎？我不這麼認為，都說柔情似水，我知道它的甜蜜，我也認為它是純潔的，它整日都在拍打我思想的岸堤。日子並非每天都如此美好，我把它當成從上帝手中接過的完美禮物。雖然很容易說服自己，生活本可以過得更加美好，但理性卻深刻地教誨我：上帝送我們來到這個世界，生活就像性情頑劣的溪水，總在嶙峋的怪石間和多變的天氣裡起伏跌宕。上帝能夠給予，上帝也能收回，我從不質疑他的力量和權力。從上帝手中收到的禮物，有些是棘手的，我會感到悲傷；但每當收到他甜美的禮物時，我就意識到，

173　Barnwell，位於劍橋東北地區的一郊區。
174　Newnham，劍橋大學紐納姆學院。

也十分確信，他真的希望我一切如意。

　　一天下午，我們坐船出海。我爬上了防洪堤的高處，凝望著寬廣的沼澤，看到一路向東蜿蜒穿行的堤壩，看到遙遠的教堂和朦朧的山巒，想到了人世間的種種紛爭，而其中的大多數其實都是源於人類的自我放縱，徒然為世界增添了傷痛。我好奇，我痛苦，人類到底是由怎樣的纖維組織構成，才能神奇地編織入世間的生活。我的好奇充滿惆悵和反叛，讓我感覺，在那寧靜的時刻，我已越發接近上帝之心。這不是錯覺，因為平和，一直安詳地藏身於此；今天，我也在一直對著大地冥想；大地上，綠草萋萋。平和，藏身於不斷拍擊蘆葦的清水中，藏身於青翠的樹叢中，藏身於鳥兒的歌聲裡，甚至藏身於我這顆悸動的心裡，我已欣喜地找到了自己的港灣和家園。

露天礦

　　今天天氣悶熱，壓抑，無風，準確的說，沒有多少風，空氣如蜂蜜一般厚重黏稠，不再清爽。人只能吸吮空氣，而不是呼吸空氣。然而，大自然卻毫無愧疚之心，仍深深陶醉其中，恣意享受。樹木伸展枝葉，抖擻身姿，為乍暖還寒時姍姍來遲的春天一掃全身的褶皺。天空中，一群群昆蟲疾行奔忙，令人目眩，它們並無特別的使命，只因生活和忙碌能帶給牠們巨大的快樂而興奮不已。公路上，肥壯的甲殼蟲披著灰橄欖綠衣在爬行，在盲目而笨拙的匆忙之中，費力地於草葉中穿行，有時會在石頭上跌倒，四仰八叉地躺倒在地，無助地抖動屢弱的雙腿，就像上了年紀的牧師被公交撞倒的情景 —— 起身恢復平衡之後，再氣喘吁吁地跚蹣前行。鳥兒無處不在，有的在狼吞虎嚥地吃東西，有的在籬笆上悠閒地高歌。我看見 6 隻布穀鳥，掠出一道道銀灰色帶，拍打著籬笆築巢。所有的一切都在構築著生活，一種奇異而忙碌的生活。

　　的確，悠閒地穿行於街頭巷尾，我非常知足。一天，我偶然間找到一個喜歡的地方，是一座古老的黏土礦。土礦位於山旁，一條灰白色的公路懶洋洋地從沼澤中延伸而出。過去，這裡是一個露天礦，一個漂亮的地方，可現在已雜草叢生，變成一個山楂樹遍布的幽谷，一個流浪漢露營的好去處，山谷殘存著道道灰色圓痕 —— 那時篝火的遺跡。我不喜歡到處丟棄的衣服、髒兮兮的帽子、大衣、裙子和靴子。從來無法探知流浪漢包裹裡的祕密，他們從未衣著得體，卻能在每次露營時，可以隨意丟棄足夠兩三個人穿的衣服。雖然我本人不願意觸碰這些什物，卻仍希望這些衣服可以供人穿用。這也許是戶外生活的隨意性，一旦流浪漢有了比以前更好

的衣服，就會在下一個休息處扔下自己原有的舊衣。

今天，這個白堊礦場長滿了櫻草和雛菊，尤其是櫻草，茂盛得令人難以想像。我想，也許今年是櫻草之年吧。植物似乎都有週期，每年都有一系列的特色花草能夠找到合適的季節孕育花期；更確切地說，某種花在某一特定的季節盛開，從而代表前一年是一個適合播種的年分。今年，到目前為止，有兩種植物表現得很扎眼，一種是帶綠色光澤、開白色小花的野草，另一種是深灰色的野生蕁麻；兩種植物覆蓋了大片的土地，讓我感到既有趣又新奇。

我在礦上逗留了一陣，注意到一種之前從未見過的花朵在雜草叢生的岩脊上熠熠閃光，透過小小的山谷俯瞰著廣闊的沼澤。今天的景色憂鬱深沉，披著紫色的陰影；天空中大塊烏雲咄咄逼人，彷彿正在醞釀一場暴風雨 —— 遠方迷蒙處是一層藍灰色的霧紗。到處是叢生的樹木，它們穿越一片片田野，蜿蜒伸展到遙遠的地平線。一隻山鷸正在牧場裡輕柔地鳴叫；麻雀充滿野性的尖厲叫聲也不時從灌木叢中傳來，它們似乎正在聚會，喧囂而熱烈。

真希望能夠描繪出我當時的思緒，那思緒不知為何心馳神往，散發著柔和的光芒。我並無特別喜悅之事，但思緒卻一直處於回憶與期盼之中，在奔騰跳躍，穿梭於過去和未來之間，撿拾著芬芳的花朵。我似乎沒有了欲望，也沒有了遺憾，杯子已斟滿香醇的美酒，美妙的春天把酒釀造得恰到好處，既不甜膩，也不醉人。空氣中正孕育著一種無言的慈愛，一如天父觀看他無數的孩子們嬉戲時的表情。我看見一隻大畫眉，目光嚴肅，圍著一處灌木叢蹦跳著，一隻蟲子掛在牠的嘴邊，在痛苦地扭動。我突然意識到，這部戲對有些演員來說，是一場悲劇。這種雜念本應擾亂我平靜的思緒，但它沒有，因為一切都已圓滿。人，總要走到虛榮的陰影中，但今

天，我似乎已無力攪動自己的心緒了。不只是自私的享樂思想讓我興奮不已，在很大程度上，我的快樂還來源於能與所有人一起分享快樂。在一眼望不到盡頭的地方，在綿延婉轉的遠方，鮮花正朝著陽光，鳥兒正清脆地歌唱，我也與牠們一樣快樂，並與這美麗的世界一起分享著快樂。

露天礦

大自然與科學

　　華茲華斯的詩歌中，最動人的段落莫過於描寫他乘舟夜遊時對恐懼的感受了。當時他還是個孩子，在埃斯維特湖[175]上，划動船隻從不遠處穿過一個低矮的山坡，突然看見黑黝黝的山峰，一邊注視著他，一邊移動著，這孩子頓時嚇得驚恐萬狀。當然，這種感受是純主觀的，山峰只是遵循了某種自然規律和光學原理，它才不在乎孩子的感覺呢。孩子與貧瘠的山脈之間若是有關聯，肯定不符合科學規律；但是，獲取自然規律與了解自然界的真諦並非完全是一回事。人們可以對一切事物進行分析，譬如山峰、湖泊、月亮等，把它們劃分成各種部分，然後說明正是透過某種作用力，物質才有了能量並得以維繫下去。但人們仍然不清楚物或作用力到底是什麼，它們是如何產生的。

　　即使從科學角度分析，對大自然的思考所產生的主觀效果，也同樣是一種現象，它無時無刻不存在 —— 只是需要認知。人的情感也是一種科學事實，是比物質和作用力更為複雜的科學事實。正如華茲華斯所說的：「假若能理解，他就已心滿意足。」其實，他只是在說明一個事實：對於大自然，既有神祕主義的詩性認知，也有科學認知。也許科學完成了原子成分分析和作用力的研究後，會轉向心理學分析。同時，必須意識到，從精神層面上看，科學家的工作本質上與詩人的工作一樣，都是詩性的。說科學家的工作本質上是詩性的，因為科學家越深入地探究奧祕，奧祕就愈發深奧，也愈加令人困惑。結果，科學非但未破解奧祕，反而大大地增加

175　Esthwaite Lake，英格蘭湖區一處小湖。

大自然與科學

了奧祕的複雜性，因為科學拋棄了約定俗成的理論：人是大自然的寵兒，他創造的一切都應為其所用。我們現在知道，人類只是某種模糊而強大的規律進化過程中一個局部且暫時的現象，也許代表了規律進化到目前階段的最高層次，但很可能只是位於進化的起步階段而非最高階段，未來的發展仍處於懵懂之中。假若對大自然的思索和分析注定要影響人類，其目的無非是為了激發人類的好奇心，並用破解奧祕的欲望折磨我們。也許對待自然的詩學與科學觀點的區別在於，科學研究激發人類盡可能深入地探究奧祕，懷揣著神聖的渴望把自己細膩的發現貢獻出來以解決問題，而對大自然詩學的思考，則趨向於產生更多平和的情感。科學家一定有種感覺：即使把畢生奉獻給科學研究，也只是增加了一點點解決問題的可能性。只要這個無底洞不被測出，就不會有個人成就感；因此，大自然對他而言，就像一個蒼茫的奧祕，在對科學研究極盡藐視的同時，還總是拖拖踏踏地呈現著奧祕。相反，詩人會認為此時此刻的他，完全可以掌控大自然賦予靈魂的情感，他能望見暮雪掩映下的峰巔、夏日樹林中的萋萋綠草、疾風驟雨拍擊的湖面；這些場景都讓他激情澎湃，讓他由衷地感受到美的魅力，也讓他洋溢著無限的幸福。他可以暫時棲息其中，甚至會認為這是大自然漸次傳遞給他的訊息。他越滿懷激情全身心地接近自然之美，距離上帝的思想也就越近。

但無論是科學家還是詩人，都解決不了更深層的奧祕 —— 複雜的人際關係之謎。相對於詩人，科學家對科學研究的熱衷更有可能使自己「離群索居」，理由很簡單：科學家的事業幾乎無關情感，只涉及事實。而對詩人而言，愛情、友誼、愛國精神和責任等諸多情感，往往都會導致情緒的爆發。但兩者同樣都容易隔離於平凡的生活之外，因為對詩人和科學家而言，和歷史相比，今天太不值一提。兩者也同樣容易低谷人類努力的價

值，因為他們都知道，人類活動和人類意願這些現象，只是漂浮於前進浪潮邊緣的泡沫和浮渣，人們很可能不會去做這些瑣事，而是去嘗試那些神祕而又冒險的未知事物。對於講究實際的人來說，這種想法似乎會削弱詩人和科學家身上的主觀能動性，但他們願意在這一點上受到誤解，因為他們知道，他們的這些活動是由一種比人類意願更為強大的神祕力量所促使的；無論是繁忙勞累還是離群索居，都是這股神祕的力量支撐著一切。

大自然與科學

古路

　　馬利路是一條小道，也叫「漂泊之路」，這起源於古時候，小道從古老的北路分叉，沿著一眼望不到頭的白堊高地蜿蜒到山坳，然後再爬上它的頂端綿延數英里遠。在這裡，白堊高地一路走低，直到連接起水草茂盛的平原。馬利路的名字是瑪利亞的變體 —— 瑪利亞路 —— 因為曾經有一個祭拜聖母瑪利亞的古老聖所坐落在這寬闊卻低矮的懸崖之上；它現在仍沿襲了過去的名字，叫做希爾教堂。現在，聖所的遺跡已消失得不知所蹤。也許，院牆已改建成了農舍，錯落有致地排列在道路的盡頭。在這荒野之地，曾挖掘出教皇的鉛製印璽 —— 教皇的詔書就此命名。但教堂本身 —— 這個曾經很可能非常簡陋的聖所 —— 卻在清教徒運動[176]狂熱爆發時被掀起屋頂，毀於一旦。當然，這一切已成歷史，無論是籌建聖所的虔誠，還是摧毀聖所的狂熱，對我們而言，既無貶損也無收穫，我們只是變得更加富足，而不是貧窮。

　　馬利路並不經過村落，只通往幾個農場。村落都犬居於高地的山腳下，位於可擋風躲雨的山谷中，那裡有小溪、果園和花圃，一路攀行到緩坡之上。道路修好後，高高的山路就幾乎沒有了用處，它唯一的長處就是在紛亂的時代，為那些朝聖者的負重馬匹提供更為安全和穩妥的線路 —— 在這裡，可以看見朝聖者是否有危險。

　　因此，這條古道一直鮮有人問津，更無人修繕，就這麼落寂地躲在白堊高地的背後。從空間上看，這條路已嵌入耕地，如同一個淺淺的土窩掉

176　16世紀中葉，英格蘭國教會內部，以實現加爾文主義為目標的改革運動。

入農場；但重要的是，它穿行於高大的灌木籬笆中間，留下了深深的車轍印以及羊群踩踏出來的泥淖。從古老的樹林中蔓延出來的一些古道，被人們誤認為是空地，在深谷的掩映下，其實不過是凌亂紛雜的植被而已。在這裡，古道變成了從未向世人開放的遠古樹林；在這裡，低頭可見雜亂分布的灌木叢，抬頭可見盤根錯節、樹幹中空的遠古橡木，這些樹木之所以倖免於難，一部分原因在於其中空的樹幹已經無法砍伐利用；另一部分原因可能在於，古人樸素的思想中仍殘留著某些傳統本能，對美麗和崇敬保留著溫情。所以，即使在今天，人們也會出於由衷的敬意對古樹加以細心看護，哪怕這種敬意極其模糊，甚至根本都不能稱之為懷古情緒。青青的山道陡然垂落，通往看不見的村莊，山道也變成了鋪滿碎石的道路，指向了更為寬敞的公路。但即便如此，仍可以重新找到綠草茵茵的地帶，沿著安靜的高地緩緩地轉過彎來。

在炎熱的夏天，再沒有一個地方比這古老的山路更為迷人了。樹籬上枝葉繁茂，下面的矮樹叢鮮花燦爛，編織成美麗多彩的圖案，藏匿了枯萎的樹根。畫眉在低矮的樹叢中啼唱，黑鳥從葉子搭成的居所進進出出，用突兀的高音吸引著異類。這裡的樹籬掛滿蔓草，還有一簇綻放著的野玫瑰，淡淡的圓形花托上開著淺淺的橘紅色小花，花心上盛滿了花籽。早開的玫瑰舒展著寬大的花葉，濃濃的香氣洋溢在空氣之中。你似乎瞬間就可以深入到遙遠的鄉村，和你有過一面之緣的牧羊人或勞作者，都在與你分享著戶外田野的寂靜以及遠古的氣息，它來自於淡然、簡單而原始的勞作。就在此刻，這種原本毫無情調的生活，突然在腦海中浮現出難以名狀的神祕感。這種生活為勞作而存在，既令人感覺可憐，又帶著一絲尊嚴，實實在在地籠罩在神祕之中，但這種神祕卻基於一種諾言：透過鍥而不捨的堅持，實現一直以來孜孜不倦追求的抱負和社會發展的夢想。因為無論

發生何事，這些工作都要繼續，一直到天荒地老。思想和靈魂越清醒，就越不會心甘情願地在這種無聊枯燥的勞作中保持緘默。假若能教育一個心地善良之人滿足於簡單至極的生活，假若可以移植對田野和森林發自肺腑的熱愛，那麼，就可以無時無刻都看到廣闊的藍天、飛翔的白雲，體會到生活、真愛、安逸、勞作和悲傷——我們所能經歷的最美好的一切，那時，貪婪的思想和狡詐的心機所惹起的禍端，就毫無立足之地。無論體會到的這些是否細膩、巧妙，能夠生存和感受就是一種理想的宿命。為了獲得具有自我意識的生活以及平和的心態，我可以馬上拋棄所有朦朧的夢想和異想天開的希望，拋棄所有自找的憂愁和焦躁的念想。居住在這片安詳土地上的人們，從未思索過過去，也從未為將來憂心忡忡，他們只生活在此時此刻，而這就已足矣。

冬日裡的瑪利路，寸草不生，到處滲透著荒涼，可我卻認為這時的它更能打動心扉。北風跨過高地的山脊肆虐而來，所到之處光禿一片，牧場變成淺黃，車轍和溝渠裡存滿積水。寒風間歇時萬籟俱寂，偶爾能聽到山羊在樹籬後面啃食乾草的聲音，山腳下農場裡家禽的叫聲，蒸汽犁在山坡耕地裡的喘息聲，遠處的火車穿越寬谷時的呼嘯聲，還有禿鼻烏鴉從遙遠的田野依次飛回家，在山林深處熱切爭論時的喧囂聲。夜幕降臨，金色的雲彩匯集成萬道紫光，似火的夕陽在脫去枝葉的灌木叢後燃燒起來。

但無論如何，這條山道最打動人的魅力在於，在一代代眾多已逝的先人心中，它蘊含了太多的思想，讓人產生無數或悲傷或溫情的聯想。即使一座老屋，都有其足以令人魂牽夢繞的美麗，因為人們曾在這裡經歷過出生入死，體驗過愛情、歡樂和痛苦；在這樣的山道上，無數朝聖者留下不懈的足跡，他們每個人心中都懷揣著令人感慨唏噓的迫切渴望，懷揣著未竟的心願，懷揣著想要根除疾病或罪惡陰影的期望，甚至懷揣著家破人亡

的滿腹悲愴；這悲愴打動了山道，把所有人的心都凝聚到一起，去破解人生的奧祕。這些人，身體羸弱，滿臉風霜，正沿著雜草叢生的山道吃力前行。面對失望時是怎樣的傷心欲絕，渴望的心靈又會得到怎樣的昇華，才能讓他們的心靈如此悸動不已！一定有許多人，朝聖歸來時比去時更興高采烈，因重負已然放下，陰影漸漸淡去，而且他們至少獲得了新生的力量，可以繼續熟悉的路程。想到這些，我們倍感欣慰。有一點可以確信無疑，無論多麼厭惡地鄙視所謂的迷信，無論多麼堅定地揮別固守的觀念，一切都是場美麗的錯誤。心靈把人們敏銳而強烈的情感都聚集在某個地方，在這個地方還駐守和徘徊著某一強大的力量 —— 不管怎樣，至少對有些人而言，靈魂超越了身體，思想不再會受到單純的物質形式的羈絆和束縛。而正是在這些物質形式的包圍之中，在被凡塵世俗桎梏的日子裡，我們來回往復，踟躕前行。

後記

　　在評論濟慈的名言「美即是真，真即是美 [177]」時，一位直率而坦誠的評論家說道：「用兩個詞指代同一事物，有何意義呢？」的確，當詞彙隨意使用時，詞彙就不再有任何實際意義了。關於快樂，人們也犯下了同樣的錯誤。快樂應該不是一種特質，而是一種條件，更確切地說，快樂是特質和條件達成的平衡。人們想到快樂、談論快樂時，就好像它是美德、健康、娛樂和美好天氣的綜合體。毫無疑問，快樂經常與這些因素形影不離，但它卻是一種獨立的特質，而且不僅僅是能力和環境的產物。快樂，常常莫名其妙且又任性地獨立於環境之外，身體不適或思想煎熬並不一定就不快樂。在熊熊燃燒的柴堆上歌唱的受難者很可能是快樂的，因為，據說在權衡利弊之後，受難者對自己的整體境遇感受到的是愉快和滿足。但我認為這並不是一個思想活動的過程，如果受難者是快樂的，這種快樂一定是一種自然而然的本能。有些人堅持認為快樂僅是一種效果，如色彩一樣。黑暗中沒有色彩，但只要有光滲入，就會產生所謂的綠色，如樹葉或牆紙，能夠選擇並反射綠色的光線，並排斥所有非綠色光線。但樹葉和牆紙本身並非綠色，只是有能力吸收和呈現綠色而已。所以，有些人認為，性格本無所謂快樂與否，只需有能力或本能地可以從生活中提取快樂的元素，排斥或抵消不快樂的元素。但我認為這是一個迷思。快樂的性格不會因不幸而發生逆轉，而悲傷的性格也有可能會把哪怕最如意日子蔭蔽起來。回想種種人生經歷，根據遊戲規則，有時本該是感覺不幸的時候，

177　選自濟慈的詩作〈希臘古甕頌〉（*Ode on a Grecian Urn*）。

315

可實際上卻過得安逸滿足。在牙醫的座椅裡，我是快樂的。到目前為止，我最快樂的假期是在我一生中從未體驗過的不適和骯髒中度過的。這種環境本身當然不可能產生快樂，但也不會遠離快樂。這樣的境況，其悲愴之處在於，我們都渴望快樂——只是自以為是地認為快樂該是另外一個樣子——卻根本不知道如何獲取快樂。只有很少的人能夠直接奔向快樂並獲取快樂。有些人即使無法滿足自己的渴望，也獲得了快樂。我有一位朋友，他曾暗下決心，為了快樂起來，他必須發財致富。他經歷的煎熬難以想像，承受了無法忍受的艱辛痛苦，終於功成名就。於是，他早早退隱林泉，過起了隱居生活，可隨即卻變得悶悶不樂起來，因為他發覺自己十分無聊，失去了享受悠閒生活的能力。當然，無聊是不幸的罪魁禍首，但無聊不是我們所為或所不為的必然產物，內在精神的倦怠才是無聊的必然結果。只要倦怠存在，就會滲透到職業和閒暇之中，若想剔除它，既無靈丹妙藥，又無確切依據。心地善良的人會建議那些無聊的人：「你所有的不滿都來自於過多地考慮自我，若置身於他人的煩惱和生活之中，不滿會立即消失不見。」當然會的！而這正是無聊之人所不能做之事。這種建議的實際效果，如同在鼓勵一個正在遭受牙痛之苦的人時所說的話：「要是牙痛消失，你就會舒服了。」一位心神焦慮之人曾經求教過羅斯金，他抱怨自己不快樂，並把它歸咎於自己的一事無成，羅斯金犀利地答道：「如果可能，你的職責首先是獲得簡單的快樂，然後再有所成就。」

那麼，在這件事上我們能做些什麼呢？怎樣才能保持快樂呢？答案是，我們什麼都做不了，只能順其自然地接受它，就像接受陽光和春天一樣。我們當中幾乎沒有人能夠因得到預知而改變自己的人生軌跡，我們所要踏上的旅途，有哪些人可以與我們同行，都幾乎既成事實。在某種程度上，我們可以從打擾我們平靜的習慣、觀念、脾氣、激情、期盼和回憶的

經歷中獲取教訓，以避免再次磕磕絆絆，還可以承擔一些如若疏忽就會感到愧疚的微小責任。我們似乎可以調整精神食糧，避免病從口入和暴飲暴食。但老毛病總是頑固不化，即使在公平對抗中敗下陣來，也會耍起邪惡的詭計，一邊養精蓄銳，一邊圖謀在半路埋伏反撲；而此時，我們正因取得勝利而洋洋自得地悠然前行呢。這種想法也許會令人感覺沮喪和壓抑，但唯一的希望也正存於這種良知和耐心之中，沒有捷徑，我們只能一步步地踏上征途。

但至少，我們可以做一件事。我們可以坦白地講述自己的經歷，無需裝腔作勢，無需欲蓋彌彰，坦白弱點對我們毫無害處，只會給其他朝聖者增添勇氣，至少可以讓他們知道，他們並非在孤身一人面對前方的妖魔鬼怪。我們還可以毫無保留地講述一路的所見所聞，特別是其中的美好場景：蒼鬱的山林，蜿蜒的河水，從山脊瞥見的行者們的音容笑貌、舉止言行，古城的巍峨建築，與單調的公路縱橫交錯的肅穆街巷，掩映於樹林之中的小小村落，枝葉繁茂的林中山谷，在灑滿露珠的山坡上咩咩而叫的山羊，夜晚鳥兒的啁啾之聲 —— 這所有的一切，都在我們或清醒或疲倦的意識中留下了清晰無誤的印象，讓我們久久留戀。

有件事是確定的，一切還未結束，我們還可以為心靈做些事情，而這些事情只能在清晨明媚的陽光下或在夜晚凝重的霧色中進行，沒有其他方式可言。本著這種精神，我們回顧自己的錯誤 —— 雖然它們令人難過，因為我們知道，這些錯誤不但不是可以避免的意外或阻礙，相反，是心靈的精髓，穿過層層甲冑呈現出來。

假若遭受了痛苦 —— 這是注定無疑的，因為我們有思想，有熱血，有靈魂，那麼，就可以從這些打擊我們、抹黑我們而且令我們無力反擊並感受到劇烈痛苦的磨難習得祝福。這種痛苦的恐懼之處，在於它的連綿不

絕，在於它令我們感受到忐忑不安和陣陣驚顫。可是，一旦結束，痛苦會立即消融成湛藍天空中的朵朵彩雲，或者 —— 這更加令人期待 —— 變成支撐和淨化自己的美好回憶。對逝去的痛苦，除了心存感激之外，沒有人心存留戀，雖然它可以在眉目之間留下印記，卻不可在內心留下陰影。考量他人的生活，很容易看清這一點，但近觀自己的生活，卻無法真正意識得到。記載一個一帆風順的富足之人的生活軌跡，有何趣味可言呢？讀到歷經磨難之人的故事，看到從無數挫折和失敗中崛起的希望，意識到心靈不是透過輕鬆而優雅的勝利而變得堅強，這種道理又會產生怎樣啟迪呢？當英雄的人生呈現在我們面前時，我們捫心自問的不是他們也已享受到心滿意足的榮華富貴，而是為了完善人性他們是否經歷了足夠的痛苦和自責？痛苦，絕不是心靈不可或缺的元素；心靈雖要遭受痛苦，但它注定要享受快樂；一旦心靈贏得了快樂，就會長久駐留於快樂之中。

下面我就個人的經歷，談些隻言片語的感想。這本書記載的是對快樂的追求。我有了一個機會可以如我所願地安排自己生活的每個細節，我也抓住了這個機會。我所設想的生活，就是孤身一人快樂地生活；我並不排斥他人，但融入的人必須是遂我心意並為我帶來快樂之人。我追求的是無所欲求，為了快樂的特質而犧牲快樂的數量，我想我收穫頗豐。但必須坦誠，我並非如願以償地贏得了平靜。一路上，我發現了許多美麗的珠寶，但隱身其後的是鑽石般高昂的代價。

然而，說自己感覺後悔於事無補。我只是希望，生活會以另外一種截然不同的方式呈現出來，那麼，我會把一切都安排得更為愜意自然，讓我可以在隱居之所肆意地虛擲時光。雖然一切已不可能，但至少我明白了：唯有這樣，才可以實現目標。我失誤的地方，雖無法在此一一道來，但我仍希望能找到訴諸於筆端的力量。現在，我可以真心誠意地說：那些日子

是快樂的，但我也走過歧途，其根源在於自己從本性上對生活微妙的味道有種強烈的欲望，總渴望捕捉簡單事物的美感，像熱衷於性格中的精妙華美的一面一樣，熱衷於性格中的古怪荒誕的一面，總喜歡品評風景和建築的特色。我的滿足感，既來源於常見的、由各種稀奇古怪的車輛改裝成的行李車之類的東西，也來源於建在山坡上雜草叢生、涸轍積水的磚廠遺跡，也同樣來源於險峰上如冰凍的火苗一樣犀利的石棱，更來源於如絮的雲朵飄過寶石般蔚藍的天空時畫出的美麗圖案。如果大自然賦予人類這些能力，將自己置身世外，從視覺與聽覺的感知中找到無窮的樂趣，似乎並非難事。只要不落俗套，不參與遊戲與爭鬥，沒有恐懼和痛苦，就可以輕鬆自然地站在一旁，讓自然、藝術和生活展現出豐富多彩的願景。可是，人生不能依賴這些規約生活，希望憑藉置身世外而躲避痛苦，精神會比身體上的勞累更為倦怠不堪 —— 源於自我折磨的痛苦。靈魂誤入了形而上學的怪圈，總是無謂地好奇：到底是什麼玷汙了甜美的世界？事實上，人們正在竊取經驗，而不是透過付出代價而獲得經驗；人們正依據外表而不是內心評估事物，因此愈發注意經驗中那稀奇古怪、生動別致的一面，而忽視了其擁有的真愛、希望和自然的一面，而後者正成為世界的外衣和風景。

所以，在這本書裡，戲劇故事中的家園、背景和風景第一次給予人愉悅之後，我把注意力從故事本身轉移開，投向穿越舞臺的眾多男女，搜尋著他們的手勢和目光，解讀著他們的行動和沉默，然後飄向了遠方的那些城鎮、公路和建築，因為它們代表了朝聖者的設想和渴望；而朝聖者在留下了糧食讓後人食用之後，卻融入了那未知的國度。如果整部書要我評價的話，它只是下一情節的序幕，是命運無言的入口，是主人的榮耀蒞臨，他要檢查僕人們的工作。

這些愉快的日子，之所以散發出獨特的味道，就在於這些時光並未虛擲於無所事事，也未荒廢於自暴自棄，日子安排得井井有條，目的專一且緊張有序。在所有快樂之後，還有一系列勤奮而充實的工作，它們構成了這種生活體驗的支柱，正因如此，我才沒有一絲的遺憾和懊悔。這是一次實驗，但因為沒有考慮到浪費掉的精力和因素，在某種意義上講，它失敗了；但在另外一種意義上，它卻是成功的，因為在這個世界上，我們不可能依靠道聽塗說了解事物，只有親身經歷了挫折，才能增加見識。這次實驗所採取的策略是正確的：希望在不受干擾、未被分神且忙碌的條件下進行，只以簡單而直接的方式接近生活，每日在寂寞而沒落的生活裡鍛鍊自我。但這也正是失誤所在，它過分地塑造了生活，試圖從生活的素材中進行選擇，拒絕了生活中的糟粕，它是在搜尋財寶而不是在贏得財富；它限制了希望，折斷了令人煩擾的欲望之翅。

然而，不經歷嘗試，就很難意識到：把生活設定在一種情緒、一個基調之上，就會繃得過緊。另外，過分地挑剔食物，絕不是胃口健康的表現。對上述這些感悟，我欣然接受。我逐漸意識到，雖然已養成了某種生活和工作習慣，對某些經歷也習以為常，但如果不添加佐料或者過於節省佐料，那就只好品嘗生活辛辣的味道了。

所以，像緯線編織起的乳白色迷霧一樣，這甜美的海市蜃樓早晚會消融於晌午的天空，到那時再將我的所見所聞留給後人，非我所想，更非我所願。

好了，這段寬裕的時光到底留下了什麼呢？感謝上帝，祂未留下精神的空虛和煩憂，但祂留下了驚慌的小鳥，牠正站在光禿的樹枝上瑟瑟發抖，而之前的牠，曾在盛夏濃濃的綠色裡和沙沙作響的樹葉掩映下高聲歌唱。這段生活，既沒有空虛，也沒有悲傷，只有對愉快生活的快速領悟。

這種情感一般人都曾體會過，當時，他們正坐在疾駛的火車裡前往曾經生活過的地方，他們望見了那飛逝而過卻又熟悉萬分的樹木、公路和房屋；他們清楚地知道，在房間裡，在花園中，在路上，在這些揮灑自己活力與熱情的地方，其他人也正在生活和工作著，在漫步和夢想著。然而，過去的生活似乎一直存在，它隱身於林後牆旁，只需人們去發現！但是，我不希望自己的經歷消失殆盡，不希望它改變容顏換上另一幅模樣，不希望從未愛過那些離我而去的人們，不希望錯過一曲美妙的音樂，只因它已消散於空中。不要只因未發現自己所尋找的到底是什麼，抑或只因發現找到的是它的影子，就不相信它的存在 —— 畢竟麥麵和蜂蜜掌握在上帝手中啊！如果我早在上帝之路上前行，本應已品嘗到它們的美味了！不，我的確品嘗到了，每當上帝賜我恩典、讓我傾聽之時，我就會感到無比的滿足。

寂靜的高處，亞瑟‧本森日常觀察隨筆：
無聲即是一切快樂的根源，美好在平凡中悄然綻放

作　　者：[英]亞瑟‧本森（Arthur Benson）

翻　　譯：王少凱

發 行 人：黃振庭

出 版 者：崧燁文化事業有限公司

發 行 者：崧燁文化事業有限公司

E-mail：sonbookservice@gmail.com

粉 絲 頁：https://www.facebook.com/
sonbookss/

網　　址：https://sonbook.net/

地　　址：台北市中正區重慶南路一段六十一號八
樓 815 室

Rm. 815, 8F., No.61, Sec. 1, Chongqing S. Rd.,
Zhongzheng Dist., Taipei City 100, Taiwan

電　　話：(02)2370-3310

傳　　真：(02)2388-1990

印　　刷：京峯彩色印刷有限公司（京峰數位）

律師顧問：廣華律師事務所 張珮琦律師

定　　價：430 元

發行日期：2023 年 06 月第一版

◎本書以 POD 印製

國家圖書館出版品預行編目資料

寂靜的高處，亞瑟‧本森日常觀察
隨筆：無聲即是一切快樂的根源，
美好在平凡中悄然綻放 / [英]亞
瑟‧本森（Arthur Benson）著
王少凱 譯 . -- 第一版 . -- 臺北市：
崧燁文化事業有限公司 , 2023.06
　面；　公分
POD 版
譯自：The silent isle.
ISBN 978-626-357-439-7(平裝)
873.6　　112008740

電子書購買

臉書